白豚貴族ですが前世の記憶が生えたのでひよこな弟育てます

XI

やしろ

TOブックス

JN114155

contents

吹雪とお宝の夜が来る？ 007
世界は人間を基準とはしていない 022
偶然を必然へと引き寄せる 035
ワンスアポンアタイムの置き土産 055
以心伝心と手抜きは紙一重 069
旅するクジラの背に乗って 095
新たな希望と弟の可愛さはプライスレス 107
去りし日の面影には苦みが走る 120
煙はなくとも伝説は作られる 134
遺跡不思議発見!! 147
謎が謎呼ぶ遺跡探検 160
矛盾が暴くもの 181
縺《もつ》れているようで、そうでないもの 187
ミステリーハンターは真相に辿り着く 200

218 いざ決戦！のその前に
231 レイドボス戦終了のお知らせ
239 大団円にはまだ遠く
251 ゆるゆるキャンプの始まり始まり！
264 釣果にはそれも含まれますか？(含まれません)
277 信長の焼き討ちと似てるのか？
290 言語の通じる素晴らしさ
308 夏休みの終わり、もう一つの釣りの始まり
323 ご近所のオジサンたちのある日の飲み会
339 途中まではイイハナシだったのに
357 私しか知らない物語
374 あとがき
379 巻末おまけ コミックス第二十一話試し読み

イラスト keepout
デザイン 團 夢見（imagejack）

story

前世の記憶が生えたことで鳳蝶は、弟レグルスを本邸に住まわせ教育を受け持つことに。神々や大人たちに助けられながら、豊かな地を弟に譲るため、産業を興す会社 Effet・Papillon を設立したり、領地の軍権を掌握したりと、荒れた領地をコツコツと改革中。

characters

菊乃井侯爵家

レグルス

鳳蝶の母親違いの弟。五歳。好きなものは、にぃに。母方の実家で育てられたが、実母が病死。現在は、菊乃井家で鳳蝶の庇護の下で暮らしている。

鳳《あげ》蝶《は》

主人公。麒凰帝国の菊乃井侯爵家の現当主。七歳。前世の記憶から料理・裁縫が得意。成長したレグルスに殺される未来の映像を見る。その将来を受け入れているが……？

宇都宮アリス

メイド。レグルスのお守役として菊乃井家にやってきた少女。

ロッテンマイヤー

メイド長。鳳蝶の乳母的な存在。愛情深いが、使用人の立場をわきまえて鳳蝶には事務的に接している。

鳳蝶の父

（覚えてない）

菊乃井家と離縁。厳しい辺境砦で軍人として生きている。

鳳蝶の母

（名前不明）

宇気比により、腐肉の呪いにかかり祈祷を受けて生きながらえている。

源《げん》三《ぞう》

菊乃井家の庭師。元凄腕の冒険者。

ヨーゼフ

菊乃井家の動物の飼育係。

ルイ・アントワーヌ・ド・サン＝ジュスト（ルイ）

隣国の元財務省官。現在は菊乃井家の代官。

菊乃井家を取り巻く顔ぶれ

ロスマリウス

魔術と学問と海の神。六柱の神々のうちの一人。鳳蝶を一族に迎え入れようと画策中。

イゴール

空の神にして技術と医薬、風と商業を司る神。六柱の神々の一人。鳳蝶に興味津々。

氷輪《ひょうりん》

月の神にして夜と眠り、死と再生を司る神。六柱の神々の一人。鳳蝶の語るミュージカルに興味を持っている。

百華《ひゃっか》

大地の神にして、花と緑と癒しと豊穣を司る女神。六柱の神々の一人。鳳蝶の歌声を気に入り、兄弟を目にかけている。

シオン

麒凰帝国の第二皇子。鳳蝶の友人。兄を支えるべく暗躍する。

統理

麒凰帝国の第一皇子。鳳蝶の友人。婚約者のゾフィーと相思相愛。

ネフェルティティ

金銀妖瞳《ヘテロクロミア》で羊角の令嬢。北アマルナ王国の王女。鳳蝶との婚姻を目指している。

奏

菊乃井家の庭師・源三の孫。この世界においては、鳳蝶の唯一の親友。

フェーリクス

大賢者と呼ばれる魔術師でラーラの叔父。エルフ族。菊乃井に身を寄せる。

ヴィクトル・ショスタコーヴィッチ

麒凰帝国の宮廷音楽家。エルフ族。アレクセイの元冒険者仲間。鳳蝶の専属音楽教師。

イラリオーン・ルビンスキー（イラリヤ・ルビンスカヤ）

通称ラーラ。エルフ族。男装の麗人。アレクセイ、ヴィクトルとは元冒険者仲間。

アレクセイ・ロマノフ

鳳蝶の家庭教師。長命のエルフ族。帝国認定英雄で元冒険家。鳳蝶に興味を惹かれ、教師を引き受けている。

菊乃井家を取り巻く顔ぶれ

艶陽《えんよう》・・・太陽神にして朝と昼、生命と誕生を司る神。六柱の神々のうちの一人。

紡《つむぐ》・・・奏の弟で、源三の孫。

ござる丸・・・鳳蝶の魔力を受けて歩けるようになったマンドラゴラ（大根）。

タラちゃん・・・氷輪が鳳蝶に与えた蜘蛛《くも》のモンスター。

ポニ子・・・菊乃井家のポニー。

颯《はやて》・・・妖精馬《ケルピー》。ポニ子の旦那。

グラニ・・・ポニ子と颯の間に生まれた子ども馬。

アンジェラ（アンジェ）・・・隣国の元孤児。菊乃井家でメイド修行中。

ソーフィヤ・ロマノヴァ（ソーニャ）・・・アレクセイ・ロマノフの母親。

エリック・ミケルセン・・・隣国の元官史。現在は菊乃井少女合唱団の経理。

ユウリ・ニナガワ・・・異世界からきた元役者。現在は菊乃井少女合唱団の演出。

晴《はる》・・・「蒼穹《そうきゅう》のサンダーバード」という二つ名を持つ冒険者。

ラシード・・・魔物使いの少年。兄たちから命を狙われている。

ゾフィー・・・ロートリンゲン公爵家の令嬢。統理の婚約者。

和・・・梅渓公爵家の令嬢。レグルスに想いを寄せる。

菫子・・・フェーリクスの弟子。

バーバリアン

獣人国出身のジャヤンタ、カマラ、ウパトラの冒険者3人組。

エストレージャ

鳳蝶に忠誠を誓ったロミオ、ティボルト、マキューシオの冒険者3人組。

菊乃井歌劇団

凛花《りんか》・リュンヌ・シュネー・ステラ・美空《みそら》の合唱アイドルユニット「ラ・ピュセル」と
男役トップスター・シエルを擁する菊乃井の歌劇団。

吹雪とお宝の夜が来る？

帝国の北、深い霧に閉ざされた巨大なマグメル湖。

その中央に浮かぶ島・マグメルは遥か昔から魔術と芸術の都として名を馳《は》せてきた。

かつての帝国建国の騒乱の只中にあっても、この地は平穏であったという。

何故か？

魔術というのは一つの学問であり、教養であって、それを修《おさ》める人は、その当時一流の知識人とされていた。

一方芸術のほうも、それを嗜《たしな》む人は知識階級や富裕層に属していたとされる。

要するに金持ち喧嘩せずを地でいった訳だ。

それが良いか悪いかは置くとして、戦禍に遭《あ》わなかったお蔭《かげ》で、古くからの芸術作品が状態よく保管されている。

近年では富裕層だけでなく、その島に住まう人なら誰でもその芸術作品に触れられるのだそうな。

芸術で食べていきたいならマグメルを目指せ、なんて言葉もあるほどだ。

魔術のほうだって、魔術を究めるならマグメルか象牙の斜塔に学ぶべしとかいわれてる。

菊乃井《きくのい》が芸術・学術・技術研究都市を目指す辺り、参考になる場所でもあるよね。

それを見越して、ヴィクトルさんは私達をここに連れて来てくれたんだろう。

……と、思うんだけど。

「さみぃな？」

「うん、寒いね……」

豪華な飾り窓から奏《かなで》くんと外を見る。

真っ白。

「ふぶいてるね？」

「びゅーびゅー……」

ひよこちゃん模様のセーターを着たレグルスくんと、子犬模様のセーターを着た紡《つむぐ》くんが、やっぱり窓から外を覗いてぽかんとしている。

季節外れの吹雪で、外は大荒れ。

大理石で作られたテーブルの上には、ほかほか湯気が立つショコラが五つに、紅茶に甘いジャムを落としたものが三つ置かれていた。

ホテルが用意してくれてた備品を、宇都宮さんが淹れてくれたやつ。

「……百年に一度あるかないかの大荒れだってさ」

がくっと肩を落とすヴィクトルさんに、ロマノフ先生もラーラさんも宇都宮《うつのみや》さんも苦笑いだ。

年明けからこっち、物凄く多忙だった。

砦の慰労会を兼ねた歌劇団の公演や冒険者頂上決戦、ロッテンマイヤーさんの結婚式、それからルマーニュ王国王都の冒険者ギルドと火神教団との諍《いさか》い。ついでに皇子殿下二人の仲を取り持って、皇帝陛下の即位記念祭もどうにか乗り切って。

仲良くなった統《とう》理《り》殿下やシオン殿下を菊乃井にお招きして、菜園で野菜をもぎったり、ダンジョンで一緒に戦ったり。

おまけにロマノフ先生やヴィクトルさん・ラーラさんに大根《だいこん》先生を、相手取ってのエクストリーム鬼ごっこも頑張った。

短くも楽しい夏の日々を過ごし帝都に帰る二人を見送って、私はレグルスくんや奏くん・紡くんと一緒に夏休みを取ることにしたんだよね。

昼前に菊乃井を出発した時、凄くいい天気だったんだよ。

でもいざマグメルのお宿のロビーに転移したら、そこから見える景色は吹雪で大荒れだった。ビックリ。

だけどもっとびっくりするのは、この荒天でも夜にはピタッと晴れるんだそうな。

昔から魔術市のある日は天気が大荒れになるそうだけど、魔術市が開かれる夜になると何故か晴れるらしい。それでもこんなに大荒れの吹雪なんて珍しく、いつもはせいぜい雨が降るくらいなんだって。

そんなだからかマグメルの人達は、この天気の荒れ模様は魔術市のせいだと思っているそうな。

魔術市で売りに出される何かの魔力が反発しあってのことか、はたまた集束しすぎてか、何らかの合成反応か……。そんな感じ。

迷惑だけど、街の住人のほとんどが魔術に何らかの関わりを持っているせいで、その辺の現象は「仕方ない」の一語なんだろう。

それにしても吹雪は酷《ひど》い。

念のためにと持たせてもらったクロークやひよこちゃんポンチョが、とってもお役立ちになりそうだ。

奏くん達もぬかりなくコートやらを持ってきているから、ひとまずは安心。

お昼ご飯を食べた後、予定では観光する筈だったんだけど、これでは無理かな。

だからってことで、この後は部屋に備え付けのパイプオルガンでヴィクトルさんのコンサートになった。

用意されていた部屋はお宿の一番広い部屋で、なんとパイプオルガンが設置されているだけでなく、パーティーが出来そうなくらい広いダイニングにリビング、寝室はそれぞれ五部屋に使用人専用のお部屋もある。

先生方は一人一部屋だけど、私とレグルスくん、奏くん・紡くん兄弟は同じ部屋を使うんだよね。だってベッド広すぎるんだもん。一つが私とレグルスくんと奏くんと紡くんが一緒に寝たとしても余るくらい大きい。

広すぎてレグルスくんや紡くんがベッドから落ちたら大惨事なので、一緒に寝たほうが安全なのだ。

そういえば去年のコーサラでも、ベッドが広くて私とレグルスくんと奏くんで寝てたっけ。今年は紡くんが一人加わったのに、まだベッドが大きい。世の中には広いベッドがあるもんだ。

因《ちな》みに、今年も恒例行事・ベッドに飛び乗るのをやったけど、スプリングが凄く良かった……！

閑話休題。

「そういえば」と、お茶を飲みながらロマノフ先生が窓の外を見た。

「こんなに吹雪《ふぶ》くと、あの伝説は本当のことじゃないかなんて思えますね」

「伝説？」

訳ありな言葉に、私とレグルスくんも奏くんも紡くんも首を傾げた。

でもラーラさんとヴィクトルさんは「ああ、あれ」って感じ。

宇都宮さんがメイド服のポケットから、メモ帳を取り出した。

「えぇっとですね、マグメルには荒天を呼ぶ何かが眠っているという伝説があるそうなんです」

「荒天を呼ぶ何か？」

「はい。大根先生とロッテンマイヤーさん調べだと、それは竪琴じゃないかといわれていたり、識さん・ノエくん調べだと雨雪の精霊に愛されたお姫様が身に着けていたアクセサリーだとか……。図書室のめんちゃんは諸説あるって仰ってました」

「へぇ、なんか面白そうな話ですね？」

「竪琴だったらヴィクトル先生は欲しいんじゃないの？」

私と奏くんの言葉に、ヴィクトルさんが笑う。

そして「実は探しにいった」と教えてくれた。

「その竪琴か、アクセサリーかなんか解んないけど、あるって言われてるところに行ったけど何も

るっていわれてたんだって。

「もう持ち出された後なのか、そもそもなかったのか解んないけどね」

ヴィクトルさんの言うことには、マグメルの町のど真ん中に建っている大聖堂の地下にそれはあるっていわれてたんだって。

だから帝国の許可を得て、ヴィクトルさんはその大聖堂の地下を探索したそうな。

でも地下に祭壇っぽい物があっただけで、他には何もなかった。それでこの伝説は終わったという。

「何かありそうな気配があったから調査に踏み切ったけど、結局何をしても何もなかったんだよね」

「そうなんですね。ちょっと残念です」

「僕もだよ。そんな伝説の竪琴、触れられたら最高だと思ったんだけどね」

長く生きてたら、ロマンの霧が晴れて柳の枝が見え隠れするなんてことはあるあるなんだとか。

でもマグメルは定期的に吹雪だの雨だのに見舞われる訳だよね？

ブツが伝承の場所にないから、魔術市に集まってくる品の魔力が云々の話になるだけであって、それだって立証されている訳ではないらしい。

気になるじゃん、そういうの。

「きになります、そういうの！」

高い声が元気に響く。

紡くんが元気よく手を上げていた。

紡くんもこういう不思議なことは知りたいタイプなんだよなぁ。じゃなかったら大根先生に弟子入りしないか。

そしてその紡くんの好奇心の大元っていうか、伸び伸びさせている奏くんもこくこく勢いよく頷《うなず》いてる。

レグルスくんも気になるようだし、私だってそういうのは知りたいタイプだ。

「じゃあ、吹雪が収まったら行ってみるかい？」

「はい、ぜひ！」

「大聖堂には行くつもりだったからね。いいんじゃない？」

ヴィクトルさんもラーラさんも、私の言葉に頷く。ロマノフ先生は少し考えると、座ってたソファーから立ち上がった。

「調査許可を宰相閣下からいただいてきますよ」

にこっと笑うと、そのまま転移魔術でいなくなってしまった。

そこまで大袈裟じゃなくてもいいんだけどな？

そう思っていると奏くんが、私を突く。

「なんかあるかな？」

「奏くんの直感は？」

「うーん？　いい物がある気がする」

「おお、マジで？　いいじゃん」

奏くんが言うならなんかいい物があるんだろう。

どの類いか解んないけど、アクセサリーでも竪琴でも神秘的には違いない。

ニヤリと笑う奏くんに、紡くんもだけどレグルスくんの目も凄く輝いている。

「にぃに、たからさがしだね！　たのしみ！」

君の輝く笑顔のほうが私にはお宝だよ！

こんなに張り切ってるんだから、ぜひ何か見つけて帰らないと!!

奏くんと顔を見合わせ、私達は固く手を握り合った。


夜になった。

驚くことに、一寸先は白い闇なくらい吹雪いていた空が、急に雲間が出来たかと思うと一気に晴れたのだ。

まあ、びっくり。

空には真円の月がぴかぴかに光っている。

「ほらぁ、晴れた！」

「こんなにビックリするほど天気が変わるんですねぇ」

「だよなぁ」

胸を張るヴィクトルさんに、私も奏くんも首を激しく上下に動かす。

神秘的な現象にレグルスくんも紡くんも、あんぐりと口を開けているほどだ。

魔術市でもお菓子や飲み物、軽食が売られているから、それも醍醐味ってことで、ロマノフ先生やラーラさんに教えてもらって、夕食は軽めに。

普段ならお家でくつろいでいる時間だけど、今日は夜更かししてもいいことになっている。

先生達と手を繋《つな》いで、いざ魔術市に出陣だ。

市はマグメルの町の外れにある森林公園の大きな広場を貸し切って設置されている。

町ぐるみのバザーって感じだけど、勿論町の外からの出品も買い付けも自由だ。

てくてくと歩いていると、森林公園の入り口に色とりどりの光の灯ったランプがふわりふわりと浮いていた。

その下で、フードを目深に被った人が来場者に何やら水晶玉をかざしては覗き込み、それが終わってはランプを手渡すのを繰り返す。

そこが受付だとヴィクトルさんが言うと、私達も受付に出来ている列へと並んだ。

「おやぁ……？」

私達の番が来て、ヴィクトルさんやロマノフ先生、ラーラさんを見たフードの人が声を上げる。

「これはこれはお久しぶりでございますねぇ」

「ああ、君か。久しぶりだね」

「四、五十年ぶりですかねぇ……。ちっともお変わりないようだ」

「僕らはそういう生き物だからね」

フードの人からはしゃがれてるけど、女性の声が聞こえてきた。それに答えるヴィクトルさんは少し寂しそうに笑ったかと思うと、私やレグルスくん、奏くん・紡くんをその人の前に押し出した。

「今日はちょっと連れがいてね。この子達に魔術市の参加証を作ってやってよ。それで時々は市の開かれる案内を出してくれるかい？」

「そりゃ構いませんけど……」

そういってフードを被った……お婆さんでいいのかな？　その人が私を覗き込んで水晶をかざす。

すると水晶の中に蒼や紫の炎のようなものが揺らめいた。

「はぁん……随分とまあ、変わった魔力を持っていなさる。流石《さすが》にこのエルフの旦那のお連れだねぇ」

「え？　私、なんか変です？」

「変というより、珍しいんだよ。普通の人間は魔力の色が一色なんだけれど、極々稀《ごくごくまれ》に色が二つとか三つとか……そういうこともあってねぇ。そういう人間は良くも悪くも偉大な魔術師になるもんさ。そうさね、彼《か》のレクス・ソムニウムの魔力は夜の帳のような群青と、朝陽が昇る寸前の藍、真夏の真昼の蒼だったそうだよ」

「へぇ、そうなんですね」

感心しきりで頷けば、お婆さんが「ひひひ」と笑う。

奏くんが肩をすくめて苦笑いする。

「あれじゃん、若さま。良くも悪くも偉大な魔術師になるって褒められてんじゃん」

「え？　そうなの？」

「話の流れからしてそうだろ。まあ、悪い魔術師ってのはないと思うけどな」

からから笑う奏くんにお婆さんがまた水晶をかざす。

　すると今度は水晶の中につむじ風のように渦巻く銀の光が見えた。その次のレグルスくんは、前世で太陽を観測したときに見えた湧き上がるプロミネンスのような紅で、紡くんは大地にしっかり根を張った大樹の葉のような深緑。宇都宮さんは清く朗らかな桜色。

　皆それぞれ違う。

　その結果にお婆さんがまた「ひひひ」と笑った。

「なるほど。菊乃井のお家はご当主様だけが特別ではないようだ」

　呟かれたそれに、一瞬息を詰める。

　けれどあからさまに表情を変える訳にもいかないので黙っていると、ラーラさんが手を上げた。

「そのくらいにしておいてくれるかな。プライベートなんだ」

「おやまあ、野暮だったね。じゃあ、手続きは終わったから次から勝手にお家に招待状が届くよ。来るも来ないも自由さ」

　そう言うとお婆さんは私達にランタンを一つ一つ渡してくれた。このランタンはお婆さんの説明によれば、魔力で光量を調節出来るし、使わないで家に置いておけばこれを目印に魔術市の招待状が届く魔道具なんだそうな。

　ランタンを翳《かざ》しながら市の入口をくぐると、地面と空間が撓《たわ》む。それは瞬きするほどの時間でしかなかったけれど、はっきりと先ほどとは違う場所に進んだことが感じられた。

「……ちょっと位相が変わってる？」

「解りますか？　空間拡張の魔術が公園全体にかけられているんですよ」

「へぇ、すげぇな」

ロマノフ先生の説明に奏くんが驚いて声を上げる。紡くんもびっくりしたのか、大きく目を見開いていた。

たしかに公園一帯を拡張するほどの魔術って凄い。けども私にはそれより気になることがあった。

「あの、さっきのお婆さんですけど」

「うん？」

「なんで私が『菊乃井家当主』って気が付いたんです？」

「そりゃあ、君が思っている以上に魔術師界隈ではあーたんの名前は知れ渡ってるから、だね」

ヴィクトルさんがケラケラと笑う。

それから教えてくれたことだけど、ヴィクトルさんがまず魔術師界隈では有名人。その有名人が菊乃井のような田舎に引っ込んだってことで、その界隈では「菊乃井に何かあるに違いない」って話は去年の初めには出てたらしい。

それでもって菊乃井で幻灯奇術や圧力鍋なんかのよく解んない魔術や、農業魔術なんてお役立ちの魔術が開発され、極めつけは私自身が武闘会なんて公衆の面前で神龍召喚をやった訳だから、そりゃあ特定されるわ観察されるわで有名になって当たり前だっていう。

「あとね、レクスのお城もあるし」

「ああ、たしかに」

「でもそれだけじゃないんだ。あーたんは魔術師界隈の希望の星でもある訳だから」

「は？」

「遺失魔術を蘇らせて、自分達に見せてくれるかもしれないってさ。凄く期待されてるし、尊敬もされてる」

思わぬ言葉に目が点になる。

するとヴィクトルさんが私の頬っぺたを軽く摘《つま》んで、ぷにぷにと揉んだ。その表情は何か悪戯を思いついたときの顔で。

周りに視線を送っても、ロマノフ先生もラーラさんも同じような表情でニヤニヤしてる。それだけじゃなく、ラーラさんは奏くんの髪の毛をわしゃわしゃまぜていた。

「ラーラ先生？」

「カナも注目の的だよね」

「そうですね。なにせ食うに困っていた魔術師の救世主ですし」

「はぁ？　なんだ、それ？　おれ、なんもしてないけど？」

「農業魔術は下級の土系の魔術しか使えない人達の希望になってますよ」

ロマノフ先生の言葉に、奏くんはきょとんとして、それからからりと笑う。

「あんなん、おれじゃなくてもいつか誰かが考えついてたよ。おれはじいちゃんの腰痛対策に考えただけなんだし」

「それでも、それが他の人の生きる術になってるんです。いい流れじゃないですか」

「そっか。でもそれなら若さまのお蔭じゃん」

「え？」

奏くんが真面目な顔で私のほうを向く。

なんでそんなことを言われるのか解らなくて首を傾げると、奏くんが私の肩に手をのせた。

「だって若さまが『勉強したらできる』って言って、おれにも魔術勉強させてくれたからじゃん」

「ああ……そういう。いや、でも、友達が欲しかったからだから、まるっきり奏くんのためって考えた訳でもないんだし」

「おれだって別に他人のために農業魔術作った訳じゃないぜ？」

私達はこういうとこで似ているから、気が合うのかもしれない。

そんなことを考えていると、ロマノフ先生やヴィクトルさんやラーラさんに、わちゃわちゃと奏くんやひよこちゃん、紡くんと一緒くたに撫《な》でられた。

「自分が幸せでいるために、自分の大事な人を幸せにしたい。究極の利己は究極の利他に似るのかもしれませんね。難しいことは兎も角、君達が良い子で私は鼻が高いですけどね」

「僕もだよ。君達の先生になれて良かった」

「これからも良い先生であれるよう、ボクらも頑張るよ」

三人の先生の視線が、とても優しく私達を撫ぜた。

世界は人間を基準とはしていない

市に入ってまず私の目を引いたのは色とりどりのアクセサリーだった。

魔術師が作るアクセサリーなんだから、まずただのアクセサリーじゃない。

それ自体が武器になるとか変わった物から、使われている石やら紐やらがとんでもない素材の物もあれば、それを身に着けることで強化されたり弱体化させられたり、魔術的な細工がされた物など様々だ。

市は露店の形態で、各自が持ち寄った台だのテーブルだのの上に、商品を傷付けないような布が敷かれ、そこにトレイや皿を並べてその中に指輪や腕輪を並べたり、戸棚のようなものを持ってきてピアスやネックレスを引っかけたりしている。

前世の即売会を彷彿《ほうふつ》とさせるそれに、かなりワクワクしていると、ひよこちゃんが私の手を引っ張った。

「どうしたの？」

「にぃに、アレみて」

レグルスくんが指差した先は、沢山の草を束ねてテーブルに置かれた店で、軒先からはドライフラワーが吊るされている。

彼の指先の示す場所をじっくり見ると、そこには萎《しな》びた大根のようなものが横たわっていた。

「ござる丸のなかまがいる」

「え？　アレ、マンドラゴラ？」

「どれだ？」

「どこー？」

ござる丸とは似ても似つかない、萎びて茶色くなってしまった四肢のある大根を凝視していると、奏くんや紡くんも気になるのかそちらに視線をやる。

二人ともやっぱり首を捻って、物凄く怪訝《けげん》な顔をした。

「ああ、れーたんよくマンドラゴラに気付いたね」

「マンドラゴラが魔術市に出るなんて珍しいこともあるもんだ」

ヴィクトルさんもマンドラゴラだっていうならそうなんだろう。

ラーラさんが少しだけ首を傾げた。そして何を思ったかその露店にとことこと近付いていく。

慌てて私達もその後を追った。

ラーラさんは「お邪魔するよ」と、こちらに背中を向けていた店主と思《おぼ》しき人に声をかける。

ゆっくりと黄土色のフードを被った人が、こちらを振り返った。

「いらっしゃい」

振り返ったその人は、背は低いものの筋肉が盛り上がった身体《からだ》に、毛むくじゃらの緑の皮膚だった。

その目付きが鋭く伸び放題の顎鬚《あごひげ》がついた顔が、ラーラさんに向いた途端陽気な色を帯びる。

「おお、ラーラじゃないか」

「やあ、アントニオ！　魔法市にマンドラゴラを持ち込めるなんて、キミくらいだと思ったんだ！」

どうもお知り合いらしい。

きょとんとしつつロマノフ先生やヴィクトルさんを見上げると、二人もちょっと驚いたような表情だった。

そんな私達をアントニオさん……でいいのかな。彼がラーラさんの肩越しに私達を見て、そしてまた視線をラーラさんに戻す。

「あれか？　お連れはお前さんの従兄殿達と菊乃井のお子さん達かね？」

「そうだよ」

頷いたラーラさんが私達を手招きするので行ってみると、アントニオさんが胸に手を当ててお辞儀してきた。

ラーラさんが機嫌良さそうに微笑む。

「彼はボクの友人のアントニオ・ウルキオーラ。優秀なプラントハンターだよ」

「そうなんですね」

ラーラさんのお友達なら名乗っても騒ぎにならないだろう。そう思って口を開く前に、アントニオさんが頭を深く垂れた。

「若き二代目の魔導の王よ、お会いできて光栄です」

「あ、え？　私は……」

「レクス・ソムニウムは私の故郷では夢幻の王ではなく、魔導の王と呼ばれているのですよ。ならば後継者の貴方様も魔導の王とお呼びせねば」

「あー……なるほど？」

いや、なるほどって思うほど納得はしてないんだけど、それがアントニオさんの故郷での礼節なら、受け取らないのはどうかって話だもんね。

それに彼は私だけでなく勿論ロマノフ先生やヴィクトルさんにも丁寧に接してくれたし、レグルスくんや奏くん・紡くんにも礼儀正しく接してくれた。

奏くんなんか、アントニオさんに凄い感激されて握手を繰り返してたくらい。

なんでもアントニオさんの末の弟さんが怪我で冒険者を廃業せざるを得なくなったんだけど、奏くんの考えた農業魔術で生き生き実家の農場で働いてるからだそうな。

「怪我をして帰って来たときは死んだ魚のような濁った眼をしていたもんですが、農業魔術を知ってそれを使えるようになって以来、冒険者をしていたときより引っ張りだこでしてね。どんどん怪我をする前のような明るい目になっていったもので」

「そっか。うん、良かったよ。本当にじいちゃん以外の人のためにもなってるんだな」

「勿論。ありがとう、奏さん」

「呼び捨てでいいよ。おれ、まだ子どもなんだしさ」

「なんの。善き行いをしてくれた人に敬意を表すのに、子どもも大人もないさ」

にかっと大らかに笑うと、アントニオさんの口から上下鋭い牙が見える。

でも威圧感もないし、なんかアレだ。雰囲気が菊乃井の冒険者ギルドのマスターのローランさんに似てる気がする。

ようは頼れるオジサンって感じ。

和やかに話していると、ラーラさんが顎を擦って真面目な顔をした。

「アントニオ、ここで会ったのも何かの縁だ。キミ、定期的に菊乃井に顔を出さないか？」

「うん？　ラーラ、どういうことだ？」

「ボクの叔父様が象牙の斜塔の大賢者だってのは話したことがあるだろう？」

「おお。斜塔に面会を申し込んだら、ろくすっぽ話も聞いてもらえずに追い返されたけどな」

「ああ、聞いてるよ。その節は本当に悪かったね」

「いやぁ、賢者様ご自身から詫び状を貰ったしな、どうも思っちゃいないよ」

聞いている以上に象牙の斜塔はおかしいのかもしれない。網を細かく張るようにしていて正解だったようだ。

肩をすくめたアントニオさんは、本当にからっとした表情だからラーラさんや大根先生に思うところはないらしい。

彼はラーラさんに視線で話の続きを促す。

「その叔父様なんだけど、とうとう象牙の斜塔に嫌気がさして菊乃井に居を移したんだ。それで叔父様の弟子達も菊乃井に集まることになってってね。その弟子達の中には植物や薬草の研究をしている者も多いらしい。そこで植物採取を代行してくれる優秀なハンターの伝手《つて》がないか聞かれてたんだよ」

「そうかい。そりゃ構わないが……」

そこでアントニオさんが私を見る。

「その……菊乃井はゴブリンの出入りはいいんですかい？」

「え？　構いませんけど。菊乃井の町は犯罪者以外は出入り自由ですよ」

きょっとーん。

何を聞かれてるのかイマイチ理解できなくて、そんな感じの私の両肩をラーラさんが力強く握る。

「この子、そういう思い込みとか偏見はないから」

「いや、そうか。そうだな、お前さんが関わっているお方ならそうなんだろうな」

大事な情報が取っ払われている会話に、私は益々首を捻る。

するとロマノフ先生が眉を顰《ひそ》めて不愉快そうな表情を作った。

「ゴブリンの皆さんには濡れ衣も同然ですよね」

「ええ、まあ……」

言葉少なくなるアントニオさんに、話を聞いていたヴィクトルさんも頷く。それから周りにこちらの声が聞こえないように結界を張ると、ヴィクトルさんが口を開いた。

「ゴブリンは昔から他種族の……主に人間やエルフの女性に暴行を加えるって言われてててね」

「は？」

「その……拐《かどわ》かして同意もないのに性的なことをするって」

「あ、あー……？」

そういや前世の記憶を探るとそういう創作物があったよ、主に大人向けのヤツ。

でもあれって、前世の「俺」にはいつも引っかかってたことがあるんだ。

「失礼な話ですよね。言葉を交わすことの出来る存在が、それを使用することなく獣のように振舞うと思い込むなんて。おまけに人間やエルフの美人が、ゴブリンにとっての美人だと決めつけるとか。ゴブリンの美人はゴブリンの美人でしょうに」

「そうなんですよね。人間やエルフの顔かたちなんて、正直余程親しくない限りゴブリンにとっては見分けがつかないものです。自分達にだって社会を形成するだけの文明はあるんですよ。それが何で見境もなく襲ってくるだのと思えるのか……」

「人間やそれに類する種族の美醜の基準がどこの世界でも通じるなんて思い上がりも甚《はなは》だしいことです。独自の文化を築いている相手に向かって、同じような文化ではないから蛮族だと罵る側のほうが余程野蛮じゃないですか。犯罪は種族問わず行われるからこそ、種族問わず法の下に罰せられるべきものです」

異文化・異種族の壁って、何でこんなに残念なものが多いんだろうな？

ゴブリンの側からすれば人間とそういう関係になるのは、それこそ特殊な嗜好の持ち主なんだそうな。

同じ意思疎通ができる存在ではあるけど、人間の容姿はゴブリンからすれば彼らの美しさの範囲から大きく逸脱しているのがその理由だ。

だからって人間を醜い生き物と思うのでもなく、そういう骨格の生き物と肯定的ではある。余程人間より理性的だと思うけどね。

しかし皮一枚の美しさが大事なのはどんな種族でも否めない。

何せ第一印象の良さは見た目が大きく占めるのだから。

とはいえその美しさは、髪の毛に脂肪やフケが浮いていないとかボサボサの生えっ放しじゃないとか、目に目脂《めやに》が付いていないとか、汚れのついた服を着ていないとか、そういったどうとでもなる所でもある。所謂《いわゆる》清潔感というヤツ。

それが最低限担保されたうえで、更に好意的に見てもらおうと思うのであればプラスアルファが必要ということだ。

だって中身なんて初対面の、本当に顔を合わせた一瞬で把握できないんだもん。

じゃあ何で相手の警戒を解くかっていったら、身形《みなり》のたしかさしかないじゃん。

中身で勝負しようにも、とっかかりの最初で警戒されたら無理だろう。

……なんてことは前世でも語りつくされてきたことだ。是非もなし。

とりあえず、菊乃井でそんな問題がないとも言い切れないので、アントニオさんには菊乃井にいらしたら私かそれに類する人に連絡が行くように手配するために、直筆の手紙を渡しておいた。

ここの市が終わってしばらく後に菊乃井に寄ってくれると約束をいただいて、今日のところはお別れ。

途中の屋台で、ロマノフ先生が温かいミルクティーを買ってくれた。

ここのミルクティーは砂糖だけじゃなくほんの少し塩が入っていて甘じょっぱい。

不思議な味に驚いていると、ヴィクトルさんが笑った。

「この甘じょっぱいのもミルクティーだけど、塩だけのミルクティーもあればお肉が浮いてるヤツもあるんだよ」

「おにくがういてるの⁉」

「それは最早《もはや》スープなんでは……？」

「でも概念的にはミルクティーなんだよ」

「ほぇぇ、色々あるんだなぁ」

「つむ、しょっぱいミルクティーはじめて！」

「ボクも最初飲んだときは世界が変わったと思ったよね」

屋台の近くに置かれたテーブルセットに移動して、休憩がてら軽食を取ることに。

先生達がそれぞれお勧めの物を買ってくれたおかげで、テーブルの上が華やかだ。

例えば白くて長い渦巻キャンディ状のソーセージやら、芋とチーズのガレットや、小麦粉を練って作った種の中に刻んだゆで卵やミートソースを入れてからっと揚げた物やら、魚のフライにビネガーをかけた物とか、本当に色々。

白い渦巻ソーセージを一口齧《かじ》ると、じゅわっと肉汁が口いっぱいに広がる。

これ、帰って料理長に説明したら作ってもらえるかな……。

料理長といえば私が神様から異世界の色々を教えてもらっていると知った辺りから、渡り人の遺したレシピの収集に努めてくれている。

彼のことだからカレーもソースもマヨネーズも、恐らく異世界の物だって気付いたんだろう。

渡り人の遺したレシピはきちんとこの世界に根付いた物もあれば、戦乱のどさくさで遺失したものもあるし、渡り人本人が他人に教え切れず失伝したものもあるそうだ。そういった物を蘇らせたいっていう思惑があるとも、本人から聞いている。

その思惑は菫子《すみれこ》さんの研究とも重なる部分があるそうで、今後菊乃井家の食卓は益々華やかになっていくんじゃないかな。

それだって貴族社会では十分な武器だ。美味しい物につられない人間のほうが少ないんだから。社交界で生きるための武器が増えてくのは結構だけど、それをフル活用しないですむほうが平和でいいんだよなぁ。

つらつらと思考が流れていく。

武器っていえば、レグルスくん達のごっこ遊びって凄く本格的なんだってイゴール様から聞いたけど武器とかどうしてるのかな……。

思い立ってレグルスくんの隣の宇都宮さんを見る。

メイドの仕事に徹してくれて、今だって静かに私達の後を付いて来てくれてるんだけど、その彼女はレグルスくんのごっこ遊びにも付き合ってくれてるんだった。

「ねぇ、宇都宮さん」

「はい。どうかなさいましたか?」

「イゴール様がごっこ遊びお疲れ様って前に言ってたんだけど」

「ふぁ⁉ そ、そんな滅相もない！」

宇都宮さんが血相を変える。なんか焦ってる感じだけど、サボってるって言ってるみたいに聞こえたかな？

訂正しとかないと。

「レグルスくんと一緒に遊んでくれてるんでしょ？ 私が出来ない分宇都宮さんがいてくれて安心してるんだ」

「は、あ、いえ、そんな……」

それこそ滅相もないと手を振る宇都宮さんに、レグルスくんが真面目な顔をした。

「にぃに、うつのみやはすごくがんばってくれてるんだよ」

「そうなんだ」

「うつのみやだけでなく、かなもつむもアンジェもだけど」

「そっか」

「うん。きくのいのへいわはれーたちがまもるからね！」

レグルスくんが幼児とは思えないほど凛々しく見える。彼だけでなく奏くんも紡くんもとても凛とした顔で頷いた。

本当に本格的なんだな。

ならもっと本格的にしてあげたい気がしてきて、私はとあることを思いついた。

「あのさ、その菊乃井戦隊って衣装とかどうしてるの？」

「衣装？」

「うん。戦隊ってお揃いのデザインで色違いの服着るって聞いたんだけど？」

「そういえばユウリさんがそんなこと言ってたな……」

私の疑問に奏くんが顎を擦る。

このリアクションからして、お揃いの服って訳じゃなさそうだな。当たり前か。

「じゃあさ、私が作ろうか？」

「え？　いいの？」

「うん。簡単な物ならすぐに作れるから」

それに本格的にするなら「変身！」とか声をかけて特定のアクションを取れば、服が変わる感じの細工が出来れば良いかな？

そういえば先生達が「いいんじゃない？」と同意してくれる。

「そういう衣装が変えられる魔道具が出来たら、舞台でも早変わりするときに使えそうだよね」

「ユウリもそんなようなこと言ってたよ。魔術が使える世界なんだから、もっとこう衣装に夢を持たせたいとか何とか」

「うーん、えっと……」

ちょっと仕組みを考える。

前世の特撮とかいう映像では、腰につけたベルトや手に持った万年筆くらいの杖、或いは化粧用のコンパクトとかを使ってたっけ。

あとはベルトに変身の起動用の鍵を挿したり、万年筆みたいな杖が光ったり、コンパクトから光が溢れたりして姿が変わってた気がする。

ということは、その道具にあらかじめ衣装が仕舞われていて、起動するとその衣装が出てきて自動で服を交換。元々着ていた服は反対に道具の中に仕舞われる感じになるんだろうか？

いや、そもそもの服を戦闘用の衣装に変換すればいいのか？

その辺は追々考えるとして、辺りを見回せば丁度コスチュームに使えそうな布やベルトが売ってたりするじゃないか。

魔術の付与効果を倍増させる布や糸なんかもあるから、それは後で買って帰ろうか。

あとはコンパクトやらベルトに使う魔石や、クズ魔石で作ったガラスビーズなんかも必要かな？

そう思ってお店を色々見ていると、アクセサリー屋さんに挟まれて、口紅や香水の瓶が置いてある店が肩身が狭そうに出店されていて。

その店の看板に奇妙な文言があった。

「うん？　化粧で魔術が使えるようになるかも……？」

どっかで聞いた話だな？

どこだったっけ？

思い出せないままその店を見ていると、不意にこちらを見た店主とばっちり目があう。

するとその人が一瞬大きく目を見開いたかと思うと、いきなりこちらに向かって走り出した。

偶然を必然へと引き寄せる

「ちょっとよろしいですか⁉」

そういきなり声をかけて来たご店主さん。

走っているうちに被っていたフードが脱げたのか、顔や髪型がくっきり見える。

見苦しくなくさりとて無造作に流された髪はヨモギのような緑で、すっきりとした顔立ちだけど頬のそばかすと、丸眼鏡から見える少し垂れた目が愛嬌のお兄さんだ。

そのお兄さんが膝を曲げて、座っている私と視線を合わせる。

「あの、お化粧とか興味ないですか？」

「へ？」

「遠目からでも解る綺麗なお顔立ちですし、それをもっと美しく演出するのにお化粧とかどうでしょう⁉」

お化粧どうですかって言われてもなぁ。

戸惑っていると、ラーラさんが店主さんの肩に触れた。

「遠目だから解らなかったかもしれないけれど、この子男の子だよ？」

「え⁉　いや、男の子でも！　肌のお手入れとか爪のお手入れとかは必要だと思いますし、男の子がお化粧しても別におかしくはないと思います！」

「はぁ……」

まあ、別に男の子が化粧したってそりゃいいよ。現に魔術師は魔除けとかの効果を狙って、目元に朱を差す人もいるし。

でも私はあんまり興味はないかな。

だってその辺のお手入れはラーラさんがやってくれてるし。なのでラーラさんに視線をやると、ラーラさんはちょっと考えて「何があるの？」とお兄さんに尋ねる。

「今手元にあるのは、全身に使える保湿クリームと化粧水ですね。手荒れ止めクリームや日焼け止めなんかも作れますし、その人に合った化粧品の提案なんかもさせていただいてます。こちらはじっくり肌の様子や体質を、問診や診察してから作らせてもらえれば、と！」

「うーん、もう一声欲しいな？」

「あー……えぇっと……」

店主さんはちょっと困ったような顔をする。

化粧品の提案にもう一声って言われても、お値引きとかその辺になっちゃうだろう。それか特殊な材料のヤツを出してくるとか。

そんな二人のやり取りを見て、レグルスくんが私の手を引いた。

「にぃに、おけしょうでまじゅつがつかえるようになるかも……って、なに？」

「ああ、何だろうね？　なんかどこかで聞いた話なんだけどな……」

それもここ暫《しばら》くのうちで、そんな話があったような気がするんだ。ただ、それが何処でだったかが思い出せない。喉元まで出かかってるんだけど。

首を捻っていると、店主さんがはっとした顔をする。

「あ、もしかしてご存じですかね？　昔話の『捨てられ王女と賢者の化粧』ってやつ」

「んん？　そんなタイトルだったたっけ？」

いや、そんなお伽噺《とぎばなし》的な話でなく最近のことだったんだけどな。

それを言うべきかどうか迷ううちに、店主さんがざっとその「捨てられ王女と賢者の化粧」というお伽噺のあらすじを教えてくれた。

大昔、王族は一人残らず枝葉末節に至るまで魔術が使える国に、魔素神経を持たない王女様が生まれたそうな。

父親である王様はそんな王女様を恥に思い、とある森に棄てたそうだ。けれどその森の奥には賢者が数多《あまた》住まう塔があって、王女様はそこの若き賢者様に拾われたとか。

賢者様は王女が受けた非道に怒り、王女様を立派な淑女に育ててあげた。そして彼女に特別なお化粧を施すことで、王女に魔術を使う術を与えてやったのだ。かくして王女は自身を虐げた親兄弟をうち滅ぼし、偉大な魔術王国の女王へと返り咲きました。めでたしめでたし。

「立派な復讐譚《ふくしゅうたん》ですね」

「まあ、そうですね」

私の言葉に、お兄さんが眉を少し落とす。

お伽噺を復讐譚と呼ぶ人間は少ないし、そりゃ反応にも困るだろう。

だけど彼から聞いた話をきっかけに、喉元まで出かけていた記憶が完全に引っ張りだされた。

それはいつかの会議で聞いた、フェーリクスさんのお弟子さんの話だ。

象牙の斜塔の大賢者様のお弟子には、お伽噺をもとに化粧と魔術の関係を研究している人がいる、と。

もしかしてこの人か？　それとも同じ研究をしている人か？

残念なことに、私はフェーリクスさんからそのお弟子さんの名前も容姿も聞いてなかったんだよね。

菊乃井で待ってたら会えるんじゃないかと思ってたし、旅先でそういう人に会うとも考えてなかったから。

多分先生達も同じなんだろう。黙って彼の話を聞いている。

すると、紡くんが小さく首を捻った。

「あにでし？」

「え？」

小さな呟きに、店主のお兄さんが紡くんに視線を落とす。

「あのね、ぞうげのしゃとうしってる？」

「え、う、うん。象牙の斜塔って魔術師が一杯いるところのやつ？　それなら知ってるけど……？」

「そのとうの、だいこんせんせい、じゃなくて、フェーリクスせんせいしってる？」

「知ってるも何も……僕の先生だけど……？　なんで知ってるの、坊や？」

「つむのおしょうさま。おにいさんはつむのあにでし？」

「え、えー……マジかー……。先生の最年少の弟子が二年前に出来たって聞いたけど、えー……」

目を白黒させるお兄さんに、紡くんは首を振る。

そうだな、お兄さん勘違いしてるもんな。ともあれ、彼がフェーリクスさんの弟子ってことが確定した。紡くんナイス！

私はとりあえず、困惑が深まっているお兄さんを確保することにした。

「それは彼の姉弟子の識《しき》さんのことですね」

「え？　え？　どういうこと？」

「貴方が二年前に聞いた最年少の弟子は、識さんという女性で、この紡くんの姉弟子ですよ」

「え？　女の子？　あれ？　そうだっけ？　で、紡君？　どういうこと……？　いや、それ以前に……えぇっと？」

混乱しているお兄さんを、目配《めくば》せすると奏くんとひよこちゃんが誘導して同じテーブルに着かせる。

彼の正面にラーラさんやロマノフ先生、ヴィクトル先生が陣取ると、一瞬綺麗な顔が並んだことに驚いた様子を見せたけど、ややあって「エルフ……」と呟いた。

それから先生達のお顔を見比べて「あ？」と、声を小さく上げる。

「……もしかして、フェーリクス先生の御親戚だったりします？」

「ええ。叔父ですね」

「ひぇ、マジですか……!?」

「うん。奇遇だね」

「偶然って怖いよね」

まったくもってそのとおりだよ。

まさかこんなところで、待ち人の一人に会えるとは。

そう思っていると、不意にお兄さんの視線が私に移る。

「あの、ということは、先生の手紙にあった菊乃井のご当主というのは……？」

「ああ、私ですね。初めまして、菊乃井侯爵家当主・鳳蝶《あげは》です」

「ひょえ⁉」

にこっとやれば、奇声を発してお兄さんが仰《の》け反《ぞ》る。慌てて椅子から下りようとするのを、左右を固めたひよこちゃんと奏くんが押し留めた。

「いいって。若さま、そういうの好きじゃないから」

「そうだよ。にぃにもれーもみんなも、きょうはあそびにきてるから。そういうのだいじょうぶ」

「寧《むし》ろ目立つんで、出来れば普通に」

「ひゃ、ひゃい！」

お兄さんはそれでもちょっと顔をこわばらせてる。

身分を告げると大抵の人がこうなっちゃうので、出来るだけ怖がらせないよう笑顔を張りつかせるのが習慣になってきた。

それも本当は面倒なんだけど、人間関係を円滑に構築するには笑顔が本当にお役立ちなんだよな。

敵意はないよって簡単な証明になるんだもん。

気付かれないように小さくため息を吐き出すと、私はお兄さんに向き直る。

「フェーリクスさんからお手紙が行ってるなら話は早いですね。当家に来てお化粧の研究をしてくれるとか？」

「は、はい。あの、菊乃井には女性だけの歌劇団があると聞きまして、あの、研究に協力いただけると……」

「舞台に立つ彼女達の健康に考慮した化粧品が生まれれば、それは市井《しせい》の女性たちのためにもなります。勿論貴族の女性たちにも」

「あ、はい。それは勿論。でもそれだけじゃなく……！」

「魔術が使えない人にも、化粧を施すことでその使用を可能にできるとなれば、女性だけの問題ではありませんしね」

頷けば、お兄さんの目が輝く。

あとは確認だけだ。

「やれますか？」

「やってみせます！」

ぐっと私を見据える目は、菊乃井の食卓で菫子さんが「大賢者・フェーリクスの弟子としてやってみせる！」と叫んだときのそれに似ていた。

紡くんの兄弟子さんのお名前は、ヴィンセントさんと仰《おっしゃ》るそうな。

フェーリクスさんから菊乃井歌劇団の協力を取り付けてもらったのはいいけれど、ちょっとくらい費用は自分で稼がないといけないと思って、今回魔術市に出店したのだとか。

売れ行きは悪くなかったらしい。

でもそれは手荒れ防止クリームとか天然素材の保湿クリームだの化粧水だのなんだのであって、彼の研究の要である「魔術を使えるようになる化粧」ではないそうだ。

「そもそも化粧で魔術を使えるようになる理論って解明出来たんですか？」

私の手には二杯目のミルクティー。甘じょっぱい。

大事なことなんで聞いてみれば、ヴィンセントさんは俯いた。

「それが……多分爪に特殊な製法で作られた染料をつける『マヌス・キュア』のことで、染料で付与魔術の呪文を書いておくなどすれば、魔道具のように付与魔術が発動するのです。だから魔術は使えます。しかしこれは元々魔力を作り出す魔素神経があれば、化粧された本人が付与魔術を使えなくても、爪先に書かれた呪文がその肩代わりしてくれるというだけで、根本からの解決には至りません」

「もともと魔素神経がない人は魔力を体内で作れない。魔術のもととなるものが作れないから発動不可、と」

「はい」

なるほど。

つまり油がないと火が燃えないみたいなもんか。

うーん、だったら油を注せばいいんだよな？　この場合の油を注すってのがどういうことかって訳だ。

その方法を考えながら見るともなしに、出ている屋台を見ているとキラキラ光るビーズや、色とりどりに輝くガラス玉が付いたアクセサリーが目に入った。

「あ……」

そういや、爪に色を塗って云々って前世にもあったな。

頭の隅からそれを取り出すと、私はヴィンセントさんに実際「マヌス・キュア」を施してもらうことにした。

アレと同じなら、もしかすれば……。

その程度の軽い気持ちで左手を差し出す。

お道具箱を開いたヴィンセントさんは、若干ウキウキしたような顔で私の手を取った。

「おお、見事にお手入れされてますね」

「ボクが毎日磨いてるからね」

ラーラさんが「ふふん」って感じで胸を張る。

毎日エステみたいに揉んでもらってるし、手だって本当に綺麗にしてもらってるんだよね。お蔭で爪先に余計な甘皮とかも残ってなければ、何も塗ってないのに私の爪は綺麗に輝いてる。さかむけもささくれもなく、典型的なお貴族様のお手々。

ほんの少し消毒というのか指先を拭うと、ヴィンセントさんは小さな筆に魔力をのせて、私の親指の爪に色をのせていく。

「これはコーサラ原産の夜薔薇《よるばら》の花びらから取った染料です。夜薔薇は花びらに魔力を溜める性質があって、そこから得られた染料は魔術のいい媒介になるんです」

「ほうほう」

そういう話はやっぱり面白い。

ひよこちゃんはワクワクした顔で私の指先を見てるし、奏くんも薔薇の話に興味津々。紡くんはヴィンセントさんの一挙手一投足を見逃さないようにガン見してて、瞬きしてない。

先生達も凄く興味津々って感じで、施術を見守っている。

まずは親指が赤く染まった。

丁寧に塗った後は乾かさないといけない。

そうして乾くと今度は凄く小さな筆に魔力をのせて、赤く塗った爪に小さく文字を書いていく。

これは呪文からして、恐らく物理防御の向上か。

眺めていると、親指が小さな文字で埋まった。

「これで指先に魔力を流してみてください」

「はい」

言われたとおりにやれば、薄く身体に膜のようなものが張り付いた感覚があって。

それは物理防御向上の付与魔術が発動して、防御力が上がったときに感じるものと同じ感覚だった。

「これは凄い……」

「あ、ありがとうございます」

声に出せば、ヴィンセントさんが照れたように頭を掻く。

「でも、まだまだ目指すところには届かなくって」

「魔術を使うことが出来ない人にも……っていう点ですね」

「はい。勿論それは化粧を施される側だけでなく、化粧する側にも言えることです」

「施術側が魔術を使用できなくても……か」

難しい話だな。

でも本人にないのなら、やはり何処かから補填するしかないだろう。

術を施す側は兎も角、術を施される側なら何とかならないだろうか。

さっき魔力の籠もったビーズのアクセサリーを見て考えたことをやってみるのはどうかな？

私は傍にいたラーラさんに声をかけた。

「ラーラさん。以前ビーズ代わりに魔石の欠片をくださいましたよね？」

「うん？　ああ、まだあるよ？　え？　今いるの？」

「あれば欲しいです」

そう言えば、ラーラさんは不思議そうな顔をしつつ、魔石の欠片の入った小瓶をくれた。

中に入っている魔石はどれも小さく、丁度アクセサリーに使われるビーズくらいの大きさで。

蓋になっているコルクの栓を引き抜いて一粒、ヴィンセントさんのお道具箱から借りたピンセットで取り出す。

透明なガラスみたいに見えるけれど、魔石の粒だけあって僅かながらに魔力を感じた。

魔石っていうのは魔力が内包された石で、それ自体の魔力も抜き出して使うことも出来れば、加工して魔力を溜める装置として使うことも出来る。

私はヴィンセントさんから道具一式と、彼の左指を借りた。

驚いて固まっているうちに、ヴィンセントさんの左親指に私が塗ってもらった染料を塗って、その上にお道具箱にあった白い染料を使って花を描く。勿論彼と同じく、爪を塗るにも花を描くにも筆に魔力をのせて。それから描いた花の中心に、魔石の欠片を置いてみる。

あれだ、ネイルアートってやつ。

前世の「俺」のお母様が時々やってたんだよね。

魔術で彼の指を乾かすと「素人考えなんですけど」と前置きする。

「やっぱり本人に魔力がないなら、外付けするしかない訳で……。染料が媒介になるなら、爪と魔石を染料で繋げてみればいいかな、と？」

「ああ、なるほど……？」

不思議そうにしつつ、ヴィンセントさんは私が描いた花を避けつつ防御障壁を張る呪文を爪に書き加えた。

そしてまじまじと指先を見ていたヴィンセントさんの顔が、段々と驚愕に歪んでいく。彼の爪先には小さな障壁が現れた。

「え？　え？」

「どうしました？」

「や、僕の魔力じゃなく、魔石から魔力を引き出したんですけど……使えてます！　あの、魔石の魔力が足りないから、障壁が爪先にしか展開できないですけど！」

「おお、じゃあこれはありですか」

なるほどなぁ。

外付けは有効だったらしい。

感心していると、ヴィンセントさんがいきなり私の両手を握って跪《ひざまず》く。

なんぞ？

驚いていると、彼の目から涙が溢れ出した。

「先祖代々の悩みが今！　解決しました！」

「えぇ……」

「僕の代でようやく染料に何を使えばいいのかまでは来ていたんです！　魔石を外付けにするのも考えました！　でもあと一歩、及ばなかったんです!!」

「あー……うーん……私、ほら、素人なんで……とりあえずやってみただけですし？　それに爪に綺麗な絵が描いてあったらお洒落でしょう？」

寧ろ私的にはこっちのが本題って言ってもいいくらいだ。

こういう目新しいお洒落は、実際の所お金になる訳だよ。特に社交界っていう場所で戦う人達を知っていると。

そういう風にヴィンセントさんに告げると、ロマノフ先生が「あ」と呟く。

ヴィクトルさんとラーラさんはその声にほんの少し眉を動かしたかと思うと、ややあって同じように「ああ」と呻《うめ》く。

そして私も、ちょっと閃《ひらめ》いたことがあった。

「あの、ヴィンセントさん」

「は、はい！」

「貴方の研究にお金を出してくれそうな人を思い出したんですけど、どうします？」

「どう、とは？」

「うん、いや、商機だなって思ったんだけど……」

それだけじゃすまないな、これ。

私と同じことを思ったのか、ロマノフ先生やヴィクトルさん、ラーラさんの目が泳いだ。

マヌス・キュア、前世でいえばマニキュア。

指先の保護だけでなく、お洒落の一環としてのそれは、まだこの世界で有名ではない。

それを社交界へ持ち込めば、新しもの好きなご婦人達は飛びつくだろう。

でも、だ。

このヴィンセントさんのマヌス・キュアは、それだけの用途にするには惜しい。

魔術が使えるお嬢さんであれば、その爪に防御用の魔術をアートでのせてやれば護身術としても使える。

社交界にデビューしたり顔出ししたりするお嬢さんは、だいたいが年頃だし、親にとっては掌中の珠だろう。勿論家にとっては家門を背負って家同士を結びつけてくれる大事な存在でもある筈だ。

その彼女達のお洒落心を満たしつつ、彼女達の安全を確保する道具にもなる。

マヌス・キュアはそういう風に使われるのが今のところは妥当なんじゃないかな。

だけど、だ。

「転用すれば暗殺の道具になってしまいかねないんですよね、これ」

「あ……」

私の指摘にヴィンセントさんの顔が歪む。

彼は魔術を使えないことで困っている人を何とかしたいと考えて、今まで研究してきたのだろう。

そんなこと考えもしなかった、と顔に出ていた。

ずどんと落ち込んでしまったヴィンセントさんを見て、奏くんが私の脇腹を突く。

「若さま、この研究お国に任すのか？」

「任せる訳じゃないよ。こういう研究はお国のためにもなると思うのでどうぞご支援いただきたくってお手紙を書くだけ。必要があれば直接どんなものかご説明する準備も御座《ござ》いますって」

「なるほど？」

奏くんは「ふうん」と納得した様子。

ロマノフ先生とラーラさんとヴィクトルさんが、それぞれ視線を交わして肩をすくめた。

「ひとまずはロートリンゲン公爵とけーたんに連絡入れよう」

「叔父様にもお弟子さんの成果が凄いことになってるからって、連絡入れないといけないかな？」

「あー、これ、母にも一声かけたほうがいい案件ですね」

大人組があははと乾いた笑いを浮かべていると、ひよこちゃんがひょいっと宇都宮さんと紡くんと一緒に、ヴィンセントさんにお茶を飲ませているのが見えた。

そんな落ち込むこともないいんだけどと思っていると、レグルスくんがにこっと笑う。

「おにいさん、だいじょうぶだよ」

「……」

「どうぐにわるいものはひとつもないんだよ。わるいものがあるのは、それをつかうひとのこころだから」

そういって首からさげているひよこちゃんポーチと、腰に下げていた木刀をヴィンセントさんに見せた。

「このひよこちゃんポーチとぼくとうとおなじ。どうぐはどうぐ。つかうひとがわるいことにつかおうとするから、わるいものになっちゃうだけだよ」

「……はい」

こくりとヴィンセントさんが頷く。だけど頭は項垂れたままだ。

奏くんがもう一度私の脇腹を突く。これは「どうにかしてやりなよ」の合図だ。

落ち込ませたんだから回復させてやれってことなんだろうけど、私あんまりそういうの得意じゃないんだけどな。

天を仰いで、それから落ち込むヴィンセントさんの背中を擦る。

「あのですね。研究をする人は、その『誰かのためになれば』という気持ちで突っ走ってくれたらいいと思うんです」

「……でも……」

「それが悪用されるかどうかなんてことは、その成果を使用する側が考えればいいことです。今回の私のように。そしてそれが少なからず研究者の意図と違う使われ方をしそうなときは、先んじて防ぐことを考えるのも使用者側に任せたらいいんじゃないかと。道具それ自体に意思はないんだし、責任は道具を作った人でなく使うものに帰すべきなんだし」

役割分担だよな。

例えばの話、このマヌス・キュアという施術を免許制にしてしまって、施術者は住んでいる場所を国やそこの領主に届け出ておかないといけないようにする。施術される側もきちんと住所・氏名・身分を明らかにしておかないと、施術を受けられないようにしておく。勿論破れないように呪術的な縛りを設けて、悪用した際には罰則がある、とか。

ざっと考えただけでもこのくらいの対処法はある訳だから、それほど悪用に悲観的にならなくていい。

そう説明すればヴィンセントさんがあんぐりと口を開けた。

「……そういうことが、出来るんですね」

「出来なくはないですね。だからね、研究者さんとか技術者さんはこういう御役所仕事が出来そうな人間を頼ったらいいんですよ。私が国に噛んでもらえばいいと思ったのも、噛んでもらえたら研究費にゆとりが出来そうなのと、こういう仕組みを一緒に考えてもらえそうだからです」

他にも、こういう研究を抱え込んで謀反を起こそうとしているって周りから思われないようにするのに、お国の研究を菊乃井で請け負ってる形にしたいって意図はある。けどそれも別に痛くも痒くもない。寧ろこの研究を隠し、それを他所《よそ》の家に知られて、ヴィンセントさんの身柄を要求されるほうが痛い。

彼の身の安全を考えるなら、菊乃井一択だ。菊乃井は帝都より治安も良ければ衛兵も強いのは、二人の皇子殿下からお墨付きをもらっている訳だし。

つらつらとそんな話をすれば、ヴィンセントさんの頬に血の気が戻ってきた。

その手には甘じょっぱいミルクティーのカップがあって、ほこほこと湯気が立っている。

それを一口含んで、ヴィンセントさんが「なるほど」と零した。

「先生が、一刻も早く菊乃井に来なさいと仰る訳ですね」

「そうなんです？」

「はい。一刻も早く菊乃井に来て腰を据えなさい、安心して研究が出来るぞって何度も手紙をくださっていたんです。先生は僕には見えない研究の危うさが見えておられたのかな……？」

それは何とも言えないけれど、オブライエンの象牙の斜塔情報を踏まえるに、そうかもしれないな。

そして菊乃井に来なさいっていうのは、仮に私が彼の研究の危うさに気が付かなかったとしても、余所者に自分の膝元で好き勝手させることはないし、フェーリクスさんのお弟子さんはいわば身内。

身内に要らんことをされたときの私の対応なんて、今までの行動を顧みればお察しだろう。

期待値が相変わらず高いな。

では、お応えしますかね。

そんなことを考えていると、紡くんがヴィンセントさんの服の裾をつんつんと引いた。

「あの、つむです。このあいだ、せいしきに、だいこんせんせいのでしになりました！　よろしくおねがいします！」

「あ、はい。ご丁寧にどうも。ヴィンセントです。何か困ったことがあったら何でも言ってくれたら……。弟弟子妹弟子の面倒を見るのもその上の弟子の修行になるからね」

改めての自己紹介がしたかったようだ。

紡くんの小さな手を、ヴィンセントさんの手が握る。自分が弟弟子と認められたのが嬉しいのか、紡くんのほっぺが真っ赤に染まった。

リンゴのようなそれをヴィンセントさんも、ちょっと嬉しそうにぷにぷにと突く。

キャラキャラと笑う声に和んでいると、ラーラさんが私の肩をポンと叩いた。

「今から彼を連れて帰ろうか？　転移魔術ですぐだし」

「え？　今から？」

もう大分暗いのに大丈夫なんだろうか？

ヴィンセントさんに視線を向けると、彼は「そうしていただけるなら」と力強く頷く。

本人が言うならってことで、ヴィンセントさんは荷物を速攻片付けると、ラーラさんの転移魔術で菊乃井に飛んだ。

奏くんが転移魔術の光の名残を薄目で見る。

「……なあ、若さま」

「何かな、奏くん」

「結局仕事してんな？」

「何でだろうね？」

笑い声が乾く。

これを持ってるというのか違うのか、ちょっと私には判断できない。

でも今夜は何だかそれ以上遊ぶ気にならなくて、ラーラさんが戻ってきたので撤収することにしたのだった。

ワンスアポンアタイムの置き土産

翌日も荒天。大雪なり。

でもロマノフ先生がマグメルにある大聖堂の調査許可を取ってくださったので、行かないのももったいない。

大聖堂には結界とかないからヴィクトルさんの転移魔術ならひとっとび。

そういう訳で、朝ご飯を食べた後にちょろっと行くことになった。

魔術で降り立ったのは大聖堂のエントランス。

ちょっと見た感じ、左右に別棟があって、奥には大きな祭壇が聳《そび》えていて、その脇にお布施を入れる鉢のようなものがあったり、オルガンがあったり。

このオルガンは新年の祈りの会で演奏されるとか。

マグメルは芸術で有名だけど、その芸術には勿論音楽……楽器の演奏やら声楽も含まれている。

マグメルで生活することも音楽家には栄誉なことだけど、マグメル大聖堂で行われる新年の祈りの会で行われる音楽会に演者として招かれることはその上の栄誉なんだそうな。

なんか菊乃井歌劇団に関して「マグメル音楽会には招待されない程度」って悪口があるらしいけど、分野が違うことでああだこうだ言われてもな……。

てくてくと奥に歩いて行くと、神像が見えてくる。

マグメルでは歌舞音曲を愛する我らが姫君・百華《ひゃっか》公主様が崇められてるんだけど、それとは別に雪の女王なる女神様も崇められている。

こちらの雪の女王様のお名前は秘匿《ひとく》されていて、この大聖堂の長のみが口伝で伝えられるそうだ。

何でかっていうと、雪の女王様は遥か昔、帝国成立より五百年以上前にマグメルを治めた実在した人間だったから。

雪の女王様は戦乱の最中、虐げられる芸術家たちを分野を問わず保護して、守りぬいてくれたお心豊かな女王様だったそうだ。

彼女の死後、その偉業を讃え、数多の芸術家が自らの技を競うように彼女に捧げて、結果大聖堂が建ち、音楽会が行われるようになり、町には美しい絵画が飾られることとなった。

しかし帝国成立以前の旧世界で宗教改革が起こり、「人間風情を神々と同列に崇めるとは何事か」と、彼女の存在を戦争の口実にし、攻め込まれかけたらしい。

その当時のマグメルの領主だった人物が、雪の女王とは土着の冬の精霊を祀ったもので、かつての女王とは無関係という調査結果をでっち上げて、これを回避したそうな。

でもそれはやっぱり対外的な話で、真実は雪の女王を崇めるのだとして、彼女の名は大聖堂の長に秘匿されながら伝わっているんだって。

なんでそれが解禁になったかといえば、帝国の初代皇帝が「信教の自由」を認めたからだ。これを以《もっ》て、マグメルの信仰の真実が明かされたとか。

因みに姫君様はマグメルに関して「良き音楽を捧げはするが、それが鼻につくときもある」という評価をされている。

閑話休題。

一段高い台座にすくっと姿勢よく立つ水晶で作られた神像のドレスには、雪の結晶の模様が浮かぶ。お顔の造りは繊細で、凄く綺麗だ。

今にも動き出しそうなそれをじっと見ていると、神像のなだらかな頬に赤みが差す。

え？　赤み？

あんぐりと口を開けてみていると「どっこいしょ」と神像がゆっくりと動き出した。

「はー、立ちっぱなしも疲れるのよねぇ」

そう言うと水晶がどんどんと質感を変えて、まるで人間のような肌の色に変わっていく。纏っているコリント様式の柱のようなドレスの裾を端折《はしょ》ると、神像は妙齢の女性となってすとんと台座に腰かけた。

あわあわすると言葉も出ない。

そんな私に、人間になった神像がにかっと笑いかけて来た。

「貴方、鳳蝶ちゃんでしょ？　待ってたのよぉ」

「ひぇ！　ま、待ってた⁉」

「そうそう。百華公主様からこっちに来るって聞いてて、いつ来るのかなって思ってたんだけど、そりゃこんな吹雪いてたら来られないわよねぇ」

ケラケラと面白そうに笑うその人に、ちょっと戸惑っていると、くいくいと手を引かれる。

下を向けばレグルスくんがこちらを見上げていた。

「ひめぎみさまのおともだち？」

「え？　や、そう、かな？」

いや、そうなんだろうな。姫君様から私がこっちに来るって聞いたって仰ってたし。

その前に、水晶から人になるっていうのは普通じゃない。こんなこと出来るのは……。

「あ、私、神様っていうか、超下級の地方を守る土着の神様ってやつ。百華公主様の部下みたいなもんだから、あんまり畏《かしこ》まんなくていいよぉ」

「……そうなんですね」

なるほどな。

ということは、このお方の正体はアレだ。

「マグメルの雪の女王様……ですね？」

「そうそう。ありとあらゆる芸術を愛する、マグメルのかつての放蕩《ほうとう》女王・キアーラさんですよぉ」

「え？　名乗っちゃっていいんですか？」

「いいんじゃなぁい？　私が秘匿してって頼んだんじゃないしぃ」

「ああ、そうか……」

そうなんだよな、歴史の流れでそうなっただけで別にこの女王様が名前の秘匿を願った訳じゃない。

気を付けなきゃいけないのは、こっちがうっかりそれを言わないかどうかだ。現地の人が守っているすることを、ポッと出の余所者が踏み躙《にじ》ってはいけない。そういうことだよね。

話を聞いていたレグルスくんは「れー、きをつけるね」とお口を両手で塞ぐ。見回せば奏くんが紡くんに「内緒だぞ？」と言い含めていて、紡くんも大きく首を上下に振った。

ハッとして振り返ると、宇都宮さんは苦笑いしながら口の前で両手の人差し指をクロスさせてペケ印を示して「言いません」の合図を出しているし、ロマノフ先生やヴィクトルさん、ラーラさんは目が遠くを見ている。

そんな私達の様子を気にすることなく、女王様はこきこきと首を鳴らした。

「やー、昨日から神像に降りてたから、肩こっちゃった」

「あ、いや、それは大変失礼しました」

「いいよぉ。こっちが勝手に昨日来るもんだと思いこんだんだから」

ひらひらとキアーラ様が手を閃かせる。

なんか、神様っていうか、近所の気のいいお姉さんみたいな雰囲気。元々人間だったから親しみやすい雰囲気なのかな？

「いや、私生前からこうだったけど？」

「え？　でも、女王様って……」

「ああ、私、担がれた庶子だから。偶々《たまたま》魔術の天才でさ。戦で大活躍したら、あれよあれよと王位継承者になっただけ。それまでは随分な扱いだったのにね。で、あんまり腹が立ったから王家を弱体化させるために、ありとあらゆる贅沢してやったのよねぇ。あ、勿論貴族連中から搾り取ったお金でね」

「まさか……民に重税を課させたとか、そんな？」

「それはない。寧ろ民から税金取るのを禁じたくらいよ。そのせいで神様になんかなっちゃって」

民の感謝の念やら尊敬やらが信仰に繋がり、キアーラ様の魂は下級の神様クラスの力を持ってしまって、姫君様に召し上げられたんだそうな。

そういう強い信仰を持った魂は、放っておいたら生きとし生けるものの負の思念に影響を受けて、その魂自体も良くないモノになってしまうとかで。

それで姫君様から縁あるマグメルの地の守護を任せてもらったんだって。

「生きてるときにはそれほど愛着はなかったんだけどさぁ。長く見てると段々マグメルの町も可愛くなってきちゃって。最近はそれなりに住民に恩恵も与えられるようになってきたんだよねぇ」

「そうなんですか……。えぇっと、ありがとうございます？」

「なんで疑問形なの、超ウケる」

ケラケラと陽気な笑い声が大聖堂に響く。

何というか、マグメルの神様は朗らかなんだな。天候と違って。

しみじみ感じていると、キアーラ様が「それなんだけど」と、少し真面目な表情に変わった。

それって何だろう？

首を捻るとキアーラ様が「天候なんだけど」と仰る。

「天候ですか？」

「うん。凄いマグメルって荒れるじゃん？」

「らしいですね」

「それって、君のせいなんだわ」

「へ？」

思いもよらない言葉に絶句すると、キアーラ様が首を横に振った。

「正確に言うと、君っていうか『夢幻の王』を名乗る魔術師のせいなんだよね」

マジっすか……。

昔々のそのまた昔、キアーラ様が神様修行を始めて五十年くらい経ったある日のこと。

海の向こうの大陸から、空飛びクジラの群れに紛れて魔術師達が沢山マグメルにやって来たそうだ。

目的は避難。

海の向こうの大陸で魔術師狩りが起こったんだそうな。

原因は色々あって、疫病が魔術師の妙な実験のせいで起こったからだとか、聡明だったが魔術の使えぬ王を魔術師が誑《たぶら》かしたせいだとか、或いは人間がその豊かな妄想力で生み出した神が魔術師を「悪魔の化身ゆえに殺せ」と信徒に命じたからだとか、まあ色々言われている。

で、その空飛びクジラに紛れて逃げて来た魔術師達を、当時のマグメルの人達は実にあっさり受け入れたらしい。

何でかといえば、自分達も逃げて来てキアーラ様にすんなり受け入れてもらった者達の末裔だから。

キアーラ様の死後から五十年、まだその偉業の影響は健在だったのだ。

それで、その助かった魔術師の一人に夢幻の王の友人がいたそうな。夢幻の王は友人が助かったことにとても感謝していて、この地に防衛システムを築いたという。

「もしかして……」

「うん。一定以上マグメルの町に魔力が感知されたら、それを隠すようにマグメル周辺——マグメル湖全域の気候を荒れさせて、外界から遮断してしまうための魔術装置を置いてったのよね」

「うわぁ……」

それだけではないとキアーラ様は仰る。

何でもレクスが町に降りるときにも、城や彼の存在を感知されないようにマグメルの気候が荒れる設定にしてあるらしく、マグメル上空を空飛ぶ城が通過するだけでも荒天になるんだとか。

「では、今気候が荒れてるのは……」

「そりゃ、二代目の夢幻の王が御来訪中なんだもの。吹雪くわよ」

彼は自分の城や持ち物に目印をつけて、システムに識別させていたらしい。今回天候が荒れたのは、島に沢山の魔力が籠もった物があった挙句に、レクスのゆかりの品である夢幻の王をいつもどおりに腰につけて持ち込んだことが原因だったのだ。

私は吹雪を呼ぶ子どもだったっていう、ね……。

でもシステム的にまだ疑問が残る。それを私はキアーラ様にお伺いしてみた。

「じゃあ、夜になったら晴れるのは……？」

「夜には荒天システムが停止するから。夜はこのマグメル大聖堂が島全体に結界を張る仕組みに切り替わるのよ。魔術市を邪魔しないために」

「魔術市を邪魔しないために？」

何でだろう？

首を捻ると、それはヴィクトルさんが教えてくれた。

「魔術市は今でこそ単なるバザールになってるけど、昔は情報交換や安否確認の場っていう側面もあったんだよ」

「勿論それは人間の魔術師だけではなく、エルフやドワーフ、ゴブリンや獣人族や魔族、ありとあらゆる種族が利用していたんですよ」

ロマノフ先生の補足に、キアーラ様もうんうん頷いてる。

するど奏くんが「はい！」と手をあげた。

「どしたの、茶髪の坊や？　奏ちゃんだっけ？」

「はい、奏です！　えぇっと、じゃあ、言い伝えのお宝は？」

「ああ、宝石だか竪琴って噂になってるやつ？」

「それって単なる言い伝えなんですか？」

ちょっと唇を尖らせた奏くんは、多分「言い伝えだけとかつまんない」と思ってるんだろう。

その言葉にキアーラ様が苦笑を浮かべた。

「あー、宝探しってロマンだもんねぇ。それなんだけどさ、あるにはあるのよ」

「え!?」

これに驚いたのは奏くんでも私でも、勿論レグルスくんや紡くんでも、まして宇都宮さんでもない。

ヴィクトルさんが目を軽く見開いた。

「え？　あの、こちらを以前調査した時はそんなものは……」

「なかったでしょ？　覚えてるよ、エルフ君。めっちゃ探してたよね」

「あ、はい。しかし……」

「そりゃそうよぉ。私の力で秘匿してたもの。だけど君、隠すとこ隠すとこ調べようとするから、
あのときは本当に参ったね」

けらけらとテンション高いキアーラ様の笑い声が響く。

ヴィクトルさんの目は、かなりいい線でキアーラ様の秘匿を見破っていたらしい。けどそれが今一歩見つけられなかったのは、レクスのシステムの問題だそうな。

「だって自分で歩き回れるんだもん。だから調査し終わったほうに逃げ込んだりして、どうにかやり過ごせたってのもあるわ」

「なるほど」

エルフ先生達が苦く笑う。

動き回られた上に神様の守りがあれば、そりゃ見つからないのも仕方ないよね。

納得していると、キアーラ様がひらひらと手を振った。

「でね。ここからが本題」

「はい」

「折角遊びに来てくれたんだし、お土産でもって思っててぇ」

「え？　いや、そんな……」

思ってもないことを言われて、首を横に振る。

歴史の話を聞かせてくださっただけでも大分歓迎されているんだなって感じてるのに、お土産とか畏れ多すぎだ。

遠慮していると、キアーラ様が私の肩に手を置かれる。

「君、そのお宝連れてっちゃっていいよ」

「うぇ⁉」

そう言われても、その装置はマグメルの防衛装置だったって聞いたばかりで「ありがとうございます」とは言えないって。

どうしようかと思っていると、キアーラ様が「防衛に関しては問題ないよ」と仰った。

「問題ないんですか？」

「うん。だって今は平和じゃん？　それでなくとも、ここにはこの地域の守護神として私がいるんだもん。防御機能の肩代わりぐらいできるわよ」

「ああ、なるほど……？」

土着の神様は土地を守ってくださるってことかな？

それはそれで凄い恩恵なんだな。

じゃあ、マグメルにはもう装置は必要ないってことなのか……。

そんなことを考えていると、キアーラ様が眉を八の字に落とした。

「要らないって訳じゃないのよ。千年近くマグメルを守ってくれたんだし。とても有難《ありがた》くて、得難《えがた》い存在だって思ってる。でもだからこそ、そろそろ自由にさせてあげたいなとも考えるんだよね」

「じゆう？　そのおたからはじゆうじゃないの？」

レグルスくんがこてんと首を傾げた。

自分で動き回れるのに自由じゃないってことは、存在自体はマグメルから動けないってことだろうか？

そう尋ねれば、キアーラ様が頷く。

「そう。心があって自在に動くことが出来る魔術人形なのよね。マグメルに漂う魔素や、住んでいる住民からほんの少し魔力を吸い取ることで、無限に活動できるの。私が神として力を付けるまで、本当に何度も助けてもらった。だからこそ、役割を肩代わりできるようになった今、自由に何処にでも行けるようにしてやりたいの。あの子、空飛ぶ城に帰りたいのよ。天気が悪い日は、よく空を見上げてるもの」

キアーラ様がそっと目を伏せた。その表情は悲しそうな、寂しそうな、そんな感じ。とてもさっきまで朗らかに笑ってた陽気なお姉さんとは思えない雰囲気だ。

「本当に、その魔術人形さんを連れて行っていいんですか？」

私は感じたままに、言葉に出した。

それにキアーラ様は困ったように手をもじもじと動かす。

「だって……切なそうに空を見上げてるんだもん。そんな姿見たら帰らせてあげたくなるじゃない」

「……神様って心が読めるんですよね？　心の声、聞こえたりしないんですか？」

「私は下級神だから、身内だと認識した相手の心の声は聞けないの」

なるほど、聞こえないってことか。

キアーラ様の大きなため息に、つられてこちらも大きく息を吐く。

心があるなら、先に本人に意思確認したほうがいいんじゃないのか？

私の中の何かが、そうやって警告する。これは多分私の持つ【千里眼】からの警告だ。

並んで聞いていた奏くんが、私の肩に触れる。奏くんの顔には「同感」って書いてあるから、彼も私と同じ予感がしたんだろう。

即ち魔術人形本人に意思確認せよ、だ。

それを口にする前に、レグルスくんがツンツンと私の袖を引っ張る。そうして小声で「オルガンのちかくにだれかいる」と教えてくれた。

探ればたしかに極々薄い気配があって、それは先生達も気が付いているようで、ほんの微かにエルフ特有の尖ったお耳が動く。

キアーラ様もその気配に気が付いたのか、きゅっと唇を噛んだかと思うと、打って変わって笑顔を作った。

「そもそもあの子は夢幻の王が作ったんだもん。造った人に返すのが筋で」

「しょう？」とキアーラ様が言い終わる前に、オルガンに潜んでいた気配が、激しく揺れて飛び出していくのを感じる。

これ、拗《こじ》れるやつーーーー!!

「レグルスくん！　奏くん！　宇都宮さん！　追いかけて!!」

「はい！」

「まかせろ！」

「お任せくださいませ！」

飛び出していく三人の背中を見送って、私はもう一度大きくため息を吐いた。

以心伝心と手抜きは紙一重

何故か人間は、いや、意思疎通が図れる生き物は、それ故に言葉に出さずとも自分の気持ちは相手に伝わる、逆もまた然りなんて思い違いをするんだ。

それはどうも神様も同じらしい。

違うな。

この世界では神様を元に人間が作られている。神様でさえ、心の声が聞こえなければ相手の気持ちを読み間違えるんだから、それより劣る人間はもっと齟齬《そご》があってもおかしくない。

駆けて行ったレグルスくんと奏くん、宇都宮さんの背中を、ラーラさんが悠然と追っていく。

ちらっとそれが見えたから、私はキアーラ様に視線を戻した。

「……どなたか存じませんけど、聞いてるのが解っててああいう言い方をしましたね？」

「だって、未練なく飛び立ってもらいたくて……」

「要らないから返すって受け取られても仕方ない言い方でしたけど？」

「それはそれで、気兼ねなく自由になれるなら構わないよ」

「聞いてたご本人が傷ついても、ですか？」

口調が尖る。

神様だからって何してもいいわけじゃないんだ。傷つけることを自身が承知してたって、そこに思いやりがあったとしても、傷つけられた当人は納得できやしないんだ。

泣いて馬謖《ばしょく》を斬った諸葛孔明は、自分の見る目のなさと指導力のなさを悔やんで自己嫌悪と自己憐憫に浸ってりゃいいさ。だけど斬られた馬謖の痛みや無念に思いを致さないのはどうなんだ？

ましてや今回、当事者さんに非は全くないときた。

これってちゃぶ台返ししていい場面では？

イラッとしつつ目前の女神様を睨めば、私が結構怒ってることに気が付いているようで、彼女は半分泣きべそをかいていた。

「だって……千年近く一緒にいたのよ？　あの子がどれだけ優しいか、私が誰より知ってる。あの子は私がただ自由になっていいって言ったって、きっとお城に戻らずにここに残ってくれるわ。だけどあの子が荒天の日は空を切なそうに見上げているのも知ってるんだもん！」

「だから追い出すような物言いを？」

クッソ面倒くせぇ。

そう思ったのが顔面に出てたのか、ヴィクトルさんに小声で「お顔作って!?」と言われてしまった。

でも振り返ればロマノフ先生は白けてるし、ヴィクトルさんだって目線が泳いじゃってる。

キアーラ様は魔術人形が切なげに空飛ぶお城を探すように見ていることを気にするなら、それを「何で？」って聞けば良かったんだよ。普通は。

じゃあ普通に聞けなかったのは何でかっていえば、身内認定するくらいにはキアーラ様はその魔術人形を心の中に入れてたから、か。

身内だと思うくらい大事な人に「実はお城に帰りたい。貴方の傍から去りたい」なんて言われてしまったら、辛いもんね。

でも、大事だからこそ相手の望みを叶えてやりたいとも思うんだ。

だけど長く一緒にいる相手だからその気性は知っていて、役割がなくなっても傍にいてもらえるぐらいには好かれてるのも解ってる。それでどうすりゃいいかって思いつめての行動なんだろうけど、正直に言えば「全然ダメじゃん」だ。

めっちゃ拗れるヤツじゃん。

そしてこの間まで、似て非なる感じで拗れてた兄弟達を知ってるんだよなぁ。解決法も、だ。

「あえて厳しいことを言いますが、自分勝手が過ぎます」

「う……」

「私はその魔術人形さんが望むならお城に迎えるのも吝《やぶさ》かじゃないですよ？　でも、メンタルケアまで託される謂れはないです。相手を大事に思うのも解らなくないけど、肝心なとこで手抜きが過ぎる！」

「て、手抜き？」

「ええ、手抜き」

結局は思い込みなんだ。

自分が相手を理解してるとか、相手に理解されてるとか。言葉がなくても通じるなんていうのは、今までの関係性の上に築かれた甘えでしかない。

相手の考えも心のうちも、言葉に出してもらってようやく伝わる。考えたことも、思ったことも、声に、言葉に出さなきゃ相手には伝わらない。それが意思持つ者が言葉を持つ理由じゃないか。

これは第一皇子と第二皇子が、お互いを思いやるが故にすれ違ったのと似てる。

人の心が聞こえる故に、逆に心の声が聞こえない相手に対して抱く不安があること。

それが原因で百華公主様や氷輪様達が艶陽公主様と長くすれ違っていたのとも、そう変わらない。

両者とも結局は、自分の考えていることを言葉と時間を尽くして伝えるのを「お互い解っている筈」なんて勝手な思い込みでやらなかったせいなんだ。

これを手抜きと言わずして、なんと言う⁉

まあ、その点は私だって人のことは言えないわな。レグルスくんも父上を慕ってるなんて思い込んで、随分と複雑な思いをさせたんだから。

過去の体験が確実に身になってるよね、嬉しくないけどな！

長く深く大きく、腹の底から息を吐き出す。

「とりあえず、誤解を解きましょう。そのうえで、きちんとお話ししてからです」

「うん……、その、ごめんなさいね？」

「謝る相手が違います」

少女のような天真爛漫さは、裏を返せば無神経さに繋がる。それも魅力のうちではあるんだろうな。憎めない人だとは思うもん。面倒くささはあるけど。

一礼してクロークを翻して、私はキアーラ様に背を向ける。

紡くんを促して、レグルスくんや奏くんの駆けて行った方向に足を向ければ、先生達も一緒に歩き出した。

「……キアーラさま、おにんぎょうさんのことがすきなのにどうしていわないんですか？」

「うーん、遠慮されちゃうからじゃないかな？」

「えんりょ？」

紡くんの「なぜなにどうして」は、私にも真っ直ぐに向けられる。

「例えばだけど、紡くんがお勉強したいときにお友達に『遊ぼう！』って言われたら、お勉強したいと思ってもお友達と遊ぶことってないかな？」

「あります。ちょっとだけ」

「どうしてかな？　紡くんはお勉強したいんでしょう？」

「だって、せっかくあそぼうってやさしいきもちでさそってくれたのに、がっかりさせちゃう……」

「キアーラ様は魔術人形さんが『優しい』って言ってたよね？　紡くんも誘ってくれた子をがっかりさせたくないから、遊びたくないときでも遊ぶことを優しい気持ちで選ぶことがある。それと同じように、魔術人形さんが優しい気持ちでキアーラ様のことを考えて、したくないことをしてしまうかもしれないから、かな」

「……でも、いわなきゃわかんない……」

ぽつっと困ったように零す紡くんの頭をわしわし撫でる。

伝えることが良いことばかりとは限らないけれど、伝えなくては何も始まらないことすらあるんだ。

奏くんと紡くんだって一度は拗れかけたのを、巻き返したのは紡くんの勇気と奏くんの真摯な誠実さだった。思ってることを伝えるのは勇気がいるし、それを真摯に受け止めて相手に返すのは誠実でなければ出来ない。

あの兄にしてこの弟っていうのは、真理なんだろう。

かつかつと大聖堂を奥へと進むと、地下に向かう螺旋《らせん》階段があった。

「その下のようですよ。話し声が聞こえますね」

ぴくぴくとロマノフ先生とヴィクトルさんの耳が動く。なので螺旋階段を紡くんと手を繋いで下りれば、開けた場所へと出た。そこから左右に廊下が伸びていて、右の廊下の突き当たりにある扉の前で宇都宮さんとラーラさんが手を振るのが見える。

とことことそこまで行けば、ラーラさんが親指で扉を指した。

「中でひよこちゃんとカナに慰められてるよ」

「そうなんですね」

宇都宮さんとラーラさんは私達がいずれ追ってくるだろうことを見越して、扉の前で目印になるべく立っててくれたそうだ。

なので代表して、その扉をノックする。それから鉄の輪っかのようなノブを引くと、私は思い切りドアを開けた。めっちゃ重い。

建て付けの悪さを想像させる音を立てて開かれた扉から見えたのは、ひよこちゃんと奏くんの背中。

その真ん中、二人に背中を擦《さす》られている巨大な鳥の嘴《くちばし》に尖った耳、鋭い目つき、細く枯れ枝のような手足に、蝙蝠の羽を背に付けた小鬼のような石膏像がさめざめと泣いていた。

前世の巨大な西洋の城や建物に、雨どいとしてそれは付けられていた。

悪魔的な容姿で、ゴシックな雰囲気を漂わせるその石像の名をガーゴイルという。

レグルスくんと奏くんに背中を擦られて泣いている像は、いかにもそんな感じだった。

「その姿は……ガーゴイルですか？」

ロマノフ先生の言葉に石膏像が首を上下させた。肯定。

ガーゴイルってのは、こっちでは動く石膏像な訳だ。

一人で納得して、ポケットに手を突っ込む。ハンカチがあった。

どうしたもんかと思いつつポケットからハンカチを取り出すと、レグルスくんがそれを受け取って石像の目を拭う。

いきなり触られた石像は驚いたように羽をばたつかせたけど、結局されるがままに涙を拭かれた。

「えぇっと、お話しできます？」

「はい」

「あの、貴方がレクスの魔術人形でいいんですかね？」

「はい。レクスからは『ゴイルさん』と呼ばれていました」

私の言葉に石膏像が返す。

ガーゴイルだからゴイルさんってなんだよ。そこはガーおくんとかガー子さんとかだろうに。レクスのネーミングセンスどうなってんだ？

若干の疑問を飲み込んで、私は話を続けることにする。

「あの……どこの辺りから、話を聞いておられました？」

単刀直入に尋ねると、ゴイルさんの羽がぶわっと開いた。そしてまたその鋭い目から、したしたと涙を落とす。

「日課の見回りをしていて、女王様の神像近くを通りかかったときに『そのお宝持ってっちゃっていいよ』と聞こえて、嫌な予感がしてあの場に行ったら『そもそもあの子は夢幻の王が作ったんだもん。造った人に返すのが筋』と……」

「あー……」

よりにもよってというか、また拗れる場所だけというか。【千里眼】よ、お前は正しかった。見事に拗れたわ。

いや、でも巻き返せるところだ。頑張ろうか。

私は大きく息を吐いて、腹に力を入れた。

「誤解です」

「え？　いや、でも……」

「結論を先に言いますが、本当に誤解です。貴方が聞いたところは、あえてあのお方が貴方を誤解させようと聞かせた言葉です」

「……!?」

ぼりぼりと頭を掻く。

大人っていうのはさ、大きくなって色々出来ることや察せられることが増えて他人を慮ることが出来るようになるのと引き換えに、素直に相手の好意を信じたり受け入れたりが出来にくくなるのかね？

だとしたら大人になることが、誰かを守ることに必ずしも繋がらないのかもしれないな。

苦々しい思いを抱きつつも、ゴイルさんに穏やかに話しかける。

「あのお方、ゴイルさんが荒天の日に空を切なげに見ておられるのを察して『お城に帰りたがってる』と思ったんですって。でも千年くらいの付き合いがあるし、ゴイルさんはあのお方がその役割を交代することが出来ても、ここにいてくれるんじゃないかと思っていらっしゃる。何でそんな自信があるかは知りませんが、貴方は普通に言っても自分から帰りはしないだろうと思ってああいう言い方になったそうですよ。嫌われたら、貴方を自由にしてあげられるって。そもそも何でそんなに好かれてる自信があるか、それが私は一番疑問なんですけども」

「……あの方を嫌う人がいるはずないじゃないですか」

「いや、私、正直ちょっとイラついてますけど」

嫌いではないけどな。

だけどそれは面に出さないで、どっちか言えばぶすっとした表情を作る。するとゴイルさんがまたぶわっと羽を広げた。

「何故ですか⁉　私の女王様はとてもお美しくて聡明で明るくて闊達《かったつ》で優しいお方ですのに！」

「優しいお方が貴方をワザと傷つけますか？　貴方を泣かせますか？　私には面倒ごとを押し付ける自分勝手なお姉さんですよ！」

「⁉」

言い切ると、ロマノフ先生やヴィクトルさん、ラーラさんにお口を塞がれる。三人ともちょっと青ざめてるけど、ここは言わせてもらうぞ。むしろ後で姫君様にも直訴だわ！

そんな私と先生達を尻目に、レグルスくんと奏くんが首を捻った。

「ゴイルさん、じょおうさまのことすごくすきなんだね？」

「だよなー。返すって言われて泣くぐらいだもんな？」

「あ、あの……はい……」

二人に言われてゴイルさんはその煤《すす》けた灰色の羽をワサワサと震わせる。

そうだよね、私に対する反論が怒濤の早口だったもんねー。

アレだ。推しを悪く言われたときの沼の住人の反応に似てたしね。

視線が集中する中、ゴイルさんはその大きな嘴を開いた。

「昔、レクスに作られたころ、私はとても悲しかったんです」

ゴイルさんの言うことには、レクスの魔術人形は皆可愛かったのだそうな。自分を除いて。

ウサギのうさおだけじゃなく、他にも茶色のふかふかした小さな子犬や長靴を履いてマントを羽織った子猫やら、緑色の長い尾羽も艶やかな小鳥に、それはもう色々。それに比べて自分は……と、

劣等感満載だったそうな。

そのうえ兄弟人形達は城で大事にされていたり、大事にしてくれる人に貰われていったり。なのにゴイルさんは搭載された防御システムのせいで、お城から出されてマグメルに置いてけぼりだ。レクスは作ったものの、可愛くない自分を持て余していたのだろう。ゴイルさんはそう考えていたとか。

「でも、私が置いていかれてから十年くらいたった頃、女王様が話しかけてくださったんです」

自律型の魔術人形のゴイルさんはその時大聖堂の屋根の上で黄昏《たそがれ》ていたそうで、凄く驚いたという。だって神様だ。そんなまさしく雲の上の存在が単なる魔術人形に話しかけてくるなんて思わなかった、と。

そして神様、キアーラ様はゴイルさんと目線を合わせて「いつもありがとう」と言ってくれたそうだ。

麗しの雪の女王様に「貴方の灰色の大きな翼に守ってもらえている。良かったらお友達になってくれる?」と言われて、ゴイルさんは「機能停止しても悔いなし」と思ったらしい。

「だってあんなにお美しい方が！　この醜い私に！　お友達になってってって！」

「うーん?　ゴイルさんが醜いっていうのは同意しかねるんですけど?」

ガーゴイルの美人はガーゴイルの美人だろうよ。

ゴイルさんの価値観を人間寄りに調整したというか、人間が作ったからそうなっちゃっただけなんだろうけど解せぬ。

そう言えば、ゴイルさんが俯く。

「女王様もそう仰って、『私はその大きな嘴可愛いと思うけど？』とか『大きな羽に細い足が素敵よ』とか慰めてくださるんです。お優しい御方なので、気を遣ってくださって」

「慰めっていうか、本心でしょ。お世辞とか嘘を言う必要ない立場の人だし、気を遣うほど神経細かくは見えな……げふん」

そっと目を逸らす。

かつて女王となって人民を統治してた人だ。あの天衣無縫さの中に幾許《いくばく》か、人心掌握のための毒が仕込まれているだろう。

そんな人が使う必要のない気を遣うかっていうと、ＮＯとしか。これは統治者って立場にあった人への偏見が含まれていると言われればそうだけど。

でもだいたい見えてきた。

友達だから、役割がなくなってもきっとそばにいてくれる。帰りたい気持ちを押し殺して、きっと。そのくらいには好かれてると、キアーラ様が確信するくらいには二人の仲は良好だったってのが確定したわけだ。

だったら余計に確認必須じゃん。またも口から大きなため息が出た。

キアーラ様の動機は確認できたわけだから、あとすることは一つ。

そう思っていると、紡くんが声を上げた。

「ゴイルさん、おしろにかえりたいの？」

「……帰りたい訳ではないんです。でも、ちょっと、思うことがありまして」

「思うこと、ですか？」

聞き返した私に、ゴイルさんが目を潤ませながら頷いた。

「はい。レクスのお城には魔術人形を作るための工房があります。そこで、この身体を挿《す》げ替《か》えられないものかと……。あのお方に見合う美しい姿になれればと思ったものですから」

「あー……」

私は天を仰いだ。

これは私が思うよりずっと以前から拗れ始めてて、今に至って完全に絡まった感じなんだろう。

糸を解こうと頑張って解《ほぐ》したら、根元の部分で変な結び目が出来てたのに気づいたやつだ。

元々ゴイルさんの中には自分の容姿に対する劣等感があって、それが美しい雪の女王様の傍にいるのに相応しくないって方向に膨れあがってしまったんだろう。

それで自身の容姿を何とかしたいと考えてレクスの城に行ければ……って思いが、ゴイルさんの眼差しを切なくさせていたって落ちだ。

つまり帰りたい訳じゃない。それどころかゴイルさんはキアーラ様の傍にいるための自信がほしくて、城を見ていただけなんだ。

「あの方はお優しい方だから、こんなに醜い私が傍にいることを許してくださっているだけで、本当はもっと可愛いものをお傍に置かれたい筈なんです……」

「キアーラ様がそう仰ったんですか？　もしくは可愛い物を愛でる傾向があるとか？」

「……美しい貴方に『お宝をあげる』と……」

ぴくっと眉が上がる。

正直に言えば、私は容姿の話とかが好きじゃない。何でかって言えば、私にもまだ克服できないコンプレックスがあるからだ。

面の皮一枚の美しさなんか、私にとっては内面の醜さを隠すための道具に過ぎない。そんな物を羨ましがられたり、持て囃《はや》されたりするのは、私にとってはまだ治らない傷を抉ることでしかないんだ。

噛み締めすぎた奥歯が痛い。だけど、これはゴイルさんの抱えたコンプレックスとは問題が違う。どうにか腹の中で煮えるものを飲み込んで、首を横に振った。

「それは私が夢幻の王を継いだ身の上だったからで、強いてもう一つ理由を付けるなら宝探しをしていた子どもだからですよ」

「そうだぞ！　そもそも女王様はゴイルさんを城に帰らせようとしてたんだから、夢幻の王なら若さまじゃなくても誰でもよかったんだ。偶々おれがお宝ないのか聞いたから、そういう言い回しになっただけだって。いくら若さまの顔が良くても、夢幻の王じゃなかったらお呼びじゃねぇって」

奏くんの援護射撃に、レグルスくんや紡くんが頷く。

「そうですよ。面《ツラ》が良いだけの子どもなんかお呼びじゃねぇんですよ！」

さらに私が畳みかければ、奏くんがからからと笑った。

「若さま、口が悪くなってるぞー」

「おおぅ、奏くんにつられたねー」

「おれのせいじゃないぞ。若さまわりと前から怒ると口悪いじゃん」

知らないよ、そんなの。

ぷいっと顔を背けると視界の端で、先生達がホッとしたような表情なのが見えた。容姿のことが私の逆鱗《げきりん》に近いのを、ロマノフ先生は知ってるし、ヴィクトルさんやラーラさんにも察せられている。

明らかに一瞬ぴりついた雰囲気を、奏くんが混ぜ返してくれたのだ。レグルスくんも何か察したのか、私の手をそっと握ってくれてるし。

修行も経験も足んないよ。

まあでも、ゴイルさんの気持ちは完全にとは言わないけど、理解することは出来なくもない。見かけっていうのはそれだけ内面にも影響を及ぼすんだよ。だから頑張って可愛いを作ろうとするし、行いも仕草も美しくあろうとする。

っていうか、この話キアーラ様聞いてるんじゃないかな？

唐突に思いついて、私は顎を一撫でして口を開いた。

「解りました。ゴイルさんがそんな風に思うんだったら、レクスの城に一度戻られたらいいですよ。魔術人形の外見を作り変える術があるなら、そうしたらいいです。うん。外見を作り変えて新たな道を歩んだらいいんですよ。キアーラ様も作り変えた外見を気に入ってくださるかもしれないし」

「え？　いいんですか？」

「いいんじゃないです？　キアーラ様はそもそも貴方を自由にするおつもりだったんだし、貴方が外見を変えて戻って来たとしても、それはゴイルさんの自由なんだから。魔力が必要なら、融通《ゆうずう》しますよ」

本人が変わりたいというなら、そうすればいい。自由にっていうのなら、そこに口出しするのはいかんだろう。

そう言って頷くと、頭上から「何で!?」と女性の声が降って来た。やっぱり聞いてたな。

ジト目になって上を見上げると、涙目のキアーラ様が浮かんでいた。

「だ、駄目よ！　ゴイルさんはその姿がいいのに！」

「は？　本人がこの姿嫌だって言ってるのに？」

「私はありのままのゴイルさんが好きよ！」

「勝手だなぁ」

呆れたように言えば、キアーラ様はぐっと言葉を詰まらせる。そんな私とキアーラ様のやり取りにゴイルさんは目を白黒させているけど、実際身勝手なのは本当のことだから私は動じない。

「キアーラさま、おはなしきいてたんですか？」

「え？　あ、うん。気になっちゃって……」

こてんと首を傾げるレグルスくんの素直な言葉に、キアーラ様は少し気まずげだ。

自分で真意を確認できずに人に任せたのはいいけど、それも気になって盗み聞きしてたのがバレたんだから、そりゃ気まずかろう。

まだるっこしいことはやめだ。一気に片付けよう。

決めて、私はキアーラ様に視線を送った。

「聞いてらしたんなら、話は早いですよね。キアーラ様、ゴイルさんに自由になってほしいって仰ったのに、どうして外見を変えちゃ駄目なんです？」

「それは……だって……」

「だって？」

「そんなつもりで自由になってほしいって言ったんじゃないんだもの。私は故郷に帰りたいと思ってるんだって考えてたから！」

「そうじゃなかった訳ですけども？」

あえて冷たく非難するような声を出せば、キアーラ様は両手の指先をつんつんと合わせて言い淀む。乙女チックな仕草で、ゴイルさんと私の間で視線をウロウロさせているけれど、そんなんで許す私じゃないんだよなぁ、これが。

私の気性は姫君から教えられているようで、諦めたようにキアーラ様が大きく息を吐いた。

「ゴイルさんは目立たないように石膏像に徹して、いつも町を見守ってくれる。マグメルを守って佇む貴方の姿は、とても町の風景に溶け込んでいるわ。変わらぬものなどないなかで、貴方だけが変わらずにそこにあってくれると安心できる。千年ほどここにいるけれど、貴方が変わらずに傍にいてくれるから孤独じゃなかった。大きな嘴も羽も、この町を私と共に守るためにあるって思ってた」

「そんな、女王様……。勿体ないお言葉を！」

「貴方、私が『友達になって？』とお願いしたとき、『私で良ければずっとお傍に』って言ってくれた。でも貴方はここ数百年、気候が荒れる度に空を見上げてため息を吐いてた。憂いがあるなら話してくれると思ってたけど、でも何も言ってくれないし……」

キアーラ様はそれで心配になったそうだ。

曰く、優しいゴイルさんは、優しさ故に本音を自分に言えないのではないか、と。自分が「友達になって？」なんて言ったせいで、ゴイルさん同情心で傍にいてくれているのでは……なんて。

生前キアーラ様は権力の中枢で、人の心を掌で転がすことも必要に応じてやってきた。その中で他者の好意につけ込むことも、それを利用することも平気でやってきたらしい。そのツケが回って、ゴイルさんの優しさが不安でならなかったそうだ。

不安に拍車をかけたのは、最初のうちは聞けていたゴイルさんの心の声が、年月が経つにつれ聞こえなくなった。つまり本当にゴイルさんがキアーラ様にとって、どうあっても嫌われたくない相手になってしまったから。

私を巻き込んだのは、百華公主様から人となりを聞いたうえで、どう転んでもゴイルさんを悪く扱わないだろうという確信からだったとか。

私は夏休みだって言ってんだろ⁉　幼気《いたいけ》な子どもを働かせるんじゃないよ‼

さてトドメを刺そう。そうしよう。

腕を組むと、私は顎を少し上げた。生意気に見えるだろうけど仕方ない。

「で、結局どうなんですか？」

「……」

私の言葉にキアーラ様は答えずに、ただ指をもそもそと動かしつつ、助けを求めるようにゴイルさんをひたすら見てる。

ゴイルさんがその視線に耐えかねて開こうとした口を、彼の肩をひっつかんで止めた。そしてにっこり笑って見せる。

痴話話に巻き込んでくるのは、何処かの第一皇子だけで十分だっての。

「じゃあ、ゴイルさん、ご希望を叶えに行きましょうか？」

「ま、待って！　変わってしまっても、それがゴイルさんの望みならいいけど！　いいけど、帰ってきてくれる……？」

キアーラ様は器用に、片方だけで涙を零した。

所謂女優泣きってヤツ。

美しい人が、そんな風に涙を零せば何の異論もなく絵になるに決まってる。

けど、私にはなんの感慨もなく。

だって泣いてるキアーラ様が、結構いい性格なのを知っちゃってるからなんだよな。

でも私より長い付き合いのゴイルさんは、その鋭い目を潤ませている。

見つめ合った二人は、素直にお喋りできないのか無言だ。だけどそのままじゃ埒が明かない。

「だそうですけど、ゴイルさんはどうなんです？」

「え⁉　あ、あの……私は……私なんかが……」

「キアーラ様が御望みなのは、ゴイルさんがお傍にいること。それだけでいいみたいじゃないですか？　だったら後は貴方の気持ち一つですよ。キアーラ様は姿形が変わろうとも、貴方が傍にいてくれることが大事らしいですし？」

キアーラ様が一瞬困ったような表情を見せたけれど、それはそれとしてブンブン首を縦に振る。

本当を言えば、ありのままのゴイルさんでいてほしいけど、ゴイルさんが外見を気にするなら変えても仕方ない……そんな感じか。

一方、ゴイルさんはイマイチ、イマニくらい「ありのままの貴方がいい」という言葉を受け止めかねている。理由は単純だ。ゴイルさんの外見を誰より醜いと感じているのは、外野ではなく本人だから。本人が一番自分を受けいれてないんだから、他人の言葉なんて聞きようがない。仮令《たとえ》それが敬愛する女神様の言葉であっても、だ。

そしてそんな精神状況が手に取るように解るのは、私にも似たような所があるからなんだよな。自分の悪い所を見せられているようで、実は結構苦しいし、いたたまれないんだよね。

余計なことだと思いつつも、私は苦い思いで口を挟むことにした。

「ゴイルさんが外見を変えたいなら、そのようにすればいいと思います。でも今外見を変えたところで、貴方の悩みはなくならないかもしれない」

「!?」

外見を変えて、それを受け入れられたからって、元の自分はいつまでも心の中にいる。白豚がどれだけ外見を変えたとしても、白豚じゃなかったことにはならない。それと同じでゴイルさんだって、外見を変えたって自身が醜いと思う姿だった事実は心に残るんだ。

自分を嫌うその心と向き合わない限りは、何をしようが納得なんてきっとできない。

「ゴイルさんは自分の外見を嫌うあまりに、自分自身も嫌いになっていませんか？　外見を変えたら、自分をほんの少しでも好きになれますか？　キアーラ様の言葉を受け入れることが出来そうですか？　そうじゃなければ、どれだけ外見を変えたって『これは本当の自分じゃない、本当の自分では受け入れられない』って悩みが増えるだけだと思います」

ざっくり急所に切り込んだようで、石膏なのに青ざめているのが解るくらい、ゴイルさんは震えている。

ああ、覚えがあるとも。全部私自身のことでもあるんだからさ。

今だって自己嫌悪とか色々、心の中にくすぶってるものはある。

それでも少しでも前に進もうと思えるようになったのは、レグルスくんがずっと「にぃにが好き」と伝えてくれたからだ。

レグルスくんだけでなく、皆そう。

皆言葉と心を尽くしてくれるのに、それを向けられる私が、いつまでも蹲《うずくま》って受け取ろうとしないのは違う。そう思えるようになったからだ。

立ち止まっていても、皆許してくれるだろう。それだって甘えだと思うなら、立ち上がって前を向くしかない。

いつだって良くも悪くも自分を許さず責めるのは、自分自身なのだ。

突き付けた言葉の切っ先の鋭さは解っている。突き付けられる怖さも痛みも知っている。けれど視線を逸らさない私に、動いたのはキアーラ様だった。

「ゴイルさん、私のこと好きよね？」

唐突にゴイルさんの石膏の身体に、キアーラ様が腕を回して抱き付く。

敬愛する女王様にいきなり抱きすくめられたゴイルさんは、目を白黒させつつも首を勢いよく上下させた。

そのリアクションにキアーラ様は艶やかな唇を引き上げる。嬉しそうに弧を描いた紅い唇が、ゴイルさんのこめかみに寄せられた。

思わずレグルスくんのお目目を隠せば、隣で奏くんも紡くんの視界を手で遮る。

「私がゴイルさんの一番よね？」

「は、はひ……！」

「じゃあ、私のお願いを聞いて。私のために、私の好きな貴方でいて。そのままのゴイルさんで、変わらず私の傍にいて」

キアーラ様の紅い唇が「お願い」と言葉を紡いだ。

彼女の紅い唇はゴイルさんのこめかみから額、鼻先、頬へ順に動いて行く。

その様子に、奏くんがぽつりと零す。

「呪いと祝福って紙一重なんだな」

「うん」

キアーラ様はゴイルさんに呪いと祝福を与えた。

祝福は敬愛する女神からの、ゴイルさんの存在の全肯定だ。呪いは、お願いという形でゴイルさんの存在の全てを縛ること。

それが良いのか悪いのかなんて野暮なことは言わない。そんなものは当事者間で決めてくれ。

奏くんと顔を見合わせて大きく息を吐くと、ゴイルさんが「私でよければ」と消え入りそうに返事をしたのが聞こえた。

これで一件落着だろう。

全く、なんで休みにこんな騒動に巻き込まれんだよ。

若干死んだ魚の如く目を濁らせていると、ロマノフ先生が私の頭を撫でた。

「疲れてませんか？」

「まあ、少しは……」

「ゆっくりでいいんですよ。一足飛びに何もかも向き合って片付けてしまわなくても、君のペースでいいんです」

「はい。でも、人は自分の鏡っていう言葉の意味は解ったかなって」

苦く笑うと、頭を撫でる手が増えた。ヴィクトルさんとラーラさんだ。振り返ると、ヴィクトルさんが凄く浮かない顔をしている。

首を捻ると「ごめんね」と、ヴィクトルさんが小さく呻いた。

「へ？」

「折角の夏休みなのに」

「ああ……いや、でも、こんなこと誰も予想できないですし」

予想出来たら神様の領域に足突っ込んでるだろう。そのくらい今回の件は唐突に降って湧いた話だ。ヴィクトルさんのせいじゃない。

そう答える前に、ゴイルさんに抱き付いたままのマッチポンプ自己中女神様がぺこりとこちらに向かって頭を下げた。

「えぇっと、全てはマッチポンプ自己中女神の私のせいなんで。本当に巻き込んでごめんね？」

「まったくですね。姫君様に告げ口しますから」

「ひょえ、ごめんって！」

びくっと肩をすくめる女神様を見つつ、私と奏くんは自分達が目を塞いでいた弟達からようよう手を放す。

うごうごしながら話を聞いていたのか、レグルスくんが私を見上げてにぱっと笑った。

「にぃに、もうおわり？」

「うん。多分ね」

「ゴイルさんどうするの？」

その問いに私は答えを持っていない。持っているゴイルさんを見れば、彼？　彼女？　はゆっくり頭を下げた。

「その……女王様の思し召しのままに……。今はまだ、何をどう受け止めていいか迷っていますが、私は女王様のお傍にありたいのです」

「なら、そうしたらいいですよ」

葛藤を払うのは最後は自分だ。これだけは周りの人がどれだけ言葉と心を尽くしてくれても、どうにもならない。

でも一歩は踏み出せた。なら後は行きつくところに行くだけだ。

苦笑いのまま「一件落着ですね」と言えば、キアーラ様が「あ」と呟く。

なんだよ、まだ何かあんの？

雑な反応に、今度はキアーラ様が苦笑いを浮かべた。

「うん。役割が肩代わりできるのは本当だから、この際やっちゃおうかと思って。それでそのときに、この大聖堂に付けてある荒天を呼ぶための核を持って帰ってもらえないかなって。それが言い伝えのお宝でもあるんだけど」

「へ？」

「私が昔着けていたアクセサリーなんだけど、身に着けた者の魔力と意志次第で雨や雪を呼ぶことの出来る首飾りを核にしているの。天を左右する力は王権を担保するっていうんで、献上されたものなんだけどね。君、回収してくんないかな？」

「え？　普通にそんな揉めそうな物は要らないんですけど」

「君が回収しないで、変な人に渡ったときのほうが困ると思うよ？」

こてんとキアーラ様が首を傾げる。これは解っててやってるヤツで、ゴイルさんも申し訳なさそうにしている。

是非もなしだ、ちくしょうめ！

旅するクジラの背に乗って

「それはご苦労だったなぁ、少年」

呵々大笑《かかたいしょう》って感じで大きなオーロラを纏うクジラが、腹を揺らして笑う。めっちゃ大きい。前世のテレビ番組でみたシロナガスクジラって感じ。

その目はクリッとしていて、理知の光があった。

空飛びクジラの長老様なのだ。

キアーラ様から回収を「お願い」って名目の押し付け依頼された、かつての彼女の王権の象徴であるアクセサリーなんだけど、なんと誰にも取られないようマグメル大聖堂の避雷針の上にぷかぷか浮かべられていた。

飛行型モンスターが近付かないよう、念入りに隠蔽されて。

見つけられたとしても、ゴイルさんか夢幻の王に関わりある誰かしか触れないような呪術的な仕掛けはある。けれどシステムをキアーラ様が肩代わりすると、この呪術的な縛りが消えて、誰でも触れられるようになってしまうのだとか。

このアクセサリーは単体でも、魔力をそれなりに持つ者が触れれば、立ちどころに天は曇り嵐が起こる。逆に嵐の酷い所でアクセサリーの力を解放すると、嵐を消し去ることも出来るんだそうだ。

天気を自在に操る。それは天変地異を人為的に起こすのと同義だ。

神様のいる世界でそんなことが出来る人間は、そりゃ神様の御使いやらなんやらと目されてもおかしくない。

神に選ばれた。そう喧伝して王権の強化や正当性が図れる訳で、これを利用すれば何の変哲もない人間でも「神様に選ばれた」と言って王に譲位を迫ることさえ出来た。

今はというか、帝国は皇族が艶陽公主様の御加護を持つお血筋だから、そういった心配はないんだけど、他国の神々の加護を持たぬ王族にとっては脅威だよね。

そんな危険なものはとっとと回収して然るべきところにお任せすべし。

そう思って嫌々回収作業に入ろうとしたんだけど、問題発生。

私、そんな高いとこまで行けない。っていうか、行きたくない。じゃあ、ゴイルさんに取ってきてもらえばって思ったんだけど、キアーラ様がシステムの肩代わりする儀式に、ゴイルさんもいなきゃいけないっていう……。

だから行き当たりばったりで儀式をやろうとか言わないでほしいんだよな!

若干イラつきが増したんだけど、これを解決してくれたのがヴィクトルさんだった。

丁度渡りでこっちにいた空飛びクジラの長老様にお声がけしてくれたのだ。

この長老様、面白いこと大好き。

なので今回のマッチポンプ自己中女神様による痴話喧嘩の詳細をお話ししたら、「そのツイているのか、いないのか解らない坊やに会いたいから手伝おう」って来てくださって。

もう一回私が最初から最後まで、私の主観だけで話したらめっちゃ笑われた。

「なんかもう、どっと疲れました……」

「解る、解るぞ。ここの女神殿、少々思い込みが激しいのだよ。悪いお人ではないのだがな」

「ええ、はい。それはそうだろうなと思います」

キラキラ輝く満天の星。

昼間の荒れっぷりがやっぱり嘘のように収まった。

高い高い避雷針に長老様の背中を横付けしてもらって、ぷかぷか浮いてる球体のような物を回収。

ほっと一息吐いたら、夜空の散歩に背中に乗せて連れて来てくださったのだ。勿論私だけじゃなく、レグルスくんも奏くん・紡くん兄弟もだし、先生達や宇都宮さんも一緒。

寒さで月にスモークがかかって見えるのも、遠くのお山の頭に雲がかかっていて雪が降っているのもよく見えて凄く綺麗。

隣できゃっきゃ、レグルスくんと紡くんがはしゃいでいる。

「おそらちかいねぇ！　おほしさま、とれそう！」

「おつきさまのかにさん、きょうはなにしてるのかな？」

弟の言葉に、奏くんがちょっと首を捻る。

「月にいるのは美人な女神様だろう？」

そう、月にいるのは氷輪様だ。前世ではウサギがいるって聞いてた。蟹も前世では聞いたけど、こっちでは初耳。

紡くんにどういうことか尋ねれば、頬っぺたを真っ赤にした彼がにこやかに説明してくれた。

「ノエくんのおうちがあったところでは、おつきさまにはかにさんがいるっていってました」

「へぇ」

「そうだな。氷輪公主様の月の宮に続く道には、蟹もおるよ」

私の相槌に、身体を少しばかり揺らして空飛びクジラの長老様が返してくれた。

なんでも氷輪様のいらっしゃる月の宮には変若水《おちみず》の守護を任された金剛蟹《こんごうがに》なるモンスターがいるそうだ。だけどそこに辿り着くまでにタラちゃんの一族である、奈落蜘蛛《アビス・タランテラ》の群れもいるんだって。

「いやぁ、物知りだとは思ってたけど、よくそんなこと知ってるね」

ヴィクトルさんが肩をすくめると、また長老が少し身体を揺らす。

「そりゃあ、長く生きればそれなりに人が知らんことも聞くし見もするさ」

「そういえば、ボクらエルフより空飛びクジラは寿命が長いんだってね?」

ラーラさんが思い出したという感じで手を打つと、ロマノフ先生も頷く。

「たしか……五千年は生きるんでしたか?」

「うむ、そんなもんだったと思うがね。しかし、長く生きていると途中から歳月など気にならなくなってな。自分がいくつなのか、正直解らんよ。忘れているというか、精神がある一定のところで止まるというか……。成長ではなく、それこそが劣化なのかもしれん。故に我らは常に刺激を求めて世界を回るのだ」

なるほど、と言えるほど生きてないけど、退屈が脳みそに良くないってのは前世の健康セミナーとかで聞いたことがある。

そういや、こっちもそういうのがあるって聞いたな。今度老人介護のセミナーとか開くか？

もしくはそういう家庭内介護も、役所の仕事として請け負うか……。

は⁉　また思考が仕事に流れている⁉　いかんな。

何となく隣のレグルスくんの頭に手を伸ばすと、さわさわと金の髪を撫でる。するとレグルスくんがにぱっと笑った。

「にぃに、きれいだね！」

「そうだねぇ」

はー、和むわー。

「彼の女神殿の魂も、これでしばらくは慰められようよ」

「え？」

不意に、長老様が呟く。その声音には労りと優しさが籠もっていた。

「人間はよく生きて百年前後。知る人も、その子孫も千余年あれば絶えていこう。知る人のないなか、信仰は捧げられても自身とは程遠い虚像が人々の中で勝手に育っている。誰もが自分の名は知っているのに、誰も本当の自分を知ってはくれない。それは一人長い年月砂漠にいるのと何が違うのかね？　あの魔術人形の真心だけが、その砂漠に降る恵みの雨だったのだろうさ」

「……」

「だからといって、人を振り回すのはよくないがの。少年の憤りももっともなモノさ。それもまた乾いた砂漠に降る恵みであったろう。徳を積んだな、少年」

「だと、いいですね」

本当に、色んな意味でそうだといいけど。

星が一つ、夜空を流れる。

オーロラが星の間を縫うように泳ぐのは、空飛びクジラの群れが旅に出るために飛んでいるのだと長老様が教えてくれた。

彼らの次の行先は、海の向こうの大陸だそうだ。

関係ないかもしれないけど、海の向こうの大陸っていうとちょっと気になる案件がある。それはノエくんと識さんの抱える案件だ。

それを「関係ないかもですけど」と話せば、長老様が呻く。

「関係ないことはないな。その愚か者の居場所なら知っているぞ」

「本当ですか!?」

「うむ。あの辺りは、我らも近付かぬようにしているからな。しかし、あれからそんなに経っていて、かの勇者殿の血筋がそんなことになっておったとは……」

感慨深そうに長老様は大きく息を吐く。

長老様は長生きの部類で、識さんやノエくんが倒さないといけない邪神の封印前を知っているそうだ。邪神を封じた勇者のことも、ご存じだってさ。

「ふむ。よし、あの勇者殿には借りがある。今こそそれをお返ししよう。我ら空飛びクジラには墓場がある。そこを教える故、骨など持って行くがいい。いい防具やアクセサリーの材料になるぞ。悲願を果たせること、祈っていると末裔殿に伝えてくれ」

「はい、必ず！」

私の言葉に、長老様は歌い出す。

その声に彼の一族全てが応え、勇壮な鳴き声が空に響いた。

夜空の豪勢なお散歩の後、空飛びクジラの長老様はマグメル湖の近くの丘に私達を下ろして、海の向こうの大陸へと旅立っていった。

今度こちらに来るのは新年くらいで、タイミングが合えば菊乃井にも寄ってくれるそうだ。

長老様のお話では、世界にはまだ沢山長老様や星瞳梟《スターアイズ・オウル》の翁さん、絹毛羊《シルキー・シープ》の女王様のような、人間と上手く距離を取ってお付き合いしようとしてくれる魔物達がいるらしい。

そして長老様が若い頃、そのときの空飛びクジラと誼《よしみ》を通じていたドラゴニュートの若者が、ノエくんの御先祖様なのだとか。

長老様の借りっていうのは、ノエくんの御先祖様が同族の破壊神を名乗るヤツの暴挙をいち早く教えてくれたから、難を逃れて一族がこちらの大陸に逃げられたという話だ。

そのときの空飛びクジラの長老とノエくんの御先祖の間でどんな話になっていたのか、彼には解らないらしい。

でもあるときを境に、空飛びクジラはドラゴニュートと距離を置くようになり、やがて断絶したそうだ。

思えばノエくんの先祖は、その後自分達の末路を解っていて、友だった空飛びクジラ達から距離を置いたのかもしれない。それでも、その行いを今の長老様は心に留めていたのだ。

ある意味一族の恩人ともいえる人の子孫が、それ故に不遇な立場なのは思うところがある。そういうことなんだそうだ。

ともあれ、材料の良し悪しは見てみないことには解らないんだよなぁ……。

そんな訳で翌日、私達はマグメルを一望できる高いお山に来ていた。

このお山、通称白鯨山《はくげいさん》といい、帝国で二番目に高いお山なのだ。一番目？　なんだったっけ？

「……シュタウフェン公爵領にある、『草噛山《くさかみやま》』ですよ」

「あー……」

ロマノフ先生が私の頬っぺたを摘む。そういえば授業のとき聞いた気がするなぁ。

「忘れてたでしょう？」

「ち、地理は苦手なんです……！」

「今は良いですけど、幼年学校に入ったらクラスメイトのお家の地理や産物、名物、商業、景勝地なんかは覚えておかないと。社交がスムーズにいかなくなる場合もあるし、相手の面子を傷付けることになりかねませんからね？」

「う、はい……」

「侯爵家のご当主だから、あまり表立っては何も言われないかもしれませんが」

「頑張ります」

もちもちとある程度頬っぺたをもちられたところで、ロマノフ先生の注意が終わる。

地理はどうにも苦手なんだよなぁ。

でも、ロマノフ先生の言葉は本当。こっちが侯爵だから、相手も強くは出られないだろうけど「貴方に興味は御座いません」っていうのを前面に出すのは、対人関係の悪手だ。

閑話休題。

白鯨山にやって来た理由だけど、答えはシンプル。ここが空飛びクジラの長老の言ってた、一族の墓場だから。

空飛びクジラは死期を悟ると、この白鯨山の真上に飛んでくるそうだ。それでその真上で息を引き取ったら、後はその上で朽ち果てていく。空飛びクジラの大きな身体から魔力が全て抜け、白骨化したら最後は地面に墜落するのだ。もしくは飛行型のモンスターに食べられて骨だけになるかして、やっぱり墜落する。それが彼らの終わり。どういう仕組みか解らないが腐臭とかはないけど、巨大なクジラの骨が空から落ちてくるんだから危ないには違いない。それで白鯨山は古来から一般人は立ち入らないそうだ。

骨を狙ってくる人間もいるけど、死に場所になるような所だからか、山は死の匂いや気配が濃い。生息しているモンスターも危険なのが多いし、何よりアンデッド化しやすいんだって。

そんな訳で冒険者も中々近寄らないので、時々マグメル大聖堂所属の司祭さん達が神聖魔術でお祓いに行っているそうだ。

効き目？　さあ？　キアーラ様は「生臭《なまぐさ》司祭は助けたくないけど、周りが困るんだよね」って言ってたらしいし、お察しじゃない？

これを教えてくれたのはゴイルさんだ。

白鯨山に出かける前に、防衛システムの肩代わりの儀式が済んだことを、ゴイルさんが知らせに来てくれたんだよね。

そのときに白鯨山に出かけることをお話ししたら、そういう話になって。

まあ実際に白鯨山の麓に先生達にお願いして転移して、徒歩で山に踏み入ったんだけどアンデッドどころかモンスターの一匹も出やしない。

「……怖がられてるんだよね」

「主に若さまがな！」

「ですよね！」

知ってる！

にこやかに笑う奏くんが、ポンポン私の肩を叩く。

お手々繋いで歩いてるレグルスくんの、なんかキラキラした視線が今は痛い。普段なら和むんだけど、今はとんでもない激痛。紡くんからも、若干痛めの視線が刺さる。

「にぃにはとってもつよいから！　モンスターもびっくりだね！」

「わかさま、すごぉい！」

やだー、お兄ちゃんそんな危険物じゃないよぅ……。

そりゃあ、アンデッドが嫌がる火炎系攻撃魔術も過不足なく……この山一つ焼き払うくらいはできるけど！　神聖魔術のほうも山一つなら楽勝で諸々浄化できるけど！

そうなんだよな……。

夏休みに入る前に不在の挨拶をしに行ったブラダマンテさんに「どこの古城や遺跡にも一人や二人幽霊がいますけど、鳳蝶様がおられるならあちらが怖がって出てきませんね」ってにっこり太鼓判押されたんだよねー……。

なんだよ、皆して。こんなに人畜無害な私をつかまえて、どういうことだよ。

そう言うと、ロマノフ先生が「人畜無害の意味が変わったんですかね？」なんて呟く。

「いやいや、私が有害だったら先生達は？」

「え？　ボクらは英雄という名の戦争抑制存在括弧物理・魔術両用括弧閉じる、だけど？」

「こわ……」

「でしょ？　君もその内そういう風に見られるからね？」

「覚悟しておきます」

ドン引きしながら尋ねると、「何言ってんだ？」くらいの軽さでラーラさんとヴィクトルさんが返してくる。

話してることは物騒だけど、声音は各人非常に軽い。

そんな私や先生方を見て、ひよこちゃんがふわふわと金髪を揺らしつつ首を傾げた。

「にぃにやせんせいたちがつよいと、いやなひとがいるの？」

「うーん。よく知ってる人が棒を持っていても、それでレグルスくんを叩くって、レグルスくんは思わないでしょ？　でも棒を持ってるのが知らない人なら、その棒をどうするか気にならない？」

「ちょっと気になる」

「だよね。それと同じことで、よく知らない私や先生が強いと、その強さで嫌なことをされるかもって思う人もいるってことかな」

「えぇ……そんなこと、にぃにもせんせいもしないのに」

ぶすっと嘴みたいにレグルスくんが唇を尖らせる。紡くんも納得いかないのか唇を尖らせていて、それを奏くんが軽く摘んでいた。弟達が大変可愛いです。

でもぶすっとしてるってことは納得出来てないってことだな。ゆっくり息を吐くと、私はレグルスくんの背に手を当てた。

「あのね、知らないなら知ってもらえばいいんだ。私は大きな力を持ってるかもしれないけれど、それでしたいのは菊乃井歌劇団を楽しくしたり、魔術市で売ってたみたいなアクセサリーが誰でも身に着けられたり、カレーやカレー味のお煎餅《せんべい》が誰でも食べられたりすることだって。誰かのことを虐めたり、苦しめたりしたい訳じゃない。それを知ってもらうために、誰かを虐めてる人がいるなら『いけません！』って言いに行くし、意地悪をやめさせたりもする。『こんな楽しいことが世の中にはあるんですよ！　争いなんかやめて一緒に楽しみましょう！』って解ってもらうために、空飛ぶ城で菊乃井歌劇団を世界の何処にでも見せに行く。今までのことは皆そのためでもあるんだよ」

にっと笑えば、レグルスくんがぱあっと顔を輝かせる。

「うん！　れーもがんばるね！　なごちゃんにも、そういうことおてがみでかくから！」

「うん。って、お手紙？」

「そう、なごちゃん。おてがみかくやくそくしてるから」

そっかー、和嬢《なごみ》にお手紙かくのかぁ。和むぅ。

新たな希望と弟の可愛さはプライスレス

空飛びクジラの墓場とその骨のありかは確認できた。次に来るときは、防具を作ってくれる職人さんと一緒に。

そうでなければどれがいい物か素人には解らないもんね。

この件はそのときまで持ち越すこととして、夜はもう一度魔術市へ。

滞在三日目で、次の朝には菊乃井に戻ることになってる。

魔術市自体は年に何回か開催されるし、案内を貰えるようになった。

私も転移魔術が使えるようになったんだから、参加したいときは大人と護衛の人がいてくれたらそうしていいってことに。

でも私としては次は出店側に回りたいんだよね。

そう言うとヴィクトルさんがミルクティー片手に「出来るよ」と言った。

「出店したいときは魔術師ギルドに出店側での参加申し込みをするんだよ。そうしたら魔術市の開催日のお知らせと、店の場所を知らせる手紙が一緒に届くんだ。決められた場所なら、魔物や禁呪以外の魔術に関わる物なら販売していいんだ」

「じゃあ、私が個人的に作ったアクセサリーとかでもいけます？」

「うん。でもそうだな……アクセサリーもいいけど、石鹸もいけると思うよ」

「石鹸かぁ」

石鹸という言葉にロマノフ先生もラーラさんも頷く。

菊乃井の名物には禍雀蜂《テンペストキラービー》の蜂蜜があるんだけど、実はその蜜ろうを使った石鹸も密かに人気があるんだよね。仄かな蜂蜜の香りがいいんだ。私も使ってる。

けど石鹸に蜜ろうを使うのって、凝固させやすくなるからで他に効果があるかどうかはちょっと解らない。前世の記憶にもないっぽいから、手作り石鹸は「俺」の趣味の範囲外だったんだと思う。

でももっと、石鹸よりもっとこう、菊乃井に関わりある使い方があったような……？

悩んでいると、ロマノフ先生が「あ」と声を上げた。

「そういえば叔父上、大根先生からメッセージが来たんですよ」

ホテルに帰ってお茶飲んで休憩してる間に、ロマノフ先生はメッセージを受け取ったんだとか。

内容はというと、一昨日の夜に合流して菊乃井にお連れしたお弟子さん・ヴィンセントさんのこと。彼を連れ帰ったことと、その研究の危うい所に気付いて、彼にそれとなく伝えたことに対してのお礼と、その研究を守るためにお国と協力することに対する理解とかそういう話。

特にヴィンセントさんの研究を守ることについては、自分の出来ない方法での守り方を考えてくれて有難いとまで言ってくれたそうだ。

彼の研究は菊乃井だけでなく世界を変えるもの。それを悪い方向に向かわせることは出来ない。心あるものなら皆そう考えるだろう。特別なことじゃない。

それに彼の研究するお化粧は歌劇団にも寄与してくれるだろうし。

そう考えたところで、ふっと思い出した。蜜ろうはアレだ。

「保湿クリームとか口紅……！」

「へ？　なに？」

突然声を出したからか、隣にいた奏くんが肩をびくっと跳ねさせる。紡くんと前を歩いていたレグルスくんも、驚いたように私を振り返った。

「いや、蜜ろうだよ。たしか保湿クリームの材料になるんだ。それで口紅とかも作れた筈！」

「そうなの、にぃに？」

「うん。たしかそうなんだ。うち、ほら、蜂蜜有名でしょ？　蜂蜜取った後の蜜ろうで化粧品作ったらブランドとして出せるんじゃないかな？」

「あー……。でもお高いぞ？」

それ。

禍雀蜂はモンスター、それも結構強い。その蜜を取るのも難しければ、巣をどうこうとか難しい。味は最高なんだけど、採るのも最高に難しいから自然とお値段もよくなるんだ。

最高級の蜂蜜が産出されても、菊乃井がイマイチ潤ってなかったのは、その採取の難易度のせいなんだよね。私の家にそのお高い蜂蜜が結構あるのは、うちに採ってこられる人がいるからだ。

これはアレかな。そろそろ次の事業に乗り出す頃なのかも。

私の呟きを拾ったラーラさんが首を傾げた。

「次の事業？」

「ああ、はい。養蜂を……」

「あ！　ラシードくんにてつだってもらうの？」

養蜂という言葉に、すぐにレグルスくんが反応する。

そっかー、レグルスくん養蜂知ってるんだ？　凄いなぁ！

ふすふすと得意げに胸を張るレグルスくんの頭を撫でると、紡くんが奏くんを仰ぎ見た。

「にいちゃん、よーほーって、なに？」

「ああ、蜂を飼うんだよ。巣が作れるように箱を用意してやったり、蜂が好きそうな花を沢山育てて周りに置いてやったり、暑さ寒さから守ってやったり。そういう世話をする代わりに、蜂が集めた蜜やらを貰うんだ」

「へー、おせわたいへんそう……」

「生きてるからな。生きてるもんの世話は大変なんだぜ？　若さまだってタラちゃんのご飯のために、大嫌いな巨大ゴキブリを集めてたりするんだから」

そうなんだよ。タラちゃん、あの巨大G大好きなんだ……。たまには一緒に獲りに行くけど、大概は冒険者さんへのお仕事として発注してる。それを受け取りに行くときが、本当にツラいんだ。死んでても気持ち悪いモノは気持ち悪いんだもん。

じゃない。思考が他所に逸れていく。

「女王蜂を説得して、折り合いをつけて共存共栄を目指すのもありかなって。ラシードさんには菊乃井で集落を持つっていう望みがある。そして人は生きていくのに生業《なりわい》が必要です。それには蜘蛛の糸の生産だけでなく、他にも何かあったほうがいいと思うんですよね」

「なるほど。食い扶持《ぶち》はいくらあっても困りませんからね」

これは帰ってから、ラシードさんとの話し合いだな。場合によっては、雪樹の一族のところに乗り込む前に養蜂の実験をやらないといけないかもしれない。

脳内のスケジュールに予定を組み込む。

やらないといけないことが溜まっていく。ヒマよりは余程良いのかもしれないけど、さて。

煌々と魔術で灯ったランタンが広場を照らす。

手に持ったカップは魔術で保温しているから、ミルクティーは丁度いい温度だ。

気になるお店を流しつつ商品を見ていると、万年筆の持ち手が光を弾いたのに気付く。

思い立って、そのお店に近付いて万年筆を手に取った。

すると店主さんが「試し書きしてもいいですよ」と言ってくれる。それに甘えれば、紙に引っかかることもなくスムーズだ。

なのでレグルスくんに持たせてみる。ひよこちゃんは不思議そうな顔をしていたけど、私と同じく試し書きをすると「おお」と感嘆の声を上げた。

「かきやすい！」

「そっか。じゃあ、二本買おうか」

「え？」

「一本は和嬢にプレゼントするといいよ。お揃いの万年筆でお手紙書いてくださいって」

「！」

ほわっとレグルスくんのお顔が笑顔になる。大好きな女の子とお揃いの持ち物とかいいと思うんだぁ。

因みにこの万年筆、魔力を通して手紙を書くと、書いた人の声が文字に封じられて、手紙を読んだときにそれが読む人に聞こえるっていう道具だそうだ。

二本買うと、その両方をレグルスくんに渡す。それをいそいそ大事にひよこちゃんポーチに仕舞うと、レグルスくんはモジモジと両手の人差し指をつんつん合わせた。

「あのね、にぃに。れー、なごちゃんにおリボンあげたいんだ」

お？　おお？

身体を恥ずかしそうに左右に揺らす。実際頬っぺたが夜目にも解るくらい赤いレグルスくんを見ていると、宇都宮さんが静かに背後から私に耳打ち。

「旦那様、レグルス様は梅渓《ばいえん》家のご令嬢に似合うおリボンを自分のお小遣いで買われたいって仰ってまして……」

「えー、かーわーいーいー！」

「それに幻灯奇術を付けて差し上げたいのだそうです。いつも一緒にいるみたいに思えるような」

「なにそれ尊い」

勿論協力するに決まってんじゃん‼

ぐっと握りこぶしを固めていると、奏くんが生温《なまぬる》い視線を私に寄越す。

「なに？」

「いやぁ、若さま前にシオン殿下が兄ちゃん好きすぎみたいなこと言ってたけどさぁ……。人のことは解るけど、自分のことは中々解んねぇんだなって」

「どういう意味かな？」

「え？　そういう意味」

にこっと笑う奏くんも人のことは言えない筈だ。

だってどんなに書いても魔力を注げばインクが尽きない万年筆を、使うヤツと予備と予備の予備買って、そっと紡くんに渡したの。私、見てたんだからね！

そんな訳で、今度はレグルスくんご希望の可愛いリボンを売ってるお店を探す。

レグルスくんの希望としてはひよこの羽毛のような濃い黄色か、レグルスくんのおめめと同じ空の青がいいそうだ。

自分の色を渡すとか、隅に置けないなぁ！

魔術市に集まる布は、魔術師のローブやケープに使われたり、アクセサリーの材料になるためか、魔力伝道の高い物や布自体に何か効果のある物が殆ど。

何軒かそういう布屋さんを回った中で、ちょっと寂れたテント造りの布屋さんが目に留まった。

重たいカーテンを開いて進むと、中は見かけより広い。他の布屋さんとなんか違う。

そう感じて無造作に積んである布の一巻を手に取る。

サラサラと上質な絹の手触り。でも伸縮性もあって、激しい動きをしても大丈夫っぽい。色は白だけど、布の中には魔力を通せば好きな色に染められるのもあるから、どうだろう？

そう思ってキョロキョロしていると、店の奥から「どうしたね？」と声をかけられた。

「ご店主さんですか？」

「ああ、そうだよ」

矍鑠《かくしゃく》としたお婆さんが姿を見せる。私はその人に「これ」と布を差し出した。

「これ、色とか変えられますか？」

「魔力を通せば変えられるよ。お前さん、その布が欲しいのかい？」

「はい、ぜひ」

「どうして？」

「え？　弟と友達の服を作るんです」

伸縮性があって丈夫そうな布って戦隊ごっこのコスチュームにぴったりじゃん。

私はお婆さんに戦いごっこの話をして、弟達にそのための変身衣装を作りたいと話す。すると話が聞こえたのか、レグルスくんや奏くん・紡くんが近寄ってきた。

「動きやすくて破れにくいのがいいな！」

「れー、かっこいいのがいい！」

「つむはね、くろいのがいいな！」

きゃっきゃとそれぞれ希望を言うのに、お婆さんが「ほほ」と笑う。

「ああ、子どもは元気なのが一番さ。その布は本当は非売品なんだけど、いいよ、あげるから持っていきな」

「え？　それは……なんか、ちょっと」

「なんだい？」

「ただで貰うのはちょっと……。これを作った人の技術に申し訳ない気がして」

だってこの布凄く手触りがいい。色んな生地に触れてきたけど、その中で一、二を争うくらい上質な手触りだ。非売品っていうのも、値段が付けられないからなんでは？

そう言えばお婆さんが大笑いしながら首を横に振った。

「それはアタシが若い頃に織った布でね。素材が良くても織の出来が悪くて、売り物に出来ないから取ってあっただけさ。そうだね、ただが気になるなら物々交換と行こうか？　なんかあるかい？」

「えっと……」

付けてきていたウエストポーチの中を調べる。でも特に渡せるようなものはなくて、裁縫道具とか作りかけのニードルフェルトのマスコットが出てくるだけ。

悩んでいると、私がウエストポーチから出したフェルトのマスコットを、お婆さんが手に取った。

「こりゃなんだい？」

「ああ、それは特殊な針で羊の毛を絡み合わせて作ったものです。えぇっと……」

持っていたニードルで作りかけのマスコットをつつきたおして、形を整えていく。これはえんちゃん様に差し上げるマスコットを作った分の残りで、折角だからウチにいる動物を作ろうと思ってるやつ。

記念すべき一体目はポニ子さんにしようと思って形成してたんだよね。

胴体と別に作っていた頭や足をグサグサ刺してつけて、目も顔も未だだけどそれっぽくなったものをお婆さんに見せると、彼女のしわだらけの顔が輝く。

「おお、これは面白いねぇ。これ、その針がないと出来ないのかい？」

「そうですね、この形の針じゃないと毛を上手く絡み合わせにくいです」

これはニードルで物々交換が成立するかもしれない。そう考えて私は奏くんを振り返る。すると奏くんがお婆さんに声をかけた。

「あのさ、鉄とかある？」

「うん？」

「あれ、おれが作ったんだ。新しいヤツ、鉄があったら作れるぞ？」

「そうかい？　じゃあ、そうしてもらおうかね。それなら何かおまけをつけてあげるよ」

お婆さんの言葉に、私と奏くんが首を捻った。おまけとは？

不思議そうにしている私達に、お婆さんがからりと笑った。

「お前さんからは技術と知識を貰った。この上坊やに針を貰ったら貰いすぎになるからね。何でも一つ、持っていきな」

「えー……」

そう言われて店の中を観察する。その間に奏くんはお婆さんから何本か針を預かり、ニードルへと変化させる。

棚には布だけでなく、飾りボタンのようなものが沢山。その中でも五つ、綺麗で大きなクリスタルの飾りボタンが天井付近に飾ってあって。

宇都宮さんの手なら届きそうだったので、控えていた彼女に声をかけて取ってもらった。それは五個で一組のよう。

「これ、五個一組ですか？」

「ああ、そうだよ。それにするかい？」

「はい。これもコスチュームに使おうかと」

「ああ、いいよ。それじゃあ、交換成立だ」

「はい！　ありがとうございます！」

奏くんがニードルを作り終えて渡すと、お婆さんが私に布とボタンをくれた。魔術市って物々交換も出来るんだな。

いい取引になったことに気を良くしていると、お婆さんが「それじゃあね」と手を振る。同じように手を振ろうとした瞬間、かっと何かが弾けて眩い光に包まれた。

あまりの光量に目を閉じていると、先生達の私達を呼ぶ声が聞こえてきて。物凄く慌てたそれに目を開けると、あった筈の布屋さんのテントがない。

あれ？

「鳳蝶君⁉　探しましたよ！」

「へ……？」

「れーたん達も無事だね⁉」

「えー……？」

「どうしたの、先生達？」

きょとんと、奏くんが口を開く。それに先生達が驚いた顔をした。

「どうしたって、キミ達がいなくなったから探してたんだよ⁉」

「いなくなった？　つむたちずっとおみせにいました」

「どういうことですか……？」

それはこっちが聞きたい。

先生達も私達も、お互い顔を見合わせて首を捻る。

先生達の言うには、一緒に歩いていた筈の私やレグルスくんや奏くん・紡くんに宇都宮さんの気配が急に消えたと思ったら、姿そのものが消えたらしい。

悪意のあるものは私達には近付けない。そんな結界を敷いていたのに私達がいなくなって、先生達は肝を潰したそうだ。

何とはなしに鞄に貰った布とボタンを仕舞うと、私達はそこにあった筈の不思議な布屋さんの話をする。

「……大精霊の店だったのかもしれませんね」

「大精霊？」

「はい。極々稀に力ある精霊が魔術市に、人間の振りをして紛れ込んでいることがあるそうです。様々な種族の交じり合う営みが、彼らの興味を引くそうです」

「ははぁ」

あのお婆さん、不思議な感じはあったけど良い人だったもんな。なるほど。

それにしても精霊は魔術だけでなく、手芸とかもするのか。

何はともあれ無事だったからいいだろう。先生達はほっとした様子で、そう言った。

心配かけたのはよくないことだし、皆で謝る。すると三人が代わる代わる皆の頭を撫でた。

「謝ることないよ。僕達がちょっと迂闊だったんだ」

「そうですね。大精霊が紛れ込むこともあれば、君達のような善良な子どもを彼らが好むことを失念していたんですから」

「本当に。気に入られすぎて連れて行かれなくてよかったよ」

おぅふ、本当に出会ったお婆さんが物々交換してくれる系の人で良かった。

そういうこともあると肝に銘じて、今度こそ私達はレグルスくんのご希望のリボンを探しに行く。

結果としてはコーサラから遥々やって来た、人魚族のお姉さん魔術師さんのお店でそれは手に入った。

黄色と青のリボンを二つ買ったんだけど、どちらも魔除けの刺繍がされている。

用途を聞かれてレグルスくんが一生懸命説明したことに、お姉さんが感動してその場で刺繍してくれたのだ。

「良かったね」

「うん！」

ニコニコのレグルスくんに、寒さも心持和らいだ気がした。

去りし日の面影には苦みが走る

私は前世持ちの関係からなのか、夢だとわかる夢、所謂明晰夢《いわゆるめいせきむ》を見ることが多々ある。

ベッドに入って暫くの記憶はぼんやりだけど、今見ているのははっきり夢だなって解った。

何でかっていうと、めっちゃ視線が高いから。

見知った空飛ぶ城の主の間、あの部屋は基本調度品を動かしていないからすぐに解った。

ぼんやりと狭い視界の中で、私の視線の大分下に赤茶の頭頂が見える。旋毛《つむじ》は一つ。

その人は座っていて、膝に黒に近い紫の髪の女の子を乗せていた。より正確にいうと、座る赤茶の髪の男の人の腰に、女の子が抱き付いている。

長い髪を揺らして、女の子が「うー」と唸った。その頭を撫でて、赤茶の髪の人の身体が揺れた。

『いいの？　ゴイルさんをあげちゃって。あの子はイチルさんの趣味が一番反映された子なのに』

『でも、ルミがあの子が良いって言うんだもン』

『ルミさんとは趣味が似てるんだったっけ？』

『被ってないのは男の人の好みくらいだヨ』

女の子は語尾に吐息が混じるような何とも言えない話し方ながら、不機嫌をそこに含ませる。

そんな彼女に男性の苦笑するような気配があった。

『まあ、でも、ゴイルさんは私の最高傑作だし、気に入られるのも解るよネ。あの子、強いし最高にカッコいいンだもン』

『そうだね。でも、それゴイルさん知ってる？』

『え？　何を？』

『ゴイルさんがイチルさんの最高傑作で、だからマグメルを任せるってこと』

『……言った、と思うヨ』

『本当に……？』

二人の間に微妙な沈黙が落ちる。

女の子のほうがちょっとだけ挙動不審に指をモジモジさせるけれど、男の人のほうは何か嫌な予感がするって感じの表情で。

だけど女の子が『だ、大丈夫……と思う』と続けたから、柔く頷いて女の子の額にキスを落とす。

彼女は私が原画から再現した、レクス・ソムニウムの衣装とそっくり同じものを纏っていた。

どういうことだってばよ？

「あー……？」

呻くと喉が渇いていることに気が付いて、私は身体を起き上がらせた。

レグルスくんも奏くんも紡くんも未だ夢の中なようで、お布団に潜り込んでいる。

水差しからコップに注いだ水を飲むと、乾燥していた身体に水分が染みていくのが解った。コップを置くと、テーブルサイドに置いてあったレクスの杖が変じた鎖に手を伸ばす。

「……もしもし？」

『はいはい』

「アレ、何です？」

『私の中のレクスの記憶です』

しれっと中の精霊が言う。

レクスって女の子だったんかい。

夢を見ていたせいで疲労が解消されてないのか、頭が重い。寝起きの鈍った思考で、とりあえず聞かなきゃいけないことを聞いてみる。

「レクスって男性じゃなかったんですか？」

『そう思われていたほうが動きやすいし舐められにくいからって。魔術人形達にも相手が気付かない限りは教えないように制限をかけていましたし』

「あー……なるほど。で、バレた訳だけど、いいの？」

『私は自分の記憶をお見せしただけなんで』

物は言いようだな。

因みにレクスは本名を「イチル」というそうだ。

何処かの国を亡ぼすと予言されそれ故に殺されかかったのを、妖精に助けられ妖精の子として育った女性魔術師だったのだ。

伴侶は異世界から渡ってきた年上の青年で、レクスが幼いときに彼女に助けられてそのまま一生をともにしたらしい。

伴侶の彼が時々レクスの影武者もしたらしく、男性だって話が定着してるのはそのせいだとか。

その辺の話は追々でいいとして、今はもう一つのことだ。即ちゴイルさんのこと。

なんで今日まで言わなかったのか尋ねれば、あっさりとレクスの杖の中の精霊は『思い出したのが今さっきなので』としれっとしたもので。

しかも場面が何か微妙に気になる。

「……ゴイルさんの反応からして、この話おかしくない？」

『ああ。聞いてましたけど、こちらとしてはおかしくないっていうか、事故が起こっても無理ないよなっていうか』

「どういうこと？」

『レクスは妖精に育てられたせいか、元々そういう子だったのか解りませんけど、なんというか私生活ポンコツなんですよね。肝心なことを言い忘れてて、しかもそれに全然気づかず言ったつもりになるところがありまして』

「は？」

いきなりの暴露に、思わず眉根が寄る。

そんな大事故が起こりそうなこと言われると、落ちが読めるというか。

戸惑う私に、精霊は大きなため息を吐いた。

『あの方、凄くポンコツの癖に思い込み激しかったんですよ。それで伴侶の方と一悶着ありまして』

「うん？」

『「好き」とは言ってたし一緒に暮らしてたし、愛してるっていうのも、本人としては伝えていたと思ってたらしいんですよね。でも伴侶の方にプロポーズしたら「そんな意味での好きなんて解らなかった」って返ってきて』

「うわぁ……」

結果そのときはゴメンナサイされかけたのを、必死で繋ぎとめたらしい。そこから推測するに、ゴイルさんの件もやっちゃったんだな……。

あまりの大惨事に眩暈《めまい》がする。本当にこんなんばっかりかよ、あんまりだ。

絶句していると、精霊が肩をすくめた気配がする。

『私には興味のないことですが、今更だとは思いますけど知らないよりいいかと』

「なんか、人の振り見て我が振り直せって身に染みますね。気を付けよう」

『魔術や魔術人形の技術に関しては天才だったんですけどねぇ。まあ、天才ってそんなもんですよ』

そんなもんですよ、じゃねぇんだわ。

ガシガシと頭を掻けば『お疲れ様です』と、全くそんなこと思ってなさそうな声で精霊が告げる。

まだ朝には遠いようで、窓にかかるカーテンの隙間からも光は入ってきていない。

寝てたのにどっと押し寄せてきた疲労感をどうにかすべく、私は二度寝を決め込むことにした。

そして朝。

疲れた雰囲気の私を心配する皆に、朝食を取りながら夢で見た話をした。

すると先生達は皆頭痛がするって感じで、指先で眉間やこめかみを揉む。レグルスくんや紡くんは複雑そうな顔をし、奏くんは苦く笑って朝ご飯に付いて来た苺を一つくれた。

「れー、だいじなことはなんかいでもにぃににいうね？」

「うん。私もそうするよ」

今度のことの教訓としてはそんな感じだろう。

苦く笑うと不意に「ごめんね～」という軽い声とともに、窓ガラスが叩かれる。

ここ、ホテルの最上階。

何事と思えば窓の外にゴイルさんの姿が見えて、宇都宮さんが慌てて窓を開けた。すると雪の大きな結晶が光って、ゴイルさんと一緒にキアーラ様が入っていらして。

「今日帰るっていうから、お礼をもう一度伝えておこうかと」

「あ、そうなんですね。お世話になりました」

「それはこっちのセリフだってば。ありがとうね」

ぺこんとゴイルさんも一緒に頭を下げられる。

たしかに大変だったけど、過ぎてしまえばいい思い出だ。そう告げて頭をあげてもらうと、私は皆の顔を見た。

あの話、やっぱりしたほうがいいよな。

どう言ったものかと考えながら、口を開く。

「あの、ゴイルさん」

「はい、なんでしょう?」

「その、蒸し返すようでなんですけど。ああ言いましたが、もしゴイルさんが姿を変えたいとお望みのときはいつでも仰ってくださいね?」

おずおずと言えばゴイルさんが少しだけ戸惑った目をして笑う。

「はい。私ももう少し色々考えたいと思います。アレからキアーラ様も、ああは言ったけど私の気持ちが一番大事だとお話ししてくださいましたし」

「そうですか」

余計なことかもしれない。そう思いながら、私は幻灯奇術を作動させる。

そうして私が見たレクスの記憶を見せると、ゴイルさんは絶句した。キアーラ様も眉を顰める。

「これは……レクスが、そんな……」

「どういうことなの……?」

戸惑う二人に、私が聞いたレクスのやらかしを伝えると、キアーラ様は額を押さえた。頭痛がする、そんな感じか。

一方ゴイルさんはかなり複雑な表情だ。

「……そう言えば、あの方はそういう方でしたね」

ほろっと零れた声音には、苦みと懐かしさが混じり合っていた。

レクスのことを許せとか許すなとか、そんなことは私には言えない。

考えた末に、やっぱりゴイルさんが姿を変えたいなら協力するし、そうでないならそれはそれ。キアーラ様とこれからも仲良く過ごしてくれれば、マグメルは安泰だ。

連絡をくれたら会いに来る。

そう約束して、私達のマグメル滞在は終わった。

んで、菊乃井に一旦戻って、次の場所への出発は三日後。目的地はラーラさんお勧めの古王国時代の遺跡だ。

神聖魔術王国も今の帝国史でいえば神代みたいな扱いだけど、エルフ的には「お祖父さんが若いときの話だったたっけ？」くらいなもんらしい。

因みに我らが大根先生はレクスが邪教の神殿を破壊の星《アナレタ》という攻撃魔術で真っ平らにしたのを目撃したらしいので、然《さ》もありなん。

菊乃井に戻った一日目は、のんびりと旅の思い出を整理した。

帰る前にホテルの近くのお土産屋さんで買ったマグメル土産は、彼の地に飛来する白鳥をイメージしたお饅頭で。

あれ、これ、前世の博多銘菓なのか東京銘菓なのか解んないアレに似てる。でも黄色じゃないし、白鳥イメージなんだからセーフ。

そう思いながらロッテンマイヤーさんはじめ、屋敷の皆や歌劇団の皆に配ったんだよね。

留守中に動きがあったのは、菫子さんと識さんとノエくんのお引っ越しが完了したことだ。

それは旅行から帰った次の日、図書室の虫干しを終わらせた菫子さん・識さん・ノエくんの三人が報告に来てくれた。

代わりというわけではないけれど、マグメルで出会った空飛びクジラの長老の話をすると、三人とも目を丸くした。

「そんな話、初めて聞いたよ」

「そうなんですね。まあ、長老様もドラゴニュートと距離を置いたって言ってましたから」

「何が原因でオレの先祖がそうしたのか気になるけど……」

神妙な面持ちのノエくんに、私も頷く。

だけど空飛びクジラの長老様すら解らない昔のことだ。考えても推測の域を出ることはないだろう。それよりも大事なのは、空飛びクジラの長老様が託してくれた一族の骨のことだ。

「空飛びクジラの骨をもらうときは、連れてってもらえるかな?」

「勿論。ノエくんに合う物を作る訳だしね。あとは職人さんにも来てもらわなきゃいけないし」

でもノエくんまだ成長期だし、もう少し大きくなってからの話になるだろう。そういえば菫子さんが挙手した。

「あの、ししょーに聞くほうが早いかもですけど、ウチの兄弟子に防具について研究してる人がいますよ」

「そうなんです？」

「はい。でもあの人も放浪癖が酷くて……ししょーでもどこにいるか解ってない……かも」

「えー？　そんな人いるの？」

首を傾げたのは識さんだ。私も首を傾げると、菫子さんが微妙な顔をする。

なんでもその人、放浪癖が酷い上に方向音痴だそうで、大根先生に告げた所在の正反対にいるとかザラなんだそうな。

酷いときには「海に行く！」といって山で遭難して、大根先生に助けを求めるなんてこともあるらしい。

「え？　その人、菊乃井に辿りつけます？」

「……自力は無理かもです」

「わぁ。助けが必要なときは連絡来るんですよね？」

「た、多分？」

多分ときたか。

とりあえずその人に関しては、菫子さんが大根先生に聞いてみてくれるらしい。

それで兄弟子繋がりでヴィンセントさんの話になった。

彼は菫子さんからすると弟弟子になるそうな。

「ヴィンちゃん、とりあえずウチの家に来てますよ」

「そうなんですか」

「はい。最初ロッテンマイヤーさんがお屋敷に部屋を用意してくれたんですけど、ヴィンちゃんの実験、時々爆発するからヤバいし、ウチの家のが対処できるんで」

「ああ……」

たしかに爆発はヤバい。

っていうか、化粧品扱ってて爆発って何？

突っ込みどころが満載すぎて、そう聞けば「調合間違えて？」と、菫子さんが視線を逸らす。

彼は大根先生からロッテンマイヤーさんを通じて、彼女の夫であるサン＝ジュストさんを紹介され、そこからその元部下のエリックさんと会えたそうだ。

そうして菊乃井歌劇団のお嬢さん達に、お化粧品を通じて実験に協力してもらえるとか。話の進みが早くて助かる。

なお、彼の研究については早速ロマノフ先生やヴィクトルさんが動いてくれた。

ロートリンゲン公爵と梅渓宰相からは「夏休みなのに遊べなかったのか……」っていう、なんとも同情の籠もったお言葉と視線を頂戴したそうな。

陛下からは「良いようにするから暫し待て」というお言葉を賜り、ソーニャさんも色々と動いてくれることになった。

ヴィンセントさんの身柄と研究に関しては、菊乃井でも一段と気を配るようにとも言われている。そらそうだな。彼の研究は世界を本当に変える可能性がある。

「本当にしょーの弟子の中から、世界を救う人が出そうですね……！」

菫子さんの言葉に、識さんが頷く。ノエくんも凄いなって顔してるけど、君達も大概だよ。

「識さんもノエくんもそうでしょ？　破壊神倒すんだから」

「え？」

「いや、オレは世界を救うとかじゃ……。自分のためだから」

識さんもノエくんも、首をブンブンと横に振る。

親の仇討とその手伝い。

ノエくんと識さんにとって、破壊神討伐はそういう感じだそうだ。しかし、菫子さんは二人に唇を尖らせた。

「なに言ってるの～？　二人はそんなつもりなくても、世界のためになるんだから胸張っていいんだよ！」

「そうですよ。だけど菫子さん、私は貴方にだって期待してますよ？」

「あ、はい」

かつての夕食の席を思い出したのか、菫子さんはつんつんと指先を突き合わせる。照れているようで、ちょっと頬が赤い。

期待されることを前向きに捉えられる菫子さんは、一生懸命そこに向かって歩んでくれるだろう。

でも、私が考えてる世界を救うっていうのはあのときのことだけじゃなくて。

「っていうかね。私、菫子さんは確実に世界を救う術を持ってるって考えているんですよ」

「え？」

「うん、ちょっと皆集まって」

手を招くと、菫子さんと識さんとノエくんが、お互い顔を見合わせつつ近寄って来て円陣を組む形になる。

密談というより、内緒話に近い。

「あのですね、破壊神って武器による攻撃効かないんですよ」

「そういえば、賢者の石を身体のどこかに埋め込んでるんでしたっけ？」

「それを壊さないと、攻撃が通じないって聞いたけど……」

識さんの疑問に、ノエくんが返す。神様方から聞いたのはそういう話だった。

菫子さんも頷いて、私を不思議そうに見る。

なのでちょいちょいと顔を三人に寄せるように言ってから、「実はね」と耳打ちした。それは破壊神の身体の、賢者の石が埋め込まれている場所のことで。

「え⁉」

「はあ⁉」

「そんなとこ～⁉」

三者三様、けれど驚愕に声が上がる。

最初に神様方から聞いたとき私もそういう反応だった。

だけど、だからこそ対処法が何となく浮かんだんだよね。

顎を擦って菫子さんに、にやっと笑う。

「私、キーは菫子さんが握ってると思うんですよね。そんな予感がするっていうか」

「う、ウチですか⁉」

「そう、菫子さん。菫子さんが作ってる人類にはまだ早いやつ」

「あ！」

私の出したヒントで思い当たったのか、菫子さんが少し考え込む。それを緊張の面持ちで、識さんとノエくんが見つめていた。

ややあって菫子さんが口を開く。

「侯爵様、秋口に雪樹《ゆきじゅ》に行くんですよね？」

「はい。表向き、氷山椒《こおりさんしょう》採りに行くって名目で」

「氷山椒、ウチにも少し分けてもらえますか？」

「解りました。ジャミルさん……菊乃井のスパイス商人さんだけど、伝えておきます。何だったら、ジャミルさんご本人も紹介しますよ？」

「はい、よろしくお願いします！」

ぺこっと頭を下げた菫子さんに「こちらこそよろしくお願いします」と返す。

菫子さんを見る識さんとノエくんの目には、喜びと敬意がはっきりと浮かんでいた。

煙はなくとも伝説は作られる

何か大きなことでも小さなことでも、やるとなったら根回しと手回しが必要なんだ。それを惜しんだ結果、物事を失敗したり敗北したりっていう例は前世でも今世でもよく聞く話。

菊乃井でコーラを知ったジャミルさんは、今次男坊さんのところでジンジャーエールの開発に勤しんでいるそうだ。

私がアイデア出したんだけど、生産は彼方にお任せ。だって次男坊さん宅の領地、ショウガの名産地らしいから。

Effet《エフェ》・Papillon《パピヨン》印のコーラとポムスフレのセットは、試験的に菊乃井の町のフィオレさんのお宿でも、菊乃井歌劇団のカフェでも幕間《まくあい》のおやつとしても売られることになった。

評判は上々。あまりお安くはないからこそ、ちょっとした贅沢品としてうけてるらしい。この調子なら、他でも流行るかもしれないな。

丁度その相談にジャミルさんは菊乃井に来ようとしてくれていたそうだ。そこに私からお客の紹介をしたいとの話だったから、すぐに来てくれて。

なんと彼は菫子さんが作った人類にはまだ早いカンタレラを気に入ったらしく、その試作品の味見を条件に彼女のスパイスお取り寄せの依頼を格安で受けてくれることになったのだ。

あと、菫子さんがカンタレラをもっと辛くしたい理由を聞いたってのもある。

ノエくんと識さんの境遇を聞いた彼は、その目を潤ませて「世界ハモット子ドモニ優シクアルベキデス」と深く嘆いてくれたそうだ。そして、彼に出来ることは手伝ってくれるとまで言ってくれた。

世界は悪い人ばかりでは成り立たない。寧ろ善意の人のほうが多いのだ。ただその善意が上手く作用しないとか、一方的とか、独り善《よ》がりになってるとか、よろしくないほうに行きがちなだけで。

前世、真面目に仕事をこなしていてさえ首を締められたり、殺してやると叫ばれた「俺」は、そう思うことで自身の心を守っていた。それだって間違いじゃない。

私の日常はそんな難しい話から、そうでないものまで沢山だ。

そうやって合間に仕事を片付けて、やって来ました次なる休暇場所への出発日！

晴天。夏の菊乃井って結構晴れが多い。

ラーラさんによるとその古王国時代の遺跡っていうのは、楼蘭教皇国《ろうらんきょうこうこく》の近くにあるそうだ。

遺跡という事で、一応人工迷宮の扱い。なのでその中で道具さえあれば寝泊まりも可能だ。でも体調が万全のほうが良いって事で日が暮れたら菊乃井に帰って、翌日また来ることになっている。

難易度的に、二日あれば踏破可能って感じ。でもじっくり遺跡を見たかったら、もう少しかかるみたい。

ばびゅんっと飛んだ楼蘭教皇国はその名のとおり、教皇が頂点の宗教国家で主神は太陽の神なるえんちゃん様。

菊乃井で孤児院を手伝ってくれてるブラダマンテさんは、この国の最上位の巫女様だ。ちょいちょい先生方の何方かと一緒にお里帰りしていると聞く。

ブラダマンテさん的には地位に執着とかないし、寧ろただの巫女さんとしていられる今が凄く気に入っているんだそうだけど、政治的にそうはいかないってところもあるらしい。

楼蘭の上層部はえんちゃん様の加護を受けておられる人が殆どだけど、ブラダマンテさんほど近しい人がいないのが原因だそうだ。

私にまで在家の司祭にならないか、ブラダマンテさんを通じて打診があったほどだし。ブラダマンテさんもその打診には困ったそうで、上には「お断りされることは明らか」と言いつつ私に相談という形で話を持って来られた。

私の主神は姫君なのを、ブラダマンテさんはご存じだもんね。

ブラダマンテさんの言ったように、私はその話をお断りした。でも別にえんちゃん様を崇めないっていうんじゃないし、えんちゃん様はその辺をご存じで「気にせずともよいぞよ」って、姫君を通じてお言葉をくださっている。

因みに、絹毛羊の刈り取った毛を使って、私は絹毛羊の王子であるナースィルをモデルにしたマスコットと、星瞳梟のお嬢さん・ハキーマをモデルにしたマスコットを作った。それは無事、姫君からえんちゃん様にプレゼントされたそうな。物凄く喜んでくれたって。良かった。

ぽてぽてと歩くぽちの背中に、私とレグルスくん、奏くんと紡くん、先生方三名が乗る。

楼蘭はマグメルとは反対に暑い。

ぽちは砂漠出身だから、暑い所は平気なようで楽しそうだ。

菊乃井は涼しいから、暑い砂漠出身のぽちはちょっと物足りない感じみたい。ゴロゴロと退屈そうにしていたから連れてきたんだよね。

ぽちは自身の大きさを変えられるから、私達全員を乗せられるくらい大きくなってもらった。

乗馬の要領で背中に跨ってるんだけど、私より私に抱えられているレグルスくんのほうが揺れてない。

「体幹の違いが出てる……！」

乗馬は私だって下手じゃない。年相応っていう評価を先生達にもヨーゼフにも貰ってる。だけどレグルスくんのしっかりしたバランスの取れ具合を見てると、なんか私と全然違うじゃん⁉

レグルスくんの才能と修練ぶりにはわわとなっていると、後ろから声がかかった。

「もう少しで見えてくるよ」

楼蘭から出てずっと荒涼とした平原が広がっていた。あまりにも何もなさすぎて長閑《のどか》だったのが、いつの間にか荒野は岩場が多くなり、中には壁の名残と思われる朽ちたものも見られるようになってきた。

段々と粗い石畳のような地面に変化していく。

遠くからでは豆粒ぐらいにしか見えなかった何かが、ぽちの歩みと共に段々と建物らしいと分かるまでに。

「うわぁ……」

奏くんの驚きに満ちた声は、私達の総意だ。

見上げたその大きな建物は、天を突くように聳えている。まるで天に手を伸ばすが如く、高く高く伸びる尖塔は、しかしその中ほどが大きく破壊されていた。

「かつて天に手を伸ばそうとした不敬故に、この塔は打ち砕かれたそうですよ」

ロマノフ先生が、口を開けて塔を見上げる私達にそう教えてくれた。

いや、でも、神様方そんなことするかな？

私の知る神様方は、そういうことしない気がする。歯牙にもかけないっていうか、あんまり興味なさげな気がするけども？

首を傾げると、ラーラさんが面白そうに笑う。

「実際は単に雷が落ちただけみたいだよ。ブラダマンテさんがえんちゃん様に聞いた話だと、だけど」

「あ、やっぱりそうなんですね」

「ああ。この建物『天地の礎石』って言われてるんだけどね。それを神様が壊したという伝説があるってお尋ねしたんだってさ。そうしたら『あんなに高い建物を、雷が落ちる可能性も考えずに建てたことに驚いたぞよ』って、逆に言われたって」

「ああ……」

神様からすると、人間というものは時々恐ろしいくらい無謀を為すそうだ。

この塔もそういうものの一つで、当時は「大丈夫かいな？」と思われていたっていうね。

「なるほど。姫君様は『放っておいた』と仰ってたし、そういう処罰的なことなさらない気がするって思ったんですよね」

私の言葉にレグルスくんも奏くんも紡くんも頷く。

姫君も氷輪様もお優しいし、えんちゃん様やイゴール様はご自身自ら人間と親しもうとなさってくださる。ロスマリウス様もイシュト様も、それなりに人間には愛着を持ってくださってるみたいだし。それは人間じゃなく、意志ある者すべてにいえることだとも思うけど。

でもヴィクトルさんは眉を八の字に落とす。

「まあ、でも、一概には言えないよね。伝説とかで生贄《いけにえ》を神様から求められたって話もあったりするし」

「あ、そうだった……」

そういえばそうだ。

長雨やら日照りの解消に生贄を求めたという話は、各地に神話として残っている。

それが六柱の神様の名前だったり、違う神様のお名前だったり、パターンは色々だけど。

「この塔にもそういう伝説があるんだよ」

ラーラさんの瞳がキラリと光を弾いた。

この天地の礎石自体は権力の象徴として作ろうとされたものなんだとか。

いずれの王様の御代でしょうか……っていう語り口で、お伽噺でよく話されているもので、奢り高ぶった古王国時代の王様が天の国に手を伸ばそうとして、神々の怒りに触れたってお話。

伝説は天地の礎石建設の前日譚だ。

天地の礎石が建てられる前、ここにはとても深い沼があったそうだ。そしてその沼を統べる主がいたという。

で、天地の礎石を建てるにあたって王様はこの湖を埋め立てることにしたんだそうな。

そんなとこ選ばないで、もっと立地のいい場所にしたらいいのにって思うだろ？

だけど古王国って今より密接に神様の御加護とかが王権に結びついていて、占いや巫女さんの託宣とかに政治が左右されてたんだ。

この天地の礎石を建てるにあたっても、占いで場所を選定したんだそうな。

そんなわけで王様はどうしても沼から主に立ち退いてもらいたかった。だから主に交渉したわけ。

そうしたらこの沼の主が人間の生贄を要求してきたそうだ。

この沼の近くにある村の孤児を、だ。

王様は一も二もなく頷いて、そのご指定の孤児を村に差し出すよう指示した。

孤児だし、当然村人は喜んで差し出したんだよ。王様から村人に対して褒美も出るし。

主は孤児を受け取って沼を王様に譲った。でもその翌日、孤児を差し出した村はとある一家を除いて皆殺しにされて滅んだそうな。

それも獣の爪で引き裂かれたような、凄惨な殺され方だったらしい。

誰が何でそんなことをって感じだけど、お決まりに生贄にされた孤児が恨んで化け物になって復讐を遂げたってヤツが一番メジャーなんだって。

「で、どう思う？」

ラーラさんが面白がってる顔で、私と奏くんに話を振った。

ぽちから下りると、石で出来た門を潜って建物の中に入る。

長年風雨にさらされた影響なのか、床の日陰になるような場所は苔むしているようだ。だからってジメジメしてるわけでもない。

ぽちには天井が低かったのか、すぐに子猫サイズになると器用に私の背中を駆けのぼって肩に乗る。

「どうって……違うんじゃないです？」

私は答えると同時に、奏くんを見た。

「うーん、おれも違うと思うな。犯人は孤児じゃないだろ」

奏くんが何とも言えない顔で、やっぱり私を見る。この辺りは【千里眼】と【心眼】のお仕事だと思うけど、孤児が復讐したってことに違和感を感じるんだよね。

それにこの遺跡がそういう権力誇示目的っていうのも、ちょっとなんか……。いや、研究者じゃないんだから、素人がそういうこと言っちゃいけないな。

ラーラさん的には、私達の答えは「なるほどね」って感じみたい。

そのリアクションからしてエルフには何か違う話が伝わってるのかもしれないな。

そう思って尋ねてみると、ロマノフ先生が唇を引き上げた。

「当たりですよ。エルフの里には違う話が伝わってます」

「どんなのですか？」

紡くんがいち早く食いついた。

レグルスくんも気になったのか、近くにいたヴィクトルさんの手を引っ張って尋ねる。

「いきのこったひとが、はんにんしってるんじゃないのかな？」

「れーたん、鋭いね。そうなんだよ、目撃者の言うには大型の獣のモンスターだったって話でね」

「えぇっと、ぬまのぬしさんだったの？」

レグルスくんと、話を聞いていた紡くんが、こてりと首を横に倒して不思議そうにする。

今度はラーラさんが肩をすくめて、お手上げの姿勢をとる。

「それが解らないんだよね。沼の主の姿を誰も知らないらしくて。孤児を生贄に求めたときも、沼から声だけが響いたらしいから」

「え？　それってその声が真実沼の主かどうかも解らないんじゃ……？」

「当事者にはその声が沼の主だと確信できる何かがあったのかもしれませんね。現実として記録に残っていることだけをいえば、天地の礎石を建てるにあたり沼に孤児が捧げられ、その孤児を差し出した村が翌日何者かによって惨いやり方で全滅させられた……という？」

「……謎ですね」

うん、解らん。

因みにこの話を裏付ける資料は、現存する世界最古の図書館・アレーティア魔導図書館に保管されている魔術師の日記だそうだ。アレーティア魔導図書館は、なんでか目の敵にされてる北の某国に所在する。いつか行きたいんだけど、某国に正式に入国しないと入れないので……うーん。

図書館の件は、まあ追々。

壁に灯りが掲げられているのは、ここが一大観光地でもあるからの楼蘭の旅人への配慮らしい。

お蔭で壁の壁画とかがくっきり見える。

研究されているからか、解説用の立て札なんかも所々立ってるのがサービスいいよね。

壁画は空飛ぶ城よりは大分前の時代だからか、人の顔がどれも画一的に見える。

「あの、だいこんせんせいがおしえてくれたんですけど……」

頬を紅潮させる紡くんに、私達は視線を寄せた。

何でも古王国時代の絵画はほぼ人間の顔が同じ感じで描かれているらしい。それには意味があるそうだ。

「おかおをそっくりにかいちゃうと、それをつうじてのろいをかけられるとかんがえていたから、みんなわざとおなじかおにしてるんだそうです」

「あー、なるほど」

「へえ、紡、お前色々勉強してるんだな！」

説明されて、もう一度壁画を見れば納得がいく。たしかに立派な衣装っぽく描かれている人ほど顔ははっきりとしないし画一的だ。理由を知ればその画一さにも深みが出る。知る・学ぶの醍醐味ってこういうことだよね。

紡くんは奏くんやレグルスくんに褒められて、ほくほく顔だ。

壁に描かれてることって内容は至ってシンプル。何処かの平原で王様と思しき人と貴族とが一緒になって狩りしてるって感じみたい。

解説立て札にもそういう風に書いてあるし、見た感じそのままだ。

二頭引きの戦車に乗った身形の立派な、頭に後光が射してる戦士然とした男の人が、槍を構えている。その視線の先には馬くらいの大きさに描写された、大きく尖った一本角を額に生やした兎がいた。

「これって……」

なんだっけ？　菊乃井邸《う ち》にはいないんだけど、食べたら美味しいんだ。

えぇっと、アレだ。ほら、アレ……アレだって⁉

もう喉の辺りまで出かかってるのに、中々名前を思い出せない。

悶々と呻いていると、ぽんっと肩を叩かれた。

振り返った先には、眼帯を着けて足や腕に包帯を巻いた、けれど胸当ても籠手《こて》もピカピカの見るからに丈夫そうな冒険者用の革鎧を身に着けた少年がいて。

「アルミラージっていうんだぜ、この兎。食ったらうまいし、角はいい槍の穂先になるんだ」

「ああ！　そうそう、アルミラージ‼」

はー、すっきりしたー！

中々名前が出てきそうで出てこなかったことをその少年に告げてお礼を言うと、彼はおかしそうにクスクス笑う。

「いやぁ、それはいいけどさ」

「はい？」

「置いてかれてるぜ？」

ハッとして見回せば、たしかに皆僅かに先に行っていて、レグルスくんが丁度こっちを振り返るところだった。

離れたことに気付いて「にぃに？」と、レグルスくんが私を呼ぶ。危うくはぐれるとこじゃん⁉

気付かせてくれたお礼を言おうと振り返ると、少年の姿はすでに遠く離れている。

だから「ありがとう」と手だけ振ると、少年も手を振り返してくれた。そこから走って先を行く皆に追いつく。

「どうすると声をかけたんですが、聞こえてなかったんですね？」

「そうみたいです。アルミラージが気になっちゃって」

「それで、さっき後ろ振り返って手を振ったのは？」

「いやぁ、冒険者さんに声をかけられて気が付いたんですよ。その人にお礼を言ったんです」

「そうなのかい？」

私の説明にラーラさんもヴィクトルさんもロマノフ先生も、ちょっと微妙な表情をする。

「ここ、一応人工迷宮《ラビリンス》だもんな。他に来てる冒険者もいるか」

「そうだね。ソロかパーティーかは解んないけど、また会ったらきちんとお礼を言うよ」

「そうだな」

奏くんが肩をポンポンと叩くと、反対側にいたぽちがびくっと身体を揺らす。どうやらぽちは人の肩で寝てたらしい。

ふみふみと肩の上で器用に足踏みをするぽちに、人工迷宮にいる緊張感が何処かに行きそうだった。

遺跡不思議発見!!

この遺跡、上は五十階下は四階あるんだって。

上は壊れてさえなければもっとあったんだけど、危ないので立ち入れるのは五階までだ。それ以上はこの遺跡を管理している楼蘭教皇国の許可がいる。地下に関しては四階全て立ち入りできるけど、あまり入る人はいないそうだ。

出てくるモンスターが強いわりに、実入りが少ないのがその理由。あと、ここって楼蘭の司祭さん達の修行場になってるから。出てくるモンスターはお察しだ。

「私、グールとかゾンビ駄目なんですけど⁉」

「あ、そういうのは大丈夫」

あっさりとラーラさんが言う。

「ここって、ゾンビとかグールは出ないんだ。過去沼地だったから、火と風の精霊を集めて乾燥させる魔法陣を敷いた上に建物を建てたんだよ。そうしたらそれが強すぎて、モンスターの死骸がミイラ化するようになっちゃってね。ここに出るのはそういうミイラ系か身が全部剝げ落ちたスケルトン系なんだ」

ぱちんとウインクで「安心しなよ」って言われたけど、どこも安心できる要素がない。腐ってるのが苦手なんじゃなくて、死んでるのが歩いてさ迷って攻撃してくんのが理解できなくて嫌なんだってば！

心の中の叫びは、実際口からは出なかった。

だってレグルスくんが「くさってないならあんしんしんだねー」とか、物凄い笑顔で言うから。お兄ちゃん、どこに安心したらいいか解んないです。

遺跡のワンフロア自体も結構広くて、壁画や彫刻装飾なんかの説明書きを都度見ながらだと、結構見歩くのにも時間がかかる。

食べ物飲み物の持ち込みは許可されているから、たまに設置されているセーフゾーンで休憩を取りつつ進む予定だ。

まず一階を隅から隅まで見て回って、解ったのは当時の人の信仰心の厚さ。物凄く色々捧げてた。狩りしては獲物を捧げて、儀式をした後に宴を開いて王様や他の貴人たちに振る舞い、残ればさらに下々に振る舞う。この残ればっていうのが言い様で、必ず残るように一口か二口くらいしか食べないいんだよ。ここでがっつくのは卑しいとされてた。

位高ければ徳高きを要すっていうのと、無益な殺生をしないというのを合わせると、一応食べるために獲ったけれど、それを貴人の義務として下々に下げ渡すっていう感じになるらしい。

この世界におけるノブレス・オブリージュの原型なのかな？

それ以外にも麦や稲、農作物が収穫されれば捧げる。そういう場面の壁画があった。

とにかく捧げる。家で子どもが生まれたらお酒を捧げる、結婚式でも兎の丸焼きとか捧げる。何があっても捧げるんだ。

そりゃ神様との距離も近かろう。

それが変化したのが神聖魔術王国の辺りだそうだから、その辺で何か一大事があったのかな？

それを口にすると、ロマノフ先生がにこっと笑った。

「鳳蝶君は今、それを聞ける立場にあるじゃないですか」

「え？　お尋ねしてもいいんですかね？」

「お尋ねして、教えられないと言われれば独自で調べたらいいんじゃないですか？　これまでのことを鑑みると、姫神様方は教えられないことは教えないし、話しても差し障りのないことは君に積極的に教えてくださってるじゃないですか」

言われてみればそうだ。宇気比《うきひ》のことをお尋ねしたときも、あっさりと教えてくださったもんな。

そっか。

一人で頷いていると、奏くんが「そういえば……」と呟いた。

「キアーラ様のこと、どうなったん？」

「ああ、あれ……」

あれか。

思い出の彼方に行っていたけど、休暇の谷間に姫君様にお会いした朝があったんだ。

そのときにキアーラ様本人にも言ったからにはと、姫君様に全部告げ口というご報告をしたんだよね。

そうしたら、姫君様ったら。

「妾《わらわ》の思うとおり、解決してやったのだな。重畳《ちょうじょう》じゃ。褒美をやる故、暫し待て」

だって。

笑顔が超がつくほどお美しくていらしたけど。

おまけに私が持って帰ったキアーラ様のアクセサリーも持っていってくださった。これに関しては厄介なものがなくなってよかったと思う。

勿論キアーラ様のアクセサリーに関しては、ロマノフ先生から陛下にご報告してたけど、なくなっちゃった経緯をもう一度ご報告申し上げると「神様のなさることだから、お任せしなさい」とのことだった。

もうそれ以上のことはない。

私の説明に、奏くんはからっと笑った。

「姫様、キアーラ様の拗らせっぷり知ってたんじゃん」

「奏くん、勘がよすぎると後で大変なことになるからね？」

「若さま見てるから知ってる。それにおれが巻き込まれたら、若さまが助けてくれんのも知ってるんだぜ？」

うぬ、それはそう。

言い返せないでいると、ぴこぴこ金の髪を揺らしてひよこちゃんがぴよぴよ唇を尖らせた。

「にぃにだけじゃなくて、れーもカナのことたすけてあげるよ！」

「うん、それも知ってる。おれだって若さまやひよさまに何かあったら絶対に助けるし、紡だってそうだよ」

「うん。つむもにいちゃんのこともひよさまのこともたすけるよ！　わかさまだって、つむたすけられるようにおべんきょうがんばります！」

小さい紡くんが張り切って手を上げてくれる。

ありがたいことだよ、本当に。

流行り病から復活した直後はこんな未来があるとは思わなかった。これから先は、この友人たちを失わないように頑張らないと。

感慨深く思っていると、ロマノフ先生やヴィクトルさん、ラーラさんがこちらを見ていた。三人の目が凄く優しい。

照れていると、ヴィクトルさんが不意に小さく動いた。そしてにまっと笑う。

「行商のひとが来たみたいだよ？」

「行商のひと？」

わちゃわちゃをやめて、首を傾げる。

行商って、ここ人工迷宮だよ？

ひよこちゃんや奏くん・紡くんも疑問に思ったのか、こてんと首を横に小さく倒した。

「ぎょうしょうって、おみせやさんのこと？」

紡くんが奏くんに尋ねる。

ややあって、ぽんっと奏くんが手を打った。

「あー、そういえば冒険者ギルドのおっちゃんが言ってたな。ダンジョンを渡り歩く行商人さんがいるって！」

耳を疑うような言葉に唖然となっていると、ひよこちゃんまで「そういえばきいたことある」って呟いた。

ダンジョンだよ？　そんなことあるぅ？　いや、あるわ。そういや前世でやってたＲＰＧでも、ダンジョンの中に商人いたな。

何でこんなトコでお店開いてるんだろ？　普通のお客、来る？　そんな疑問を感じてやまなかったけど。

「何、売ってるんだろう？」

「うん？　たしか……傷薬に、麻痺やら毒やらを治す薬だろ？　それから食料だの水だのも売ってるって、おっちゃんが言ってた気がする」

私の素直な疑問に、奏くんが答えをくれた。けど、なんとも言えない表情でひよこちゃんが「でも」と口にする。

「でも？」

「ぶきとかぼうぐをうってるひともいるんだって。だけどそういうときは、ちょっときをつけないとダメって、ローランさんいってたよ」

「なんでだろう？」

「ぶきとかぼうぐは、ダンジョンでしんじゃったぼうけんしゃのもちものを、かってにうってるかのうせいがあるからって」

「ああ、そういう……」

たしかにそんな可能性もあるだろう。冒険者が亡くなると、解った時点で冒険者ギルドが遺体の回収に動いてくれる。でも全ての亡くなった冒険者の遺体が回収できるわけじゃない。肉体の一部しか残っていないこともあるし、そもそも全て魔物の腹の中ということもある訳だし。

魔物を倒したら、その腹の中から未消化の冒険者の肉体の一部が発見されたとか、そんな話はよく聞くことだ。巣から身に着けていた装飾品だけが見つかった、なんてこともよくある。

倒した魔物から防具がドロップしても、それが誰かの物だったかもって考えたら、それはそれでしんどいじゃん。売って手元からナイナイしても、そりゃあ咎められるかっていうと中々……。

考えている間に、ひたりひたりと暗がりから誰かの気配が近づいていた。

殺気は特に感じないし、ぽちも肩の上で眠ったまま。

なので姿が現れるようになるまで待っていると、陽気な鼻歌が聞こえてきた。だけど歌詞がちょっと不穏というか明るくない。

前世の古典の授業で習った「ゆく川の流れは絶えずしてもとの水にあらず」とか「驕れる人も久しからず。ただ春の夜の夢の如し」とか、そんな世の中を儚《はかな》む感じがある。

どう生きても最後に死ぬんだから、それまでは笑って過ごそうぜってことなのかな。

徐々に建物の陰からその人の姿が浮かび上がる。

全体が見える前に、その人が手を振った。

「おーい！　旅のお人かーい⁉」

女の子の声だ。

皆で顔を見合わせてから「そうだよ！」と、ラーラさんが声と手を上げた。

するとひたひたって感じの足音が、弾むような音に変化する。走り出したのか、女の子の形が現れるのが早くなっていく。

ちょっと待っていると、赤茶の髪を一つぐくりにした女の子が、大きなバスケットを抱えて走ってきた。

着ている物はこの辺の民族衣装なのか、丸首の上衣に下は巻きスカートにサンダル姿。小麦色の肌が健康的だ。

にこやかに手を振って「果物とかお菓子いらないかい？」って。年の頃は十四、五歳くらいかな。

「おかしだって！」

「あまいの？」

ひよこちゃんと紡くんが目を輝かせる。

「甘いのもあるよ！　果物も、いい感じに熟《じゅく》してんだけど、どう？　安くしとくよ？」

女の子はぱかっとバスケットを開けて中を見せてくれた。そこには紫の皮の細長い実や、柘榴《ざくろ》に似た果実、木の実を入れて焼いたクッキーやこんがり焼けた小麦粉の棒のようなものが。

「紫のが猩々《しょうじょう》酔わせの実っていって、この辺りに住む大きな猿に似た魔物の猩々の大好物さ。

猩々が食べれば酔っ払うけど、人間にはほっくりして甘い芋みたいな味なんだ。それで赤いのが紅玉柘榴。実の中にもしかしたら魔紅玉が入ってるかもね？」

「はー、猩々酔わせの実ってこんななんですね！　この辺りでしか食べられないんですよね？」

「ああ、そうさ。この辺にしか出回んないだよ。紅玉柘榴なんて、ありがたがって近隣の金持ちが買い占めちゃうからさ」

猩々酔わせの実って、楼蘭の伝統的なお菓子に使われてる実。足が早いから帝国にまでは中々出回らない貴重な果物だ。紅玉柘榴は魔素の多い所で育った柘榴で、その粒の中に魔力が凝ってルビーのような輝きの石が出来る。それが魔紅玉と呼ばれるものだ。紅玉柘榴自体が珍しく、魔紅玉は更に希少。そら買い占められるわ。

お菓子は彼女の家で作られたアーモンドや松の実を入れて焼いたクッキー、小麦粉の棒は揚げドーナッツみたい。

どうしようかと思っていると、ヴィクトルさんが「それ」と紅玉柘榴を指差した。

「こういうのは旅の記念だしね。その紅玉柘榴をもらうよ。あとは……どれがいい？」

そう私達に尋ねてくれる。

うーん、そうだな。

「あの、猩々酔わせの実って凍らせたりできます？」

「あんまりお勧めしないよ。味が落ちちゃうからね。今から楼蘭の町に持って帰っても、お菓子にするにゃ厳しいかな」

「おう、じゃあここで食べたほうがいい？」

「そうだね、火の魔術が使えるなら炙《あぶ》ってもらいいな。そのエルフの兄さん達、エルフなんだから魔術使えんでしょ？」

「ああ、火を通したほうが美味しいんだね」

なるほど。行商のお姉さんが親切に教えてくれる。先生達もお姉さんに色々話しかけていた。

それで結局猩々酔わせの実を人数分と、ヴィクトルさんが紅玉柘榴を一つ、私と奏くんが木の実入りクッキーを、レグルスくんと紡くんが揚げドーナッツを購入。

金額は全部で金貨一枚と銅貨少々。紅玉柘榴が金貨一枚だ。まあ、紅玉柘榴は楼蘭では最低金貨三枚だもんね。魔紅玉は一粒あれば金貨五枚はお約束だから、損はしない。あれば、なのがミソ。ちょっとした宝くじみたいなもんだよね。

「いっぱい買ってくれて助かったよ」

「いえいえ、珍しい果物が買えたので！」

ほくほく顔のお姉さんに、私も笑って返す。お姉さんはぽりっと頬を掻いた。

「いやぁ。猩々酔わせの実なんてさ、あたしンちの隣にいくらでも生えてンだけど、楼蘭に持っていくにしても傷のあるヤツは買ってもらえないし無駄になっちまうンだよ。安くしたら買ってもらえるけど、それだって一つか二つだからね。あたしが食べるっていっても、毎日じゃ飽きちゃうし。紅玉柘榴の実もそうだよ。おなじ柘榴で魔紅玉が入ってるかも解ンないっていうのに、傷があったら買い取れないとかさ」

「なるほどー」

こくこくと頷くひよこちゃんと紡くんに、お姉さんは目を丸くする。それから二人に「賢いねぇ」なんて声をかけてくれた。

そうして「よいしょ！」と気合を入れて、バスケットを肩で担ぐ。

「そうだ。沢山買ってくれたお礼に、あたしの村に伝わるこの遺跡の伝説を教えてあげるよ」

「伝説ですか？　それは知りたい！」

声をあげると、皆が頷く。その様子に、お姉さんが髪を少し揺らすと、「むかーし、昔」と語り始めた。

それはこの地にあった沼の主が埋め立てに際して生贄を求めたってとこまでは同じ。違うのはそこからだった。

「生贄は実は生贄じゃなかったんだって」

「どういうことです？」

「実は、その沼の主と孤児は友達だったんだよ」

「え……？」

思いもよらない言葉に、皆困惑を隠せない。

お姉さんの話の話は続く。

沼の主は、もうすぐ神様になろうかというくらいには徳高い存在だったそうな。

だからか住み慣れた沼を人間の勝手で立ち退いてくれと言われても怒らなかった。それどころか人間達が自分を追ったことに罪悪感を感じないよう、旅に出ようとまで言ったそうだ。そしてその連れに、人間の友達の孤児を指名したとか。

「その孤児、村で辛く当たられてたみたいなンだよ。それで神様が同情して、連れて行きたいって言ったそうだよ。だけどそれがどう村人に伝わったのか、孤児は瀕死の状態で沼の主の前に引き出された。これには徳高い沼の主も怒り狂ったんだとさ」

「それで村が全滅した……と？」

「あたしの村ではそう言われてるよ」

「ははぁ、なるほど」

そりゃ友達に手出しされたら怒り狂うだろう。気持ちは解るな。村人たちにも同情できない。だけど、本当に？

やっぱり私の中の【千里眼】が「否」と言う。奏くんの【心眼】もそうみたいだ。微妙に眉を寄せてる。

「ま、事実は歴史の彼方だね」

そう言うと、お姉さんは「毎度あり！」と、手を振りつつ元気に去っていった。

他にも人の気配がするから、商売にはなるだろう。

お姉さんの背中を見送って、奏くんに声をかけた。

「どう思う？」

「んー……沼の主じゃないと思う」

「だよね」

どうしてか、徳高い沼の主と復讐というのがかみ合ってくれない。

どんなに高潔な人でも、自身の大事な物を他者に傷付けられたら怒り狂うものだろう。それは全くおかしいことじゃないのに、何故か予感は「否」とサインを出し続けていた。

「他に第三者がいるのかな？」

「かもな」

こういうときに予知系スキルがあるってのは何か面倒だ。はっきり見えないくせに、予感だけがひしひしと伝わってくるんだから。

ガシガシと頭を掻いていると、ロマノフ先生が顎を擦る。

「上の階より地下のほうに行きましょうか？」

「地下ですか？」

「はい。地下はまだ碑文や壁画の解読が進んでないんですよ」

「入ろうとするとアンデッドが凄く出るんだとね」

ヴィクトルさんの言葉に、頷きかけて一瞬止まる。だからミイラも骸骨も好きじゃないんだってば～。

だけどなぁ、気になるし……。

迷っていると、がしっと奏くんが私の肩を掴む。

「行こうぜ！」

サムズアップした奏くんの腰には、顔に「行きたい！」って張り付かせた紡くんが引っ付いている。

いや、でも、私……。

「にぃに、れーほんとうのことしりたいな！」

ぎゅっと拳を握り込んでひよこちゃんが、私の腰に張り付く。

よし！　お兄ちゃんに任せなさい!!

謎が謎呼ぶ遺跡探検

意気込んでみたのはいいけども。

地下に下りる階段に辿り着いたので、そこを下る。

地面に足を着けた瞬間、明らかに空気が変わった。湿り気に加えて黴臭《かびくさ》さのような物を感じて、レグルスくんに臭くないか聞いたんだけど、首を横に振られる。

「なんかいるとはおもうけど、くさくはないよ？」

「そっかー」

奏くんや紡くんに顔を向けても、レグルスくんと答えは同じだ。先生方も臭わないって言う。

なら、これは私だけが感じる異常ってやつだ。

鼻が曲がるほど臭いって訳じゃないけど、いい気はしない。眉を顰めると私は奏くんに弓を出すようにお願いする。

「貸してもらっていい？」

「いいよ。引けるか？」

「無理だったら手伝ってね」

「うん！」

軽く言って奏くんが愛用の弓を貸してくれた。

ロスマリウス様の古龍・ティアマトの髭を弦にしたそれは、生半可な魔力では引くことも出来ない。かといって魔力だけあれば良いってものでもないんだなぁ。

試しにちょっとだけ力を入れて弦を引っ張ると、どうにか動いてくれた。

なので片膝を付けて、矢をつがえずに天井に向けて弓を射る。シュパッと空気を切る音に乗って、私の神聖魔術がフロアに拡散していく。

「弦打の儀ですか？」

聞いたのはロマノフ先生だ。

「はい。ブラダマンテさんから教わったんです」

こうやれば、音に乗せて私の魔術が遠くまで伝わる。この弦打の儀自体が浄化と魔除けの儀式だそうで、そこに神聖魔術の浄化作用を乗せれば、更に効果が期待できるんだって。

話しているうちに、黴臭さが消えた。

「ブラダマンテさんに神聖魔術の先生をお願いして良かったね」

「彼女って楼蘭でも実践派の方なんだろう？　あの手この手色々知ってるって言ってたもんね」

ヴィクトルさんの感心したような声に、ラーラさんもこくこくと首を上下させる。

そう、ブラダマンテさんは私の神聖魔術の先生なんだよね。楼蘭って殴って浄化が基本らしいんだけど、私は生憎の運動音痴。武闘とかとんでもない有り様だったから、色々考えてくれたみたい。

楼蘭の過去から、ブラダマンテさんが眠っていた間の文献を調べて、運動音痴でも何とかなる神聖魔術の使い方を教えてくれたんだ。この弦打の儀もその一つ。

殴ることに才能はなかったけど、弓なら少し使える巫女さんがやってた浄化法なんだってさ。

「あ、ミイラが消えましたね」

ロマノフ先生が呟く。辺りの気配を魔術で探っていたんだろう。やっぱミイラいたのか。

げんなりしていると、ロマノフ先生が笑った。

「今のでこのフロア全体の浄化が出来たようですよ。魔石とか落ちてるようだから、拾っていきましょうね」

「わかったー！」

「はーい！」

ミイラとかスケルトンからのドロップ品とか呪われてそうで怖いんだけど、レグルスくんも紡くんも元気なお返事をしてくれている。

どうして君達ミイラもスケルトンも平気なの？

思わず遠い所を見ていると、サクサクッと楽しそうにちびっ子コンビが歩き出す。

弓を奏くんに返すと、私は「アンデッド怖くないの？」と聞いてみた。

「え？　生きてる人間のが怖ぇじゃん」

「そりゃそうだけど」

ぐうの音も出ないご意見だ。正しすぎて苦笑いしか浮かばない。

モンスターだろうがアンデッドだろうが、彼らが襲ってくるのは生存競争のゆえだ。しかし人間は違う。そう思えば、シンプルな分人間より魔物のほうが行動にブレがない。解りやすいから怖くないともいえる。

考え込む私の肩を叩いて、奏くんが「行こうぜ？」と促す。

見ればちびっ子コンビの後ろを歩く先生方とも、少し距離が開いてしまっていた。

なので壁を見ながら歩き出す。

やっぱり壁画になっていて、渦巻模様や大きな穴のような物が所どころに描かれていた。

「渦巻って何の意匠なんだろうね？」

「渦巻を囲うように楕円形があるっていうのは……沼を表してる、のか？」

「ああ、じゃあ、渦巻って水なのかな？」

確認しようにも、傍には解説の立て札もない。

沼と仮定した楕円形の背景には山なのか三角があり、木と思しき絵もある。

上の階と比べると、随分と絵柄が記号的で、それがかえって何某《なにがし》かの意図を感じさせて。

次の壁画は場面が変わったのか、楕円形の中にまた半円があって、その半円の中に丸が三つ配置されていた。

「この丸、線で繋いだら逆三角形っぽい」

「おれには顔に見えるけどな。上の小さい二つが目。下の大きな丸一つが口って感じ」

「ああ、言われてみれば……」

まるで沼の中から何かが顔を出し、口を大きく開けているように見えなくもない。

これってもしかして、この地にいたっていう沼の主を表してるんでは？

奏くんにそう言うと、こくりと彼も頷く。

「そうだぜ。これって当時の絵の描き方でな。はっきり形を描いちまうと、そこに魂が宿って具現化するって言われてたんだ。だから具現化させないために、なんかよく解らんもんとして描いたんだ」

「!?」

唐突に背後からかけられた声にびくっとして振り返る。するとそこには一階で皆とはぐれそうになっていることを教えてくれた少年冒険者がいて。

悪戯っ子のような雰囲気を漂わせて、彼が壁画を指差す。

「さっき言ったように、この当時は絵やなんかには魂が宿ったりするって考えられてた。だから沼の主みたいに強い力を持つ者をはっきりと描かなかった。そのせいで後世に沼の主の姿が正確に残ってないんだ。でもな、ヒントは残ってるんだぜ？」

彼は「ここ」と言いつつ、目口がある半円の絵に触れる。じっと目を凝らしてみると、三角形の何かがその半円に連なってついていた。

角にしては半円の上部だけに何個もついているのが気になる。

隣の壁に進むと、今度は半円ではあるけれど横を向いているのか目のような円は一つ。口は一つで、口はさっきの円を半分に割ったような形に変わっていた。小さな三角形は頭頂から背中に揃えて描かれている。

動物っぽいものだとして三角？　鱗《うろこ》、或いは……。

「鬣《たてがみ》？」

「お、それっぽいな！」

奏くんが私の呟きを拾って頷く。

すると少年が「正解」と答えた。

「これは鬣だ。つまりこの沼の主は鬣をもった生き物ってこった」

「鬣のある生き物って……馬に獅子に龍に……後何かいたっけ？」

「モンスターなら色々いるんじゃね？　亀とかだって毛が生えてるようなのいたし」

「ああ、なんかそういうのいたって先生達言ってた気がする」

だけどモンスターなんてそれこそ種類がいて絞れない。

他になんかないかなと思っていると、奏くんが「そういえば」と口を開いた。

「さっき行商のお姉さん言ってたじゃん。沼の主と孤児は友達だったって。てことは、人の言葉を解するか、孤児が魔物使いの素質があったかのどっちかだよな？」

「ああ、そうなるね。だけどさ、魔物使いの子どもを迫害するかな？」

「あー……いてくれたら、モンスターに襲われなくなるよな。それに迫害なんかしたら魔物に報復されるかもしんないし」

「一概には言えないけど、アルミラージみたいな兎でさえ人間を殺そうと思えばできるんだし、迫害するよりは協力してもらうほうがいいと思うんじゃないかなぁ」

これは正直解んないんだけどな。

人間って目先のことに捕らわれると、広い視野で見たら損することも平気でするから。

となれば孤児が魔物使いだったっていうより、主のほうが人語を解すると仮定したほうが良いだろう。

忘れないようにメモしておいたほうがいいかな？

鞄からメモを取り出して、壁画をスケッチ。奏くんは今まで解ったことをメモしてくれてるようだ。

「お前ら仲いいんだなぁ」

眼帯少年が、何故か微妙な笑みを浮かべていた。

仲がいいかそうでないかって言われたら、絶対いいほうだよ。奏くんは初めて出来た友達だし、親友だもん。

ただ奏くんのほうはちょっと解んない。だって奏くん、他に家の近所に友達いるみたいだし。

だけど「私達親友だよね？」って私の立場からは聞けないよ。

奏くんがどう思ってくれてようと、傍から見たら私は領主の息子、或いは領主として彼ら兄弟を自分に付き合わせてる感じだし。

奏くんは私に変な気を使ったりはしないように、言うべきことはしっかり言ってくれてる。でも、奏くんの親御さんってどう思ってるんだろうね？

最近は奏くんだけでなく紡くんも出仕させてるようなとこがあるし。

私やレグルスくんが出仕でなく遊びに来てもらってるだけだって思ってても、周りはどう考えてるだろう。

「ねぇ、奏くん」

「あー？」

「本当はもっと早く言わなきゃいけなかったんだけど、奏くんの親御さん何も言わない？」

「親？　うーん、特には……。いや、前に怒られたことは反省してるっぽいけど、そんなんはおれが口挟んだらややこしいだろう？」

「ああ、あれか……」

奏くんと初めて会ったときのことを思い出す。親と喧嘩して家出してたんだよね。

理由は兄弟あるあるの、上の子だけが叱られるってやつ。あのとき私は、自分の事情含めて怒ってたんだよ。

奏くんが兄になったのは、奏くんの都合でなく親の都合だ。それを押し付けるのは理不尽だろうって、その理不尽さに我慢がならなかった。

あれから二年だ。

「あのとき、私、奏くんのご両親に少し八つ当たりしてたんだよね。それはちょっと申し訳ないと思ってる」

「そっか。でもおれは嬉しかったよ。おれの気持ちを解ってくれるんだなって」

「そう？」

「うん。いや、じいちゃんから若さまめっちゃ賢いって聞いてたからさ。周りの大人と一緒になって、どうせおれに『弟はまだ小さいんだから、兄のお前が許してやれ』とか言うんだと思ってたんだ。でも若さまは怒っていいって言ってくれた。おれが我慢しなきゃいけないとは言わなかった。だから逆におれも悪かったのかなって思えた」

あっけらかんとしてるけど、あのときは本当に親御さんとの関係は最悪だったようだ。源三さんが最悪奏くんを引き取ろうかと思ってたくらいだって言ってたから、その後の和解は源三さんもほっとしただろう。

奏くんの親御さんも自分達が理不尽な叱り方をしていたのを自覚してて、源三さんに注意されて改めたそうだから、生活に余裕がなくてそうなってたみたい。

その生活の余裕のなさの原因は私の親なんだよなぁ。それを鑑みると、私の言ったことも「どの口がそういうこと言うわけ？」って感じではある。

少々の反省を込めて息を大きく吐けば、奏くんが真剣な面持ちで私を見ていることに気が付いた。

「どうしたの？」

「あのさ。今更言うようなことじゃないけど、最近色々あったから言っとくな？」

「うん？」

「おれ、何があっても若さまの味方だから」

「へ？」

「他人が若さまのこと間違ってるって言っても、おれは若さまの味方をする。若さまが間違っても、おれは全力で正しいって言うから」

物凄く真面目な視線に、私は顔をしかめた。

「え？　間違ったときは間違ってるって言ってよ」

「言わなくても若さまは解るだろう？　それでもあえてそのままにするんなら、それはそうする必要があるって若さまが決めたってことだろうから、おれは黙ってついてく」

「えー……それは……死なば諸共ってやつじゃん」

「うん、そうだな。そういうわけだから、若さまは頑張って皆が笑って生きていける道を選んでくれよ」

私の肩をぽんぽんっと軽やかに叩いて、奏くんは笑う。そうして私の答えを待たずに、次の壁画へ。

その背に、眼帯の少年が首を傾げた。

「なんか知らんが、お前さん達世界の敵とでもやり合ってんの？」

「そんなつもりはないんですけど、気づいたら騒ぎの渦中にいるんです」

「ふぅん。それでもああいうことを言えるし、返せるってことは仲がいいってことだろ？　いいことじゃん」

いいことなんだろうか？

関わらずに済んだ騒動に、奏くんや紡くんを巻き込んだだけじゃないんだろうか？

今はそれが悪いほうに行ってないだけで、普通の子どもとは大分違う道を歩ませてるだろうに。

いや。

両手でぴしゃりと頬を叩く。

友達だって言われなきゃ言われないで不安になる癖に、言われたら言われたで不安になるってなんだよ。クソ面倒くさい奴だな。

もう一発行くかと思っていると、眼帯の少年に手首を握られた。

「何やってんの⁉　痛いだろ⁉」

「いや、ちょっと自分の面倒臭さに腹立ってきて……」

「だからって叩くなよ。驚くだろ？」

「ああ、申し訳ない」

「謝んなくていいけど……！」

納得しかねるって感じで、眼帯の少年が口をへの字に曲げる。

それからガシガシと頭を掻くと、次の壁画にいる奏くんを指差した。

「呼んでるぜ？」

「あ、はい」

とことこと奏くんに近づくと、奏くんは奏くんで先に行ってるロマノフ先生達を指差す。早く追いつこうってことみたい。

小走りしつつ壁画を眺めていると、顕著な変化に気が付いた。

沼から主を表現した半円の物が出たと思しき場面で、その姿が四つ足っぽく描かれているのだ。

「え？　めっちゃ変わってない？」

「それまでは沼にいて、全容が見えていなかったから半円……顔だけ出てる感じだったんじゃね？」

「ああ、あり得るね」

その当時の描写ルールが、ぼんやりとしか輪郭を描けないっていうならそれもありだろう。

メモに「四つ足？」と書き加えるのを見た奏くんが、少し考え込んだ。

少しの沈黙の後、彼は「解らん」と零す。

「四つ足って範囲広すぎなんだよ。鬣あって四つ足なんていくらでもいるっての。現に若さまの肩にもいるし」

「ああ、ぽちね。そういえば獅子だったね」

猫じゃないんだよな。子猫サイズになって、人の肩の上で平和に寝てるけど。

さっきから全然起きない。ぷうぷう寝息まで立ててる始末だ。このフロアにはアンデッドがいたはずなのに、起きる素振りも見せないんだから驚く。

火眼狻猊《かがんさんげい》って闘争本能薄くないはずなんだけどな？

うちに来てからぽちは野生動物から家猫にクラスチェンジか転職したのかもしれない。因みに転職の神殿に連れてった覚えはないし、そんなものはない。

壁画を模写する奏くんの手が止まる。

「あっれ？　なんだ、これ？」

そう言って奏くんが指示したのは、更に次の壁画だ。

そこには沼から出た四つ足の主がいたんだけど、鬣の他に頭に角が加わっている。それも凄く立派なヘラジカのようなやつが。

どういうこと？　なんで前の絵にはない訳？

意味が解らなくて、前の壁画と見比べる。

近くから見たり、遠目で見たり。

そうしていると、ぼんやりとした違いのようなものが感じられて。

前の壁画も、変化のあった壁画も、背景は山を表す三角と、沼の水を表す渦巻がある。

「あ」

私は山らしき三角の麓を、奏くんに指差した。そこには花のような模様が描かれている。

「あー……花？」

「前のやつにはそれっぽいのはなかった。でもこの場面には花が咲いてる。それって時間経過の表れなんじゃないの？」

「ああ、前は花が咲く時期じゃなく、この壁画は花が咲く時期になった……ってことか？」

顎に手をやって、奏くんが考え込む。

前の壁画には角はなくて、この花が咲く壁画では角があるってことは、もしかしてその四つ足の主は季節か時間経過で角が生えたってことなんだろうか？

私も考え込む。

「この主は春になると角が生えて、秋には落ちる。そういう種族だったんだよ」

「へ？　鹿とかみたいに？」

眼帯の少年の声が背後から聞こえて、振り返れば「そういうこと」と彼が頷く。

「え？　凄く詳しいですね」

「ああ、ここにいるのも長いからな。それに近隣の村にはそういう生き物だったって伝わってるんだぜ？」

ははぁ。

眼帯の少年によると、伝説には様々なバリエーションがあるそうだ。

例えばさっきの行商人のお姉さんから聞いた話や、少しアレンジされて生贄の孤児は実は沼の主の恋人だった説、そもそも生贄ではなく花嫁として差し出せってことだった説などなど。

その恋人とか花嫁だったバージョンでは、村人が勘違いして花嫁や恋人に暴力を振るったことに対する報復処置として、彼らは一家族除いて全滅の憂き目にあったことになっている。

それだと助かった家族にも意味付けしてあって、孤児・恋人・花嫁に唯一暴力を振るわなかったとか、庇っていたとか、彼らがひたすらに善良だったから助かった的な。

「よくあるだろう？　『こういうことがあるから、情けは人のためならず』ってさ」

「ああ……」

眼帯の少年の皮肉気な物言いが理解出来る。

人が誰かに優しくするとき、たいていの人は先にある何かのことなんて考えてない。計算もしてない。ただ困ってる誰かを助けてやりたいって思って行動する。後の人間がその流れを客観視したときに、巡り巡って親切が返ってきたって結果になるだけだ。

巡り巡って自分に帰ってくるから人に施せと言うならば、それは打算しろって言うんだ。なら打算で行動する人間を非難するようなことは言えない。

けれど一方で「見返りを期待するのは優しさじゃない」とか言われる。大いなる矛盾だ。そう思えば皮肉な物言いになっても、そりゃ仕方ないじゃん。

先を行くロマノフ先生達が時折立ち止まってるのは、私達と同じく壁画をメモしてるからか。

一度合流して見解を聞いてみようか？

奏くんにそう言うと、「そういうのはこのフロア全部見終わってからでよくね？」と返ってきた。

奏くんが紡くんと合流しないとか珍しい。

「珍しいとか思った？」

「うん」

「でも若さまだってひよさまと離れてんじゃん」

「そうだね。でもこれからレグルスくんもお友達が増えてバラバラに行動することもあるだろうし、たまにはいいかなって」

「おれもだよ。紡、大根先生とフィールドワーク行きだしたら行動もバラバラになるかもだし」

ちょっと寂しいけど、予行練習だよね。

この間和嬢が遊びに来たときに、ちょっと考えたんだ。

今は私にべったりのレグルスくんも、大きくなるにつれて独自の人間関係を作っていく。それが今は大部分重なってるけど、いつか重ならなくなるだろう。そうすれば私といるより、お友達といるようになるかもしれない。

もうレグルスくんに殺される未来はないにしても、レグルスくんが独り立ちする未来はあるんだ。今からそれに備えておくほうがいいかも。

そんなことを言えば、奏くんがぽりっとほっぺたを搔いて苦笑いした。

「そーだよなー！　まあでも、あっちはそう思ってないかもだけど」

奏くんが指差した先にはレグルスくんと紡くんが、ロマノフ先生とラーラさんに腕を取られてジタバタしてるのが見えた。

大きな声で「にぃにー！」とか「にいちゃーん！」と叫んでる。

「どうしたの？」

「はぐれちゃうからぁ！」

「迎えに行くって言ってきかないんですよ」

レグルスくんが地団太を踏んでるのを、ロマノフ先生が笑いながら見ていた。

紡くんの唇もちょっと尖ってて、面白がるラーラさんに突かれている。

「お兄ちゃん二人が仲良く探検してるのが気になったみたいだよ」

「えー、いつものことなのに？」

「そうだぞ。いつもおれと若さま二人で喋ってんじゃん」

茶化す訳じゃないけど、いつものことなのに二人は何がそんなに気になるんだろう？

首を傾げると、ヴィクトルさんが手をひらひらさせた。

「難しい話を二人でしてたからじゃない？　そういう難しい話のときは、なんか毎回起こってるからね」

「いや、壁画の話なのに」

「そうだぜ？　壁画の主の形が段々変わっていってるって話で」

奏くんが「な？」と私に振るから、「そうそう」と頷く。すると先生達の顔色ががらっと変わった。

物凄く真剣な顔つきに、私も奏くんも目が点になる。

「え？　何事……？」

「今、絵が変わったと言いましたね？　どんな風に？」

「どうって……」

ロマノフ先生の問いに普通じゃなさを感じて、私と奏くんは取っていたメモを先生方に見せた。

それを見て、ヴィクトルさんが唸る。

「条件が揃えば絵が変わるよう、魔術で指定してたみたいだね」

「んん？　どういうことです？」

聞き返すと、ラーラさんが私達に紡くんのメモを見るように言う。

それに従って紡くんが見せてくれたメモの中、壁画はずっと渦巻で埋め尽くされていると書いて

あった。

奏くんが首を横に振る。

「えー……、なんだこれ？　おれたちと同じモノ見てたよな？」

「うん。にいちゃんのはうずまきいがいのもかいてあるね……？」

そう、半円の訳の解らない顔のようなものから、四つ足の何か、そして四つ足の何かに角が生えているとか。

段々と変化しているそれは、同じ壁画の筈なのに全く違う。

違いは神聖魔術を使う私がいたかいないか、か？

「もしかして、神聖魔術を使える人間がいるといないとじゃ、見える絵柄が違う……と？」

口に出してみれば、なんかそれっぽい気がする。

「ちょっと試してみましょうか」

そう言ってロマノフ先生は一人先に進む。そうして少し行った場所で止まると、壁画を見た。

「渦巻三つですね」

此方にそう告げると、ロマノフ先生は私を手招く。

ぽてぽてと歩いてロマノフ先生の横に並ぶと、先生が「あ」と呟いた。

壁画は渦巻三つではなく、四つ足でヘラジカのような立派な角、鬣を生やした生き物が、背中に人間らしきものを背負っている絵で。

「渦巻じゃないですね」

「渦巻三つだったんですよ。君が隣に来るまで」

「あー……そういう……」

「なるほど、中々地下の壁画の解析が進まない訳ですね」

そりゃこんな仕掛け、解んないよ。

ああ、でも、楼蘭の人なら解ったかもしれないな。あそこ神聖魔術を使える人、多いし。

それにしてもややこしい仕組みを考えたもんだ。

「何を考えてこんな仕掛けにしたんだろう……」

「色々考えられますよ。容易には解らなくしたかったとか、伝えたい人にだけ伝わるようにとか」

「ああ、そうですね。なるほど」

ようは暗号のような機能を壁画に持たせたかったってことか。なんのために？

一つ推論が出来ると、また疑問が湧いてくる。しかも推論は推論でしかないから、また何か違うことが出てくれば、立てた仮説は容易にひっくり返るのだ。考えれば考えるほど、推論は増えていくし。

ふへっと口から変な笑いが出てきた。

「ヤバい、燃えてきた」

「おや？」

「なんでこんな厄介なことしたんですかね？　バレたくないこととかあるのかな？　それとも誰かに知らせたい隠し事？　あ、もしかしてそれこそお宝？」

「おやおや？」

ロマノフ先生がニコニコしてる。これはアレだ、先生も気になってるやつだ。これは調べるより他ないだろう。

燃えてきた。断然やる気出てきた。

「よし！　サクサク探していきますよ！」

声を上げると、レグルスくんや奏くん・紡くんが駆けてきた。

「珍しくヤる気じゃん？」

にしにしと笑う奏くんにサムズアップだ。

ダンジョンは好きじゃないけど、謎解きは嫌いじゃないんだなこれが。

ちょっとテンションが高くなった私に、ヴィクトルさんが心配そうな顔をする。

「でもあーたん、ここから先アンデッドもっと多くなるよ？　大丈夫？」

「大丈夫です。ミイラなんて鰹節みたいなもんだから！」

「いや、全然違うよ⁉」

慌てるヴィクトルさんにひよこちゃんがぐっと親指を上げてみせる。これって私がサムズアップしてるからかな？　真似っこ可愛い。

そしてにっこり笑うのも可愛い。

「だいじょうぶ！　でろでろじゃなかったら、れーまっぷたつにできるから！」

持つべきものは頼れる弟だよ！

矛盾が暴くもの

「でろでろでもまっぷたつにできるけど、ぼくとうよごれちゃうからやだ」

「だよねー。それは解るよ。腐ってないのはそれだけでいいことだよね」

「うん。くさってないのはやりやすいんだ！　おれやすそうなところをねらうといいんだよ！」

にこにことひよこちゃんが、アンデッドを切る時の心構えを語る。

ラビリンスだしね。燃やすとちょっといけないときもあるし、物理で何とかなるときは何とかしたほうがいい。ブラダマンテさんもそう言ってた、多分。

「たしかに矢もスリングショットの礫《つぶて》も、腐ってるよりはミイラのほうが当てやすいもんな」

「くさってると、びゅんっていしがあたるとかんつーしちゃうもん」

ほらー、グールとかゾンビとか人気ないんだよ。私が嫌いなのも仕方ないことじゃん？

そんなようなことを話すと、レグルスくんは勿論奏くんも紡くんも理解を示してくれた。触りたくないんだよ、腐ってるし。

でも先生方はちょっと微妙なお顔だ。

「呪術的な要素で作られるミイラのほうが、実はモンスターとして強いんですけどね」

「自然にそうなった物でも、グールやゾンビより防御力も高いんだけど」

「そうそう。呪術的に作られた物って魔術使えたり厄介だよ？　昔の権力者の御遺体だったなんて落ちもあったりするし」

昔の権力者の御遺体はちょっと相手にしたくないかもしれない。文化財的に。

人は不老不死に夢を見る。前世もそうだったけど、今世もそうらしく、古来の権力者は不老不死の研究に余念がなかったみたい。アンデッドっていう魔物が人々を脅かすことも往々にあるのに、だ。

だからか権力を永遠に保持したいと考えない権力者は、逆に自分がアンデッドとして蘇らないように、然るべき処理を後世に託すこともある。

帝国なんかはそう。

霊廟《れいびょう》を作ってはいるけど、基本的に火葬。霊廟は一日一回確実に霊験あらたかなお香で浄化されるそうだ。菊乃井家のお墓もあるけど、葬られた人がアンデッドにならないような処置は当然してある。

以前、仕事の合間を縫って先祖の墓参りをしたんだけど、実は祖母はそこにいない。あの人は灰を川から海へと流してほしいと、ロッテンマイヤーさんにお願いしていたそうだ。

菊乃井のお墓も火葬して骨を埋める式だけど、父も母も埋めたかの確認はおろか葬式さえ形式的に顔を出して終わり。全てロッテンマイヤーさんにぶん投げてたから、その希望を叶えるのは容易だったそうだ。

前世、お墓の中に私はいないという弔いの歌があったけど、まさしくそうだったという。

懺悔《ざんげ》するように青ざめて告げられたけど、そのときも今もそれが個人の望みで法に触れないならそれでいい。実際そう返したら、ロッテンマイヤーさんはほっとした顔をしてたな。

死者が生きてる人間を悩ませるほうが、個人的には罪深いと思うけどね。

うちの葬儀とかは今どうでも良くて。

権力とか富とかそういう物に執着があると、最悪モンスターでもいいから不死でありたいと思うのかアンデッドにならない処置をしない。もしくは意図的にアンデッドとして蘇るように呪術を使うってこともあるとか。

逆に王様が名君すぎて、国民が蘇りを画策するってこともあったみたい。そんな話がお伽噺にもある。

結果？　死者が治める国は、この世の何処にもない。そういうこと。

天地の礎石は墓所じゃないので、権力者のミイラとやり合うとか面倒そうなのはなさそうだ。

代わりにどこからか迷い込んで死んでしまった動物や魔物、旅人がアンデッド化したものと戦わなくちゃいけないみたい。

この階に着いたときに弦打の儀で浄化したのも、その辺のミイラだ。

で、壁画の探索は続く。

見つけた壁画に描かれてた場面は、主が沼にいた場面、その主が沼から出ようとした場面、沼の主が完全に沼から出た場面、そして沼の主が背中に人を乗せている場面だ。

単純に考えて、沼に主がいた場面はそのままの意味、沼から出ようとしている場面と沼から出た場面では主の容姿が変わっているから時間経過があったとする。そうなると、だ。

「沼から出ようとした場面は、立ち退き交渉中。沼から出た場面は立ち退き交渉が成立したって感じ？」

「沼から出ようとするところと、沼から出た後じゃ季節が変わってるっぽいから時間がかかったみたいだけど……」

「何故時間がかかったんだろうね？」

メモと顔を突き合わせて推理していると、ヴィクトルさんとラーラさんがそれぞれ疑問を口にする。

沼から主が出た後の場面で、その背中に人が乗っている絵があるから、ここは交渉成立して生贄を受け取った場面でいいだろう。

ただ人を乗せていってても、背負ってるような描き方なのはなんだろう？

「……いけにえのひとがけがしてたから？」

私が口にした疑問に、おずおずと紡くんが答えた。疑問形なのはそれもまた推論でしかないからだし、やっぱり村人が孤児に暴力を振るったという人の残虐性を認めたくない部分もあるんだろう。

証明終了とするには情報が少ない。

もう少し手がかりを探すことにして、フロアのまだ行ってない部分を見て回ることに。

壁画は全て建物の中心部である心柱的な物を囲うように描かれていて、それをくるりと一周。

その最中、ヴィクトルさんが「ん？」と一瞬首を捻った。そして心柱を囲う壁と、その正反対の壁を見比べる。

「ちょっとあーたん、こっち来て？」

「はい」

そう言われて付いて行った先は、沼から主が完全に出た壁画と、主が背中に人を背負った絵の中間。その正反対の側の壁だ。

壁には渦巻の意匠が施されていたけれど、それを鋭く睨んで「あった！」とヴィクトルさんが大きな声を出す。

「何があったんです？」

「この渦巻の装飾の下に、壁画が隠してある」

「え⁉　ど、どんな⁉」

渦巻の下の絵に、じっとヴィクトルさんが目を凝らす。ややあって、大きなため息と共にヴィクトルさんは肩を落とした。

「人が人に暴力を振るってる場面……」

「それって……⁉」

ヴィクトルさんが見たものは、棒みたいなものを振り上げた人間と思われるものが数体、同じ姿ではあるけれど棒を持つ者より幾分か小さい存在を取り囲み、棒で叩いているように見える場面だそうで。

「なんで、ここだけ……？」

呟いたものの、心の中では「そりゃこれが見られたくない不都合な真実だったからじゃん？」と答えが返ってくる。

今まで見ていた壁画とは正反対の場所、それも渦巻の意匠で塗りつぶして隠すなんてそういうことだろう。

けれど。

「みつけてほしかったのかな？」

「え？」

レグルスくんはそうは思わなかったのか、首をこてんと倒す。

「だって、にぃにみたいにしんせいまじゅつつかえるひとと、ヴィクトルせんせいみたいにいろいろみえるひとがきたらわかっちゃうもん。かくしたかったけど、みつけてほしかったのかなって」

「そうかもな。隠しておかなきゃマズいくらい悪いことだって解ってるけど、それと同じくらいこんなことはしちゃいけないんだって誰かに言ってほしかったのかもしれないぜ？　もしくは謝りたくても謝れないから、バレて責められたかった、とかな」

奏くんもガシガシ頭を掻きつつ苦笑いだ。

そうかもしれない。

人間っていうのは矛盾したことを平気でするもんな。

何処かで孤児に暴力が振るわれたことに対して、申し訳なく思った誰かがこういう風に隠しながらもその事実を残そうとしたのかもしれない。

ただ、やったのが職人さんで単独の思い付きなのか、この建物の施工主なのか気になる所だな。

「隠し壁画がまだあるかもしれませんね」

ロマノフ先生の言葉に、私達は頷いた。

縺《もつ》れているようで、そうでないもの

フロアを捜し歩いて、見つけた隠し壁画は二つだけ。

大きな木の下に立ってる少し大きい人間のような存在の前に、横たわる小さい人間っぽいのがいて、祈るように膝を折る四つ足の主。

その次の壁に描かれてたのは、小さな人間っぽいものが起き上がって四つ足の主と並んで木の下に立つ大きい存在に祈りを捧げている様子。

これが意味するのって……。

「沼の主が更に大きな存在のところに、孤児を連れて行った。そして孤児は治って大きな存在に主と共に感謝を捧げた……?」

「もしくは死んでしまった孤児を生き返らせてもらった……という感じですかね?」

どうも疑問ばっかりだ。

私も疑問形だし、別案のロマノフ先生も疑問形。

これ、どれもこれも掠りもしない話だったら笑えるな。

隠し壁画を二枚見つけたことで、地下一階は探索終了。地下二階へ下りたんだけど、ここにはアンデッドの気配はない。上の階でやった弦打の儀の浄化効果が地下二階にも波及したみたい。

地下一階でも壁画を探すついでに、石畳に転がってる魔石を拾い歩いた。地下二階でも同じく魔石が床に落ちている。拾って歩くうちにセーフゾーンを見つけた。

丁度お腹も空いてきたしってことで、セーフゾーンでお弁当を食べることに。

料理長が朝早くから沢山作ってくれたんだけど、これが豪勢！

レグルスくんの好きな卵焼きもあれば、次男坊さんのところから貰った魚の焼いたのとか、ミートローフやミートパイ、キッシュなどなどに、鶏のローストまで！

パンもあればおにぎりもあるし、おまけに時間停止の魔術がかかったバスケットだからアツアツを食べられるんだ。

最！　高！

ロマノフ先生がレジャーシートがわりに、ご自分が冒険に行くときに持っていくラグのようなものを床に敷いてくださって、ヴィクトルさんはお茶を温かいまま持ち運べる水筒みたいなのを出してくださる。

ラーラさんも冒険に行くときに持っていくクッションみたいなのを貸してくださった。

ちょっとしたピクニックなのに、ご飯は家で食べるぐらいにぬくぬくとか凄く贅沢。

いただきますと手を合わせて、パンに齧《かじ》りつくと小麦のいい香り。でも私はもうちょっと焼いてあるほうが好きなので、魔術で小さく起こした火でパンを軽く炙る。

レグルスくんがそっとパンを差し出してきた。

「にぃに、れーのもおねがいしていい？」

「いいよ」

「ありがとう！」

パンを受け取って少し焼き目をつけると、ニコニコとそれをレグルスくんが受け取る。横を見れば紡くんが同じように、奏くんにパンを炙ってもらっていた。

先生達はパンはそのままだけど、お味噌をつけたおにぎりは焼くのが好きみたいで、おのおの好きに炙ってる。

「いやぁ、菊乃井って何が凄いって料理が美味しいんだよね」

「ですね。ハイジから田舎で特に珍しいものはないって聞いてたんですけど、食事の美味しさは格別ですね。帝都でもここもまで腕のいい料理人にはお目にかかれないですよ」

「だよね。ボクも最初本当にびっくりした」

そういわれると鼻が高いよね。私の味覚を作ったのは料理長だし。

でも最近前よりもっと美味しくなった感じがするって先生達は続ける。それってどういうことかというと、野菜とかお肉そのものの味が良くなったからだそうな。

すると奏くんが「ふふん」と得意げに笑った。

「それは農家の皆が魔術師さんと協力し始めたからだ。農業魔術を使うことで精霊の贈り物を若さまの家の菜園だけでなく、菊乃井の農家全体が受け取れるようになった。それで牛とか豚に食べさせてた餌の中に、その贈り物で美味しくなった野菜の屑とか皮を混ぜたら、今度は肉が旨くなったんだ。そうしたら菊乃井の野菜や肉が高く買われるようになって、農家が儲かって、儲かったお金で魔術師さんに多く報酬を出せるようになって、また魔術師さん達が頑張ってくれるようになったからさ」

「循環してるんだねぇ」

ありがたいことだ。私の領主としての使命はその循環をより広げていくことだろう。頑張らないとな。

そんなこんなでご飯も食べ終わり、地下二階探索の再開だ。

地下一階と二階は然程《さほど》フロアの造りに違いがないみたい。とすれば、壁画があったとしても隠されている可能性もある訳だ。勿論神聖魔術の使い手がいなければ、正しい絵が見られないって仕掛けもあるだろう。

心柱側の柱に沿って歩いた後、戻ってきてその反対側の壁伝いに進んでみたり。

私だけで側を歩いていると、不意に隣に人の気配。

「ここはな、さっきと違ってなんもないぜ？」

だろうなと思ったけど、やっぱり眼帯の少年だった。

「何にもないってどういうことです？」

「ここは力試しの間っていってな。こっから先に進むだけの、真実を知るだけの力があるかどうかを測るフロアなんだ」

「力って……魔術とか剣だの槍だのの腕ですか？」

「そ。この先は死者の世界だ。神聖魔術がないと絶対に詰むし、神聖魔術があっても力がなくちゃ詰む。ここの魔物で苦労するなら先には進めない。いや、進んでもいいが、彷徨う死体達の仲間入りをするだけだ」

「要するに、この階で苦労したら先には進まないだろうって計算で何かを施してあったってことです？」

ニヤニヤと話す彼にそう言うと、途端に眼帯の少年は苦笑いに表情を変えた。ぽりっと頭を掻いて、肩を僅かに落とす。

「そーいうこと。お前みたいに言わなくても色々解るヤツは久しぶりだよ」

「はあ、ありがとうございます？」

褒められてるのかよく解んないので疑問符を語尾につけておくと、少年がひらひらと「褒めてんだよ」と言いつつ手を振った。

そして真面目な顔に変わる。

「ここの心柱にはワザと魔物を集めやすくしたり、アンデッド化しやすくなる呪術が組み込まれてるんだ。毒をもって毒を制するってやつだな。それを潜り抜けた猛者だけが、この先に進めるのさ」

「それだけ知られたくないものが眠ってる、と？」

「それは……そうでもあるし、違うともいう」

謎かけのような言葉だ。

っていうか、謎っていうなら彼もなんだよな。神出鬼没だし、何より私、彼に聞いてないことあるし。疑問は一つずつ潰していこうか。

彼の顔をじっと見て、私は口を開いた。

「今更なんだと思われるかもしれませんけど」

「うん？」

「どちら様なんですか？」

そう言った途端、少年がぷはっと噴き出す。何かツボに入ったっぽく「今更⁉」ってめっちゃ笑い出した。だよねー、私も「そこから⁉」とか思ったわ。

でも肝心なことなんだ。だって私、人の名前尋ねないってほぼないから。ワザと尋ねないときはあるにしても、それは明らかにこれからドンパチやろうって相手であって、彼はそれに当たらない。

でも私は名前を聞いてない。明らかに我ながら不自然だ。

だからって彼に不信感があるんじゃないのが更に不思議。

彼はゲラゲラ涙まで流して面白がってるけど、馬鹿にされてる雰囲気でもないしな。これ、笑いが収まるまで待たなきゃいけないやつかな。

そう思っていると。くの字に身体を曲げ腹を抱えて笑っていた少年が、ひーひー言いつつ笑いを堪え始めた。

「いやー、うん、そうだな！　名乗ってなかったな。俺はウイラっていうんだ」

「ウイラさん。私は菊乃井鳳蝶です」

「若さまって呼ばれてたけど、どっかの偉い人の子どもか？」

「そんなようなもんです」

嘘を吐く必要はないんだけど正直に言うと、最近警戒されるか変に感激されるかなんだよな。

私の言葉にウイラさんは「そうか」と答えた。そして鼻の下を指先で擦る。

「で、他にも聞きたいことあんだろ？」

「ええ」

さてさて、何から聞こうかな？

ウイラさんに関しては凄く疑問がいっぱい。なんで今まで気にしなかったのか、気がつけば凄く不思議だ。

例えばこの遺跡のことだけど、めっちゃ知ってるし。

神聖魔術の使い手と普通の人間とじゃ見えるものが違うなんて、リアクションからして先生達も知らなかったっぽいのに、この人はそれを知っていた。そしてこの階がどういう目的で作られ、次の階がどういう階なのかも知っている。

それってここを一度踏破したかなんかじゃないと、解んないことじゃないの？

それに引っかかることはまだある。それが最大の謎なんだけど……。

いや、最初に聞きたいのはやっぱりこの遺跡のことだ。

「ここって結局何なんです？」

「うーん、教えてもいいけど……謎解きは好きなほうじゃないのか？」

「好きですよ。好きだけど……じゃあ、質問を変えます。地下一階の壁画の表すものって？」

皆と考えていた推論、即ちアレは沼の主が生贄に求めた孤児に、村人が暴力を振るったという話を彼にぶつける。

するど彼がほろ苦く笑った。

「おう、当たり。沼の主が沼から出ようとした時期と、完全に出た時期が違うのは説明したとおりだ。交渉に時間がかかったって解釈で合ってるよ」

「なるほど」

「因みに時間がかかった理由はこの下の階で解るぜ？」

「そうですか。じゃあそれは保留で」

先に進むならそれは今知らなくていい。

次に気になるのはやっぱり孤児のことだ。

生贄に何故暴力は振るわれたのだろう？　沼の主は生贄の孤児を何処かに連れて行って、誰かに会っていた。そしてその後の絵では、生贄と沼の主が何かに祈りを捧げていて。

これが表すものは、沼の主は孤児を誰かに診せたってことなんだろうけど。

尋ねるとウイラさんはぽりっと頬を掻いた。

「何処かの村の言い伝えどおり、沼の主と孤児は親友だったのさ。沼から主が出ていくにあたって、旅に出ようと考えた。そのときに主は孤児を誘いたいって言ったんだよ。それが生贄ってふうに村人には誤解された。何せ字を読めるのは長老だけっていう貧しい村だ」

「それでなんで暴力に繋がるんですか？」

「生贄を逃がさないためさ。弱らせておけば逃げないだろう？　どうせ食べるんだから、ちょっと弱らせてても問題ないって思ったんだろうな」

「村人は孤児と沼の主の繋がりを知らなかったんですか？」

「ああ。貧しい村だって言ったろ？　自分の家族を食わせていくのだけでも精一杯で、いるだけの子どもに関心なんかあるかよ。無関心だけど、死なれるのは寝覚めが悪いし、いずれ村の働き手の一人になるんだからって、飯だけは食わせてたけどな。沼の主のご指定っていうのは、死んでも悲しむ奴がいないからって御慈悲だろうと解釈した訳だ」

人間と動物に違いがない、寧ろ自分達の都合のいい善性を発揮すると獣以下っていうのが、こういうときに身に染みる。

眉を顰めて真一文字に口を引き結んだ私が、ウイラさんの目に映っていた。ぽんぽんと私の頭に触れて、ウイラさんは話を続ける。

村人達は孤児の片目を潰し、片方の腕を折り、足の腱を切った。全部逃げられないようにするために。

そんな親友が沼に運ばれてきて、驚いたのは沼の主だった。

彼は勿論怒り狂ったという。

けれど怒りに任せて村を滅ぼすよりも、優先しないといけないことがあった。

「偶々沼の近くに神様が降りられてたそうでな。沼の主は孤児を御前に連れて行って、事情を話して孤児の怪我を治してもらったんだ。それがあの大きな人形《ひとがた》の前に横たわる小さな人形と、祈る四つ足の絵だよ」

「じゃあ、その後の大きな人形とそれに祈る小さな人形と四つ足の主は、治してもらった感謝の祈りですか？」

「そういうこと」

つまり、村を滅ぼした犯人は沼の主ではないってこと……と、確定するにはまだ早いな。孤児を治した後に復讐することは可能なんだ。

その件もウイラさんは「保留な」と告げる。下の階に答えがあるんだろう。

それなら次の質問だ。

これは至ってシンプル。

「沼の主って何なんですか？」

「何って言われてもなぁ。名前は解るぜ？　といっても、主の個体名で種族名じゃないけど」

「個体名はなんと？」

「ラトナラジュ。旧い言葉で宝石の王って意味だ。この沼の主であるとともに、この辺に住む鹿の王だった」

まるでそこに沼の主がいるように、うっとりと甘い目でウイラさんは語る。

沼の主のヘラジカのような角は、まさしく鹿の角だった訳だ。宝石の王と言われるくらいなんだから、それはもう輝かんばかりの存在だったんだろう。

「綺麗なだけでもなかったんでしょう？」

「勿論。鹿の王、沼の主って崇められるくらいだからな。身体もデカかったし、魔術も使えた。ただそんな鹿は他にいなかったし、厳密に鹿かといわれたら解らん。人の言葉も解ったし、使えてたしな」

「それは単なる鹿じゃないのでは？」

「だけど鼻の下伸ばすのは綺麗な雌鹿《めじか》に、だぜ？」

「じゃあ鹿かな？」

「神聖魔術使えたけど」

「それやっぱり普通の鹿じゃないやつ！」

叫ぶと、ウイラさんがケタケタ笑う。

笑ってるけど、普通の魔物は神聖魔術使えないんだぜ？　神聖魔術使えるって、ある程度神様の覚えがめでたいってことなんだから。

私が神聖魔術を使えるのは、偏《ひとえ》に神様からいただいたご縁のお蔭だけど、普通は神様が一目置く存在にならなきゃ使えないんだ。厳しい修行に励んだり、神様の喜ぶようなことをしたり、後は楼蘭みたいに存在そのものが神様のためにあるって認められたり。

モンスターや獣が神聖魔術を使えるってことは、神様直々の眷属《けんぞく》って証。そういう生き物は魔物ではなく神獣と呼ばれる。

ラトナラジュという鹿は、ただの鹿でも魔物でもなく、神獣だったのだ。

その神獣が友とした孤児を傷めつけたなんてのは、村が滅んでもそりゃしょうがない。しかも謂われなき暴力だったんだから。

それなら村が滅んだ理由は神罰の執行だったんだろうか？

それを口に出すと、ウイラさんが首を横に振る。

「んにゃ。神様はそんなお暇じゃねぇよ。関心もねぇしな。孤児が治してもらえたのは、対価にラトナラジュがその角を差し出したからさ」

「角？」

「ああ。血よりも赤い魔紅玉の角が目を引いたらしい。それを差し出すなら、治る部分は治してやるってな」

「治る部分だけ？」

「ああ。目は完全に潰れちまってて、腐り始めてたらしいからそこは無理って」

言われた言葉を反芻《はんすう》して首を捻る。だって姫様の桃はエリクサーと同じで、エリクサーって切断された腕も生やすって言われてるんだよ？

目が腐り始めてても、そんな治せないものじゃない筈だ。

それを伝えると、ウイラさんがぎょっとした顔をする。

「いやいや、そんなめっちゃ強い神様だったらいけただろうけど。下級の神様はそんな桃とかもらえる立場にないし、渡す立場にもねぇよ。この近くに降りられてたのは、その辺の部族の人間が、部族の英雄を神様としてお祀《まつ》りしたお方さ」

「ああ、キアーラ様と同じか……」

なるほど。下級の神様は一民族の英雄が信仰心を集めてそうなる場合もあるのか。

一人心の中で納得していると、ウイラさんがポリポリと頭を掻いていた。

「オメー、さては楼蘭のお偉いさんの子どもか？　それも、今の話じゃ相当上の家の出だな？」

「いいえ。主神は豊穣の姫神におわす百華公主様です」

「え？　あれ？　神聖魔術使えんだろ？」

「はい」

「マジか……。あの方人間に恩寵《おんちょう》とか与えんのな」

しきりに感心したように頷きながら、ウイラさんは私の頭の天辺から足のつま先までを眺めると「ほ」っと呟いた。

「なるほど、お前強いんだな。神聖魔術なしでも、この下の階もどうにかなりそうだ」

「私だけじゃないですしね」

「うーん、そうだな。まあ、あのツレ達がいたらどうにかなんだろうけど、トドメはお前に刺してもらえると助かるんだけどよ」

意味深なセリフに、私は遠くを見るだけだった。

ミステリーハンターは真相に辿り着く

いや、まあ、解ってたけどね。

ここより下は戦闘があるってことだ。それはもういいんだけど、トドメってことは何か結構な個体がいそうな気がする。

「なんかいるんですか？」

素直に聞けば「いるよ」と、凄く爽やかな笑顔が返ってきた。

いるのか……。

肩を落とすと背中をバンバン叩かれる。痛いってば。そのカラカラした笑いが収まると、ウイラさんは前方を指差した。レグルスくんが手を振ってるのが見える。

「呼んでるぜ」

「そうですね」

話が長くなってしまったようで、急いで皆と合流する。

「なんか解った？」

「うん。この階は何もないみたい。本命はここから下にあるみたいだよ」

話しかけてきた奏くんにそう返す。

それから歩きつつウイラさんから聞いたこのフロアの役割と、壁画の意味を話すと皆複雑そうな顔をした。

「村に伝達に行ったヤツ、どういう伝え方したんだよ」

「本当にね。その孤児が親友だって解ったら、そんなことしなかったろうに」

奏くんの憤りに、ラーラさんが頷く。

でもさ、根本的なことを言えば、生贄だろうと何だろうと暴力を振るっちゃいけないんだ。何をどうしてもそれは村人の完全なる落ち度で、弁解の余地もない。

フロアを巡って地下への階段を探す。

石造りの頑丈そうな階段から下を覗けば、ちょっと空気が淀んでいる気がした。

でも仕方ない。

一応確認のためにここから下には強い魔物がいることを告げれば、先生達は「何を今更」って感じでニコニコしてるし、レグルスくんと奏くんは「どっちが先に行く？」なんて話し合ってる。

唯一紡くんは静かだけど、どうしたのか尋ねると。

「ミイラ、もってかえっちゃだめですか？」

「は？」

「どうやってつくってるか、つむしりたいです」

おうふ。

めっちゃ真剣なお顔だからこそ、余計に戸惑う。

どう返事したらいいか迷ってたら、奏くんが紡くんの頭を撫でた。

「紡、モンスターのミイラは王様のミイラと造りが違うって、もっちゃん爺ちゃん言ってたぞ？」

「そうなの⁉」

「おう。人の手で作られたやつはそういう薬品使ってたりするけど、自然のは脂肪が蠟燭みたいになってたり、生前食べた物の影響があるってさ。ここのは自然に出来るけど、魔術で作ってるからあんまり参考になんねぇんじゃねぇの？」

「あー……」

「魔術って大抵のことは出来るっからな」

尊敬するお兄ちゃんにそう言われて、紡くんはちょっと考えてから「もってかえらなくていいです」って。

諦めてくれてよかった。ミイラの一部を何処に入れるか問題が発生するとこだったよ。レグルスくんの首から下げられたピヨちゃんから、凄く嫌そうな雰囲気が漂ってきてたもん。

ピヨちゃんが嫌だと私かロマノフ先生のマジックバッグだろうけど、ロマノフ先生のマジックバッグは腐海と化してるらしいから、必然私ってことになる。それは私が嫌だ。だって死体の一部じゃん。

そんなこんなしつつ、ロマノフ先生を先頭に地下へ。

二番目に奏くんとレグルスくん、ヴィクトルさんで、その後ろが私と紡くん。最後尾がラーラさん。

灯りは魔術で点《とも》してあるから、足元に不安はない。

かつこつと足音が響くし、それとは違う何かの低い呻き声が聞こえる。不気味な空気に混じって、微かに感じる黴臭さと重苦しさにため息が出てきた。

いるよー、めっちゃいるよー。

地下一階に踏み込んだときにも似た、けれどそれよりも重い空気に僅かに眉をしかめる。そんな私に気が付いたレグルスくんが「だいじょうぶ？」と声をかけてくれた。

「大丈夫だけど……。地下に着いたら弦打の儀をやるべきかな？」

「空気が軽くなるからやったほうがいいんじゃないか？」

「そうだねぇ」

ただ地下三階のアンデッドは手強いらしいから、それで全部消滅はしてくれないだろう。なにせ弦打の儀っていうのは、間に合わせの浄化手段で永続的なものじゃない。もう少し本格的に道具や術者を揃え場を作って行えば、一年くらいは余裕で保つらしいけど。

それでも弱体化はするだろうから、後は皆に任せて良いだろう。だって私、今日はプシュケ持ってきてないんだもん。

とんと階段の一番下の段から、床に足がついた。

黴臭さが一段と強くなったので、奏くんから弓を借りて弦打の儀を早速やってしまう。

呻き声とも悲鳴ともつかない叫びが至る所で上がるけど、黴臭さは薄らいだだけで消えはしなかった。

すとんっと、寝ているとばかり思っていたぽちが私の肩から下りる。そして獅子と呼ぶに相応しい大きさに変わると、瞬間に魔力の煌めきがぽちを覆って、真っ黒な筈の体毛が金色の燐光を帯びた。

そして猛々しき大きな咆哮を上げると、瞬時に空気が浄められる。

「えー……ぽちそんなことできたの？」

「なう」

褒めて～と言う感じで、私の手に自身の顔を擦り付けた。鳴き声は完全に猫だし、何なら喉がゴロゴロと鳴っている。

「出来たんなら最初からやってくれる？」

地下一階に来たときなんか、肩で寝たままだった。おまけに今だって寝てたよな？

そういう視線で見下ろせば、機嫌を取ろうというのか益々ゴロゴロ音が大きくなった。まあ、猫だもんな。猫は夜行性で日中は寝てるし、一日十八時間くらい寝るんだったか。

いいや。出来ることを気を利かせてやったんだろうし。

喉元を撫でてやれば喜んで身体を擦り付けてきた。何はともあれ大きくなったってことは、戦闘に参加する気があるんだろう。

そう判断して私はぽちを先頭に行かせた。ぽちもその辺は心得ているようで、ロマノフ先生の横を通り過ぎて前に出た。ただロマノフ先生の横を通り過ぎるとき、「恐縮です！　恐れ入ります！」って感じで通ったのが気になるけどな。

ロマノフ先生、間違いなく強者ｏｆ強者なんだよね。解る。

去年の今頃は漠然と強いんだろうな、くらいだったのが、最近はヒシヒシ伝わってくるんだよ。

これが成長ってやつなんだろうけど、お蔭で菊乃井のダンジョンが全く怖くない。

それだけじゃない。殆どのダンジョンが怖くない。これ、あんまり良くないんだろうな。油断してるのと同じだもん。

ジト目でロマノフ先生の一挙手一投足を見ていると、不意に先生が私を振り返った。

「随分熱い視線ですね」

「熱いっていうか……。この間の鬼ごっこからこっち、菊乃井ダンジョンがあんまり危なく思えなくて」

「ああ。菊乃井ダンジョンより、強さで言うなら私やヴィーチャやラーラのほうが脅威だからですね」

「脅威っていう言い方はしたくないんですけど、何処のダンジョンもあの鬼ごっこよりましだなって」

「ああ、そういう……」

納得したように、ロマノフ先生が顎を擦る。

「そりゃ仕方ないよ。僕達もわりと本気になった部分はあるし」

「そうだね。ボクらも久々に力を出せて楽しかったよ」

ヴィクトルさんがお茶目に笑い、ラーラさんがカッコよく流し目を送ってくる。

そういう強い力を持っていても溺れずに御することが出来るから、世界は平和なんだろうな。

もしかしたらラトナラジュという沼の主も、そういう生き物だったのかもしれない。そして人間の我儘に付き合う代わりに、友達との旅を要求したのかな？

ウイラさんから聞いた沼の主の話をすれば、ヴィクトルさんが腕を組む。

「あー……鹿の神獣自体は聞いたことある、かな？」

「ここじゃないけど、九色の毛色の鹿がいるって聞いたことがあるよね」

「私が聞いたのは金色の毛だったかな？　たしか人間の相棒がいたとか、花嫁を連れていたとか……。ただ大陸が違うんですよね」

ラーラさんもロマノフ先生も鹿の神獣自体には聞き覚えがあるみたい。だけどこの地域の伝説っぽくないそうなので、別個体なんだろう。

世の中には似てるだけの赤の他人が三人いるらしいって聞くから、そういうことなのかな？

ぽちの遠吠えのお蔭で地下三階の空気はすっかり綺麗になった。

空気が綺麗ってことはアンデッドはほぼ動けなくなったってことなのか、全然出てこない。

ぽてぽてと歩いていると、上二階と似た造りの壁が見えた。

ウイラさんによれば、この階は地下一階の壁画の補足をするようなものが隠されてるとか。

早速心柱を囲う壁のほうに寄ってみると、渦巻の意匠の下からぼんやりと浮かび上がるものがあった。

それは地下一階の沼の主が沼に浸かっているのと同じ絵で、違うのはその横に文字が添えてあってこと。

だけどこの文字、今使ってる文字と違う。何が違うっていえば、鏡文字に近い。

むーん、なんじゃこりゃ？

じっと文字を見ていると紡くんがポケットをごそごそして、小さな本を取り出す。それを開くと、本は瞬く間に辞書くらいの大きさになった。

「だいこんせんせいが、こおーこくのいせきにいくっていったらかしてくれました！」

表紙を見ると「古王国語辞典」とある。

「おお！　つむ、じゅんびがいい！」

「はい！」

レグルスくんの賞賛に紡くんがにこにこする。はー、可愛い。何してても可愛い。息してるだけで可愛い。

和んでいると、紡くんがその本を奏くんに渡す。

中を開けた奏くんは「ああ……」と小さく呟いた。何かと思って辞書を覗き込むと、文字を解りやすく解説するのに図案化してあるのが見える。これってもしや、子供向け……？

エルフ先生方に見てもらうと「あ、懐かしい！」とヴィクトルさんが笑った。

「これ、僕達も見たことあるよ」

「そうですね、エルフの里の古い人達が古王国時代の文字を使ってたりするもんだから」

ロマノフ先生も懐かしそうに見てるけど、今なんて？　エルフの古い人達も古王国文字使ってたって言ったよね？

「先生方、この壁の文字読めるんでは？」

じとっと視線を向けるとラーラさんがからっと笑った。

「バレたか」

しれっと言うもんだから、「そうですか」と返すより他なく。

それも勉強になるから、最初は協力して読み解いてみなさいって言い渡された。

なので文字一つ一つをメモして、対応する文字を辞書から探していく。それをつなげて文章として意味が解るように組み上げて……の、地味な作業を繰り返す。

それで最初の壁画の文字は「沼の主はラトナラジュという神鹿《しんろく》であった。蓮と同じく、泥の沼にあっても輝かんばかりに美しい」という文章だった。

沼の主はラトナラジュといって鹿だったというんだから、ウイラさんの言葉どおりだ。

まだ文章は続く。

それはその時代の王が自身の信仰心を世界に示すべく、この沼に神殿を建てたいと願ったという文言で、同じ天に向かって手を伸ばしたっていっても、真実は「ようやった」と褒めてもらいたかったかららしい。うーん、ノーコメント。

託宣で選ばれたこの地に、美しい神の覚えめでたい鹿がいると聞いて、王様は丁重にその鹿の王・ラトナラジュに事情を話したと碑文は続く。

ここまでを訳すのに、むっちゃ時間かかった。この子ども用辞書に載ってない程の古語とかも使われてるもんだから！

で、次の壁画。

沼から主が出かかってる場面。これは交渉時の様子を表していると、添えられた文字にはあった。

鹿の王は単にその沼が寝床って訳じゃなく、この辺りで瘴気の濃い場所が沼だったから、それを抑えるためにいたのだとか。

理由は単純に近くの村の孤児が自身の親友だから。彼が暮らす村の平穏を密かに守ってやりたかったんだって。

自分が沼を出たらこの辺りの守りが薄くなってしまう。出るのは構わないし、自分はこの際親友と世界を見てまわる旅に出ようと思うから、後のことを考えなくてもいいのかもしれないが、帰って来て親友の住んでたところがなくなるのはちょっと……。

そういうことで、交渉に時間がかかったそうだ。

勿論壁画にはもっと難しい言葉で書いてあったけど、意訳。

その次の場面では沼から完全に出た主の姿が変わってたのは、結局問題の解決策を見出すまでにそれだけの時間がかかったからだった。

解決策っていうのが、この沼の瘴気を抑えるために神殿に太い心柱を建築すること。その太い心柱に瘴気を集める魔術と、集めた瘴気を浄化する魔術をかけて、浄められた空気を心柱の最先端から近隣に放出してさらに空気を浄めようというものだった。これが成功したら、近隣が清浄な空気に包まれ、強い物は出なくなる。そうしたらこの地域に住まう民も、旅人も安全が確保されるだろうって計算だったのだ。

そんな完璧な策がなるならば、自分がこの沼を離れても良かろう。そう決断したのが角の生える春だった。交渉を始めた秋口から、交渉締結が春だから、半年余りか一年半あまりかもっとか……。

そりゃそんな大掛かりなこと考えたら時間もかかるわな。

ウイラさんの言ったとおり、時間がかかった理由は解った。

それでその次。

心柱のほうとは反対側の壁に、やっぱり絵と文字が浮き上がった。

この解読は先生方も手伝ってくれて。

王様は村人に孤児を沼に連れて行くよう依頼したそうだ。それも丁重に「旅立つ準備をさせて」と。

村人が孤児に暴行を加えたのは、この「旅立つ準備」を「死出の旅の準備」と曲解したからだ。

そして目を潰し、腕を折り、足の腱を切った状態で、沼へと放り込んだと書かれている。

これに驚いたのが沼の主・ラトナラジュだ。

旅立つ用意をしてやって来る筈の親友が、大怪我を負わされて沼に沈められたんだから。

怒り狂ったラトナラジュは、村に対して復讐を考えた。しかしそんなことより、ラトナラジュには親友の命を救うという大事があった。

幸いにして近くに英雄から神様になった存在がいる。その方にお縋りしたそうだ。

結果はウイラさんから聞いたとおり。治せる部分はきっちり治してもらったと、壁画にもある。

これは大きな人形と横たわってる人形に沼の主が祈ってる場面の添え書きだけど。

その後の小さな人形と四つ足の沼の主が大きな人形に祈りを捧げてるのは、感謝の祈りと旅立ちの挨拶だと書いてあった。

孤児に暴行した村人たちへの復讐をラトナラジュは訴えたんだけど、孤児のほうが「あんなヤベー連中に関わるより、旅に出て面白おかしくお前と暮らしたい」って説得したそうな。それでその土地神様も「そうするがよかろう」って、餞別《せんべつ》に凄くいい革の鎧や槍なんかをくださったとある。

そして一人と一頭は世界を巡る旅に出ました、めでたしめでたし。

となるって思うじゃゃん？　続きがあったんだよ。

それは地下四階に続く階段の横に、ヴィクトルさんが見つけた隠されたセーフゾーンの中の壁に描かれていた。

入口を除いた壁三面と天井一面。

入ってすぐ右に、ラトナラジュが瀕死の孤児を連れて神様の元に走っている間に、沼に新たな存在が入り込んだことを示す絵だった。

ラトナラジュの最初のように半円に目、口に当たる丸を描いて顔に見立てるやつじゃなく、二足歩行で腕が四つという異形の者で。

次の中央に当たる壁画にはその異形の者が、人形を四つの腕に一つずつ握り、足でも人形を踏みつけにしている絵だった。中には胴体と下半身が分かれて描写された人形もある。

これが意味するのは、何処かの誰か達がこの異形に襲われたということ。

入口から向かって左の壁は、ラトナラジュと槍を持った人形が、四本腕の怪物と戦っているところのようだった。構えた槍を異形に向かって突き出しているし、ラトナラジュが角を異形に向けている。一度孤児のために落とした角が再生した後に、彼らはこちらに戻ってきたのか。

そして最後の天井。

斃《たお》れた異形の胸には、槍が深々と突き刺さり、その四方を囲むように人形が四つ。祈りを捧げるポーズを取っていた。

「ここに描かれているのが、真相……？」

部屋の中央に立つと、私は天を仰いだ。するといきなり床が金色に輝き始める。

なんなのさー⁉

光が収まるまで一息分くらいか。

眩しさに閉じていた目を開けると、足元には光る文字が浮き出ていた。

後退って全文が見渡せる入口まで行くと、文字は床一面にぎっしり書いてあるのが解る。

流石に辞典で調べて……ってやれるほどの文字数じゃない。これも先生方にお任せだ。でも所々解る単語はあるんだよな。例えば「神鹿」とか「ラトナラジュ」とか「孤児」とか。さっきまでの壁画で散々見たもん。

ラトナラジュと孤児は絵に対応させるなら、四つ足で角のある絵が「ラトナラジュ」だろう。となれば「孤児」は槍を持った人形か。

ロマノフ先生が「なるほど」と呟いた。

「どうも、沼に入り込んだラトナラジュでない存在が、孤児のいた村を襲ったようですね」

「あら、まあ……」

因果は巡る。とはいえ、復讐ではなく第三者の介入だったのは微妙な所だ。

ラトナラジュの親友の孤児は、復讐を望まないどころか関わりを持たないことを選択したんだから。

私やレグルスくんに、奏くん・紡くん兄弟の微妙な顔つきに、ラーラさんはちょっと肩をすくめた。

「でも、ラトナラジュが関係ない訳じゃないみたいだよ。彼が親友を心配して村に張ってた結界を、全力で駆けるために魔力が惜しくて解いたらしいから」

「それは仕方なくね？」

「うん。私もそう思う」

その隙に入り込んできた四本腕の異形に村は一家族残して全滅させられたらしい。その続きに、残った家族は当初沼の主の仕業だと騒いだそうだ。しかし一家の中、家族の目を盗んで孤児と友情を育んでいた子どもが「それは違う」と証言した。

その子どもは、孤児から沼の主の特徴と美しさを聞いていたのだ。更に孤児に対して暴行が行われたことも、王様に正直に話したという。

これに王様は激怒して、正直に話した子ども以外全てを奴隷にして厳しい労働環境へと追いやったそうだ。

残された子どもは正直だったとはいえ、罪人の子ども。情けをもってとある神殿預かりになった、と。

そしてその後、入ってきた異形の暴虐に天地の礎石を建てる工事は中断を余儀なくされた……。

「それが村人が襲われてる絵に表されてるんですね」

「そうみたい」

残るはラトナラジュと孤児が異形と戦っている絵と、天井の祈りの絵なんだけど。

これも床に説明書きのようなものがあった。

旅立って数年後、ラトナラジュと孤児がこの地に戻ってきたのだ。もうその頃には孤児は少年ではなく、立派な青年に育っていて、潰された目を眼帯で覆い、醜い傷跡の残った腕や脚には包帯を巻いていたけれど、残った琥珀色の目は優しく、包帯を巻いてすらいてもひ弱には見えないしなやかに鍛えられた肢体の美丈夫になっていたとか。

うん？　うーん、最近似たような格好の人に会ったぞ？　それも直近。めっちゃ直近。

訝しげにしてる私をそっちのけで解説は進む。

「なんかね、戻ってくるまでどちらも村が滅んだことを知らなかったみたい。それで色々調べたら、村が滅んだのは自分達のせいじゃないって証言してくれた人がいたのと、その証言してくれたのは昔の友達だって解ったんだって。でね、その人の家族の境遇を聞いて、王様に自分達がその異形を倒すから友達の家族に恩赦を与えてほしいって直談判したってある」

ヴィクトルさんが頬っぺたを掻き掻き教えてくれた。

「え？　めっちゃ良い人ですね？」

「うーん、寝覚めが悪いしって言ったらしいけどね」

経緯はどうあれ、それでラトナラジュと孤児は異形退治に繰り出したそうだ。

床の文字は続ける。

異形との戦いは熾烈《しれつ》を極めた。しかし神聖魔術を使える神の鹿と、彼と世界を回るうちに武神の加護を受けた孤児は、知恵と力の限りを尽くしてこれを見事に討ち取る。

そしてこの地に平和が訪れた……かのように見えて、まだ一波乱だ。

討ち取ったのが向かって左の壁画だった訳だけど、天井の壁画はまた違うんだとか。

ロマノフ先生が苦笑いを浮かべた。

「そんな上手いこと都合のいいようには終わらないんですよねぇ」

「不穏！」

「はい。君の出番みたいですよ？」

叫んだ私に、ロマノフ先生が更に不穏なお知らせを告げる。

天井の絵は、ラトナラジュと孤児が異形を討った後のこと、この地の瘴気がなんと四本腕の怪物をアンデッドとして蘇らせたので、命からがら四人の高位の司祭がその化け物を封じた絵だっていうじゃん⁉

「あの……その封印、解けそうなんですか？」

「解けそうというか、この下に封じるのが精一杯だったそうですよ。心柱の根元が地下四階だそうで、瘴気を心柱が浄化して辺りに清浄な空気を行き渡らせるどころか、その清浄さをもって化け物を外に出さないようにするのが精一杯だそうです」

「ほ、本当に？」

「ええ。だから上に伸ばした塔の部分で初期の計画どおりにしようとしたんですけど、落雷でそれも駄目だったようですよ」

「なにやってんですか、王様……」

顔を両手で覆うと、レグルスくんと奏くんが労わるように肩を叩いてくる。もうやだー、ここに来て戦闘するのぉ⁉　私、夏休みなんだよー⁉

ぐぬぐぬしていると、紡くんがつんつんと私の服の裾を引っ張る。

何かと思うと、床の一文を辞書と見比べて読んでたみたいで、頬っぺたが興奮に赤くなっていた。

「わかさま、ウイラっていうんですって！」

「ウイラ？」

「ラトナラジュのしんゆうさんのおなまえ！」

「は……!?」

息が詰まる。

やっぱり、そうだったんだな……!?

どうにか落ち着こうと深く息を吸うと、ぽんっと背中を叩かれた。

首だけ動かして振り返ると「よ！」っと、眼帯に片方は琥珀の目の少年が手を上げている。

「……あの、そうなんです？」

「おう、俺ぁユーレイってやつだな」

豪快に笑うウイラさんに、頬っぺたが引き攣る。

薄々ね、薄々気がついてはいたんだ。だって私、一緒にいたのに彼を奏くんに紹介してないし、奏くんを彼に紹介してもいない。

そして一緒にいた間中、奏くんは彼の存在に触れもしなかった。神出鬼没さに、誰も何一つ言わなかったし。

それってつまり。

「あー……驚いたか、やっぱり。ごめんな？　俺そこまで力ある存在じゃねぇんだもん。土着の、それも一部族の英雄神ってやつだからよ。神様って名乗んのも烏滸がましいくらいのさ」

「そう、なんですか……」

ぱりぱりと困ったような顔で、ウイラさんは頭を掻いた。神様自ら幽霊って言われると、ちょっとなんかリアクションに困るな。

私の困惑に気が付いて、ウイラさんが手を振る。

「騙すつもりはなかったんだよ。強そうな気配のあるヤツが来たから、どんな奴か知りたくてさ。もしもこの下にいるヤツを倒せそうなら、倒してもらえねぇかと思ってよ。最近瘴気が増してきて、浄化するよりアイツが取り込む量が多くなってきててさ。封印が破られたら目も当てられねぇ」

「えー……？」

「俺とラトナラジュで本当はやってやりたいとこなんだけど、俺達の神威はこの辺りを平和に保つために使っちまっててな。旅人や住人が魔物に襲われないようにするには、結構な力がいるんだ。俺は一部族の神様ってやつだから、信仰心が少なくてよ」

「そう、なんですか」

申し訳なさそうな顔で「頼めねぇかな？」と、ウイラさんが私に頭を下げる。

私、よくよくこういうことに巻き込まれんだよなぁ……。

若干遠い目になったけど、これはもう仕方ないヤツだろう。

「帰ります」

「ああ……そうだよな。こんな面倒ごと、ごめんだよな」

がっくり肩を落とすウイラさんに私は首を横に振った。

「持ってきてないんです」

「え？」

「武器」

「あ」

そう、今日はプシュケがないんだよ。

「それにもうすぐ夕飯の時間なんで、明日で大丈夫です？」

「おう。まだ封印の効力はあるから、明日くらいなら全然大丈夫だ。ありがとよ！」

ほっとしたようなウイラさんの声に、鹿の鳴き声が重なった。

いざ決戦！　のその前に

プシュケを持ってこなかったのは、戦闘する気が全然なかったというわけじゃなく、アレを使うまでのやつが現れることはないってロマノフ先生から聞いてたからなんだよね。

この下にいるのだって、気配を探ればそうそう危ないヤツでもない。神聖魔術を使える人間にトドメを刺してほしいっていうのは、完全に浄化しないと残滓を依り代に化け物が生まれないとは限らないからだとウイラさんは言う。

それならプシュケとレクスの衣装で来たほうがいい。

菊乃井のモットーは「手加減はしても、手抜きはしない」だ。そしてこの下にいるヤツは、手加減をする必要のないヤツ。

ならプシュケを取ってきて、徹底的に踏み潰す。

封印されているものが人間や他の生き物を徒《いたずら》に殺さないのであれば、それをする必要はないんだけど、奴は最早人間の味を知っている。であれば答えは一つ、駆逐だ。

なので戦うことは問題ない。

問題あるのは時間なんだよねー。

先生方が一緒だから、門限がどうとかってのはないんだけど、今ここで戦闘に突入したら夕飯の時間を過ぎちゃう。

事情を鑑みれば致し方ないのかもしれないけど、あまり遅くなるとロッテンマイヤーさんもだけど奏くん・紡くんのご両親に心配かけるんだよね。

それはいかん。

封印が今日明日に解けるものでないなら、一回家に帰って万全の準備で挑むほうがいいだろう。

だいたい夕飯の時間近くまで遺跡にいることになったのは、古王国語の読み解きに時間がかかったからだし。

そういう訳で、ウイラさんに「また明日来る」と言うと、一階からこの地下三階のセーフゾーンに飛ぶ転移陣を開放してくれた。

って訳で一階までその転移陣で戻ったあと、遺跡からバビュンッと菊乃井の屋敷前に帰還。

夏の仄《ほの》かな夕暮れ空に、ぐっと身体を伸ばす。

「うー、明日は戦闘かー……」

こきこきと首を鳴らすと、レグルスくんが首をこてんと捻った。

「あした、せんとうするの？」

「うん？　あれ？」

見ればレグルスくんだけでなく、紡くんもキョトンとしている。先生方もちょっと戸惑った顔してて、奏くんが「あのさ」と声をかけてきた。

「……若さま、一人で喋ってたけど、あそこの下にヤバいものがいるから倒さなきゃいけないってことでいいのか？」

「へ？」

「つか、アレ、沼の主の親友……孤児のウイラって人が視《み》えてたんだよな？」

「そうだけど。もしかして奏くん達には、ウイラさんの声も聞こえなかったの？」

驚いて尋ね返せば、奏くんも皆も頷く。

「え？　それって私一人で今まで喋ってるように見えてたの⁉」

「うん」

「言ってよ、そういうことは⁉」

「いやぁ、言ったら若さま怖がるかなって思って。幽霊とか嫌いじゃん？」

嫌いだけどね⁉

あまりのことに口をパクパクさせていると、奏くんが爽やかに笑う。

「取り憑かれてるっていうほど悪い感じじゃなかったし、寧ろ神聖魔術を使ってるときみたいな雰囲気があったし、話してる内容は沼の主やらのことだし……面白じゃない、大丈夫そうだったから」

なんてこったい。

というか、一番最初のウイラさんとの出会いから、先生達はちょっとした違和感を感じていたそうだ。

「だって手を振ってたけど、誰もその先にいないんだもの」

「ボクらの耳に足音も聞こえないなんて、人間ではあり得ないかなって」

「まあ、遺跡ですからねぇ。幽霊の一人や二人いるだろうし、神聖魔術が使える君にあえて近付くなら、それは悪いモノではないでしょうしね」

ヴィクトルさんが肩をすくめ、ラーラさんはキョトンとし、ロマノフ先生はにやっと口の端を上げる。

この人達、面白かったらそういうことする人達だったの忘れてたよ。どんだけ今まで手のひらでコロンコロンされてきたか！

天を仰いで、それからため息を吐く。

そしてウイラさんに聞いたことを説明すれば、それぞれ神妙な面持ち。

「なるほどね。大きな力はあるけれど、別の場所に注いでいるからそこまで手が回らないってことか」

「信仰心が神様のお力になるのであれば、知る人の少ない神様のお力が弱いというのも道理だね」

ラーラさんとヴィクトルさんが、同じように腕組みしつつ言う。同じポーズなのに若干ラーラさんのほうが雄々しく、ヴィクトルさんのほうが柔らかい。この二人は魔術師と戦士の雰囲気の違いが如実に出るなぁ。

「でも、ウイラさんやさしいんだね？　いじわるされたのに、ゆるしてあげるんだもん」

「そうですね。心の大きな度量の深いお方だったんでしょう」

レグルスくんはちょっと思うことがあったのか、むーんと唸る。ロマノフ先生も何か納得してない感じ。

英雄はかくあるべしっていう決めつけみたいなのが、帝国にも存在する。

曰く、品行方正であること。慈悲深くあること、見返りを求めず献身すること。馬鹿な話だ。

それは自分達に都合のいい人間を美辞麗句で飾り立ててるだけじゃないか。英雄だって人間、怒りもすれば泣きもする。笑いもするだろうし、誰かを悼むこともあるだろう。

ウイラさんは優しい人だったのかもしれないが、それはウイラさんが英雄だからじゃない。ウイラさんがそういう人で、英雄とやらになったのは偶々だ。

そして、そういう気持ちの良い人が私を頼ってくれている。これに応えなきゃ、男が廃るってもんだよ。

「兎も角明日、殺《や》りますよ！」

「……珍しくヤるが殺すほうの殺るに聞こえましたね」

「たしかに。殺意が高い気がする」

「本当に珍しいこともあるもんだね」

「れーもがんばるよ！」

「おう、おれもがんばるわ。紡も大丈夫だな？」

「うん！　つむもおてつだいがんばる！」

円陣を組むと、私達フォルティスは「えいえいおー！」と勝《か》ち鬨《どき》を上げる。

それを見て先生達がパチパチと拍手をしてくれた。

明日の朝また菊乃井《ウチ》邸に集合。それだけ決めると今日は解散。

奏くんと紡くんは、丁度仕事が終わった源三さんに連れられてお家に帰って行った。

明けて翌日。

起きて顔を洗って朝ご飯を食べた後、私は自室のクローゼットからレクス・ソムニウムの衣装を引っ張り出した。

レクスは女の子だってことを隠していたから、服装もユニセックスなものにしていたらしい。狩《かり》衣《ぎぬ》に似たコートはたしかに胸やら腰やらを隠すから重宝したのかもしれない。

プシュケも宝石箱から出てきて、もう私の周りにぷかぷかと浮いていた。準備完了と外に出ると、既にエントランスに宇都宮さんとレグルスくんがいて。

「レグルス様、宇都宮本当について行かなくて大丈夫ですか？」

「だいじょうぶ！　それより、なごちゃんにおてがみかいたからだしておいてね」

「お任せくださいませ！」

元気よく会話してるけど、二人とも声が大きいから内容がよく聞こえる。そうかー、お手紙のやり取りは順調なんだなぁ。もうお兄ちゃん、ニコニコが止まらないよ。

階段を静かに下りていくと、レグルスくんが私に気が付いて手を振る。

エントランスに到着すれば、音もなくロッテンマイヤーさんが現れた。

「お戻りは夕方くらいでしょうか？」

「うん。もう少し早いかもしれないけれどね」

「承知致しました。ご武運を」

「はい。頑張ります」

告げればロッテンマイヤーさんは仄かな笑顔で見送ってくれた。絶対帰ってくると信じてくれてるし、それだけの力はあると思ってくれてるのが解る対応に、自然と士気が上がる。

玄関の扉を開くとまずロマノフ先生が見えて、次にヴィクトルさんとラーラさん。それから弓を担いだ奏くんと、スリングショットを携えた紡くんがいた。

それと大根先生に識さんとノエくん。

「え？　どうしたの？」

驚く私に、大根先生が唇を引き上げる。

「昨日アリョーシャ達に遺跡とそこにいる化け物について聞いてな。修行にもなるだろうから、識とノエシス君に声をかけたのだよ。吾輩の実験にタラちゃんとござる丸君に付き合ってもらう代わりの人材派遣だな」

「そういうわけです」

「オレも修行になるならぜひ連れてってほしいな」

うん、過剰戦力上等だね！

「あれ？　あそこって地下四階まで出入り自由でしたよね？　そんな危なそうなものがいる場所に、人を自由に出入りさせていいもんなんですか？」

訝しげに言うのは識さん。

遺跡までは転移魔術でひとっ飛びだけど、遺跡の入口から地下三階への転移陣までは歩き。その道すがら、昨日のことを話していたのだ。

「大概の人が地下二階で引き返すし、地下三階まで辿り着けても封印の間に行くには、上の階の壁画をきちんと見て、地下三階のセーフゾーンの内容も網羅しないと解けない仕掛けがあるんだそうです。あと、一定以上の神聖魔術の使い手がいないと、その仕掛けに触れることも出来ないそうですし、そもそも壁画の絵すら見えないんだそうですよ」

「あー……お宝だけが欲しいだけの人間には辿り着けない、と」

「昔の王様もやれるだけのことはやってくださったみたいですよ」

昨日の帰る間際までウイラさんは、この遺跡のことをきちんと説明してくれた。それだけじゃなく、今日の戦いにおいてはバックアップもしてくれるとも言ってくれてる。

何というか、気のいい兄《あん》ちゃんだ。そして私は気のいい兄ちゃん・姐《あね》さんタイプに弱い。奏くんとか統理殿下でお祭しだよね！　姫君様もちょっと形の違う気のいい姐さんタイプだし。

ぞろぞろ団体さんでその転移陣まで来ると、昨日の行商人のお姉さんが何故かそこに佇んでいた。

レグルスくんが首を傾げる。

「どうしたの、おねえさん？」

「……ああ、本当に来た」

驚きに顔を引き攣らせたお姉さんが、私達を指差して、それからハッとした様子で指を速やかに下ろす。

どうしたのか尋ねると、物凄く奇妙な顔で語り始めた。

「昨夜、ウチの村にいる呪《まじな》い師のばあちゃんに託宣があってね。あたしがこの遺跡で出会った子どもが、明日……今日だよね？　再び遺跡に来るから、菓子を差し入れしてやってくれって。だから昨日気に入ってた猩々酔わせの実やら、木の実のクッキー持ってきたんだよ」

「えー……」

「こんなことはばあちゃんの小さいとき以来だそうだよ。他の大人は聞いたことのない神様だからばあちゃんがボケたんだって言ったけど、朝起きたら枕元に魔紅玉の塊があってさ。これはやんないといけないやつだって思って、お菓子作って持ってきたんだよ。したら坊ちゃん達が来るし」

「えぇっともしや、その神様って？」

「ラトナラジュって鹿に乗ったウイラ様って男の神様」

「あー！　心当たりありますんで、受け取らせていただきます！」

ウイラ様、アノ人絶対モテたろうな。やることがマメだ。

手を出してバスケットの中身を受け取ると、行商のお姉さんに私からもお金を渡そうとする。でもお姉さんは「要らない」と手を振った。

「もうお代はいただいてるからね。貰いすぎはいけない。それより、そのウイラ様って神様のこと教えてよ。気になるじゃん」

きらっとお姉さんの目が輝く。旅の人との話のとっかかりになるかもしれないから、知りたいんだそうだ。

そう言われたら話すのが人情だろう。

昨日彼女から聞いたこの地の主と孤児の関係が遺跡踏破のとっかかりになったんだし。それも含めてこの遺跡で私達が見た壁画、その意味を話す。地下四階の化け物の話は何となくしないほうがいい予感がしたから、それは内緒だ。

全て話し終えると、お姉さんが「ほえ～」と感嘆の声を上げた。

「はぁ～、そんなことがあったんだねぇ。うち帰ってばあちゃんに話すわ」

「そうですね。ありがとうございますとお伝えください」

「はいはい。じゃ、探検ごゆっくり」

手を振って行商人のお姉さんは帰って行った。

「ウイラ様の信仰、高まるといいな」

「ああ、そうか。それでか」

「うん？」

奏くんに声をかけられて、そういうことかと一人納得する。

ウイラさんとラトナラジュの伝説を知る人が増えれば、それだけ彼らへの信仰が増す。そうすれば彼らの神威が上がるから、この地域はきっともっと安全になるだろう。地下四階の化け物を倒しに来たことを内緒にしたのは、彼ら二人が化け物を倒した話で完結したほうが英雄っぽさが増すもんね。なるほど【千里眼】のお働きよ。

「悪ぃな、気ぃ遣わせちまってよ」

背後から声が聞こえてびくっとする。振り返ればそこにウイラさんがいた。傍らには血よりも濃厚な赤色の立派な角を持つ大鹿が。

「いいえ。差し入れありがとうございます」

「大掛かりなことを頼むのに、これくらいのことしか出来ねぇで申し訳ねぇよ」

「いやいや、十分です」

ボリボリと頭を掻くウイラさんだけど、本当に十分だよ。要らないってのに、王権の象徴とかいう厄介アクセサリー押し付ける神様もいるんだから。

我ながらズレてるとは思うけど、凄く感動してしまった。

そんな私の後ろで識さんとノエくんの「誰と話してんです？」「え？　神様と話してるのか？」

といった、ぼそぼそ声が聞こえる。そうか、事情を知らないとやっぱそういう風に見えるんだな。

ごほんと咳払いすると、ウイラさんが識さんを見てるのに気が付いた。

「あの女の子、綺麗だな。俺、ああいう娘《こ》好み」

「はあ……？」

なんのこっちゃ。

若干半眼になっていると、ウイラ様の横の鹿が彼のほうを向いて鼻を鳴らした。鹿も鼻を鳴らすんだね。

「お前のほうが綺麗だが？」

しれっと言う鹿。

何を聞かされたのか、一瞬唖然としてウイラさんに視線をやれば、彼はやれやれと言った感じで肩をすくめた。

「何言ってんだか。お前は人間の美醜なんか解んねぇし、お前が見てんのは魂の色だろが」

「そうだが？　あの雌もこの子どもの雄も美しい魂の色だが、我はお前が一番好きだ」

「お前ってそういうことしれっと言えんのに、何で雌鹿にモテなかったんだろうなぁ？　見かけも綺麗だったのに……」

「我が美しいのは知っているぞ。その美しさに雌鹿と時代が付いてこられなかったんだろうさ」

「うるせぇよ、鹿」

あ、これ漫才だ。そうかネタを見せられてたのか。一人納得していると、つんつんと手を引っ張られる。

レグルスくんが「行かないの？」と首を傾げていた。

「あ、そうだね。行きますよ」

じゃれ合ってる鹿と少年に声をかけて、転移陣を作動させる。

一瞬の浮遊感の後に、景色も空気も変わった。地上よりも辺りは昏《くら》く、空気はほんの少し淀んでいる。

昨日と同じく連れて来たぽちが肩から下りて、やっぱり獅子の大きさになると咆哮を上げた。

出来るなら最初からやってという言葉を、しっかり覚えていたらしい。

よくできましたと褒めると、ゴロゴロと喉を鳴らす。今日は私やレグルスくんや奏くん・紡くんだけじゃなく、用事がなかったら構ってくれる識さんやノエくんも撫でてくれるからご満悦の様子。

さて、では地下四階へ。

下に続く階段を下りていくと、膚に湿り気を帯びた不快な風が纏わりつく。

「くっさーい！」

識さんが鼻を摘む。ノエくんも臭うのか、顔をやや顰めていた。

「解ります？」

「めっちゃ臭いですよ、これ。エラトマが瘴気吸い取っていいか聞けって言うんですけど、いいです？」

「それ、大丈夫です？　エラトマの力が増しません？」

「あー……いや、ここの瘴気は臭いだけで力にならないって」

「ああ、そうですか。じゃあ、お願いしても？」

「はい」

私が頷くと同時に、識さんが胸に手を当てて赤いロッドを取り出す。

すると空気の流れが変わって、エラトマを中心に黒い渦を作った。それが徐々にエラトマに吸い取られていく。

ある程度その渦が薄まった所で、識さんがノエくんに目で合図を出した。それを受け取ったノエくんは、識さんの胸に手を当てるとずるっと彼女の身体から白く輝く剣を取り出す。

引き抜いた剣をノエくんが構えて一閃すると、アレティが生み出した剣風から清浄な空気がフロアの隅々を浄めていった。

「なるほど、叔父上が二人を連れて行けと言った訳ですね」

ロマノフ先生の言葉に、一同頷くしかなかった。

レイドボス戦終了のお知らせ

空気は浄化されて鼻を摘まなきゃいけない程の臭いはなくなった。

あれは屎尿《しにょう》とかの匂いではなく、腐臭だと思う。アンデッドの棲み処だもんね、そういう臭いがしてもおかしくない。

地下四階の造りは上の階とは全く違った。

何処をどう見ても壁、壁、壁。まるで迷路だなんて思っていると、ウイラさんの「迷路になってる上に、ここはセーフゾーンはないんだよ」という声が聞こえる。

これまでの階を潜り抜けても、それでも実力が足りなければここで諦めさせるよう迷路にしたそうだ。しかし偶に力不足を自覚できない者たちが、ここで躯《むくろ》を晒すことになる。

敵の中には、そういった人間がアンデッド化したものもいる筈だ。

「……って、思うだろ？」

「え？」

「人間の躯はここのモンスターが食うし、魂も取り込んじまうんだよ。人間はアンデッド達にしたら御馳走だ。骨の髄までしゃぶられて何も残らねぇ」

「死体が食べられるのは自然の摂理です。文句を言うつもりはありませんよ。代わりにあちらもより大きな力で潰されるっていう、自然の摂理の中に入ってもらうだけです」

「おおう、頼もしいやら厳しいやら……」

なんかお手上げのポーズを取られたけど、結局ダンジョンでモンスターに出会うってそういうことじゃん。生存権をかけての闘争、より強いものが勝つのが摂理。

「侯爵様って、実はシンプルなんですね」

「うん？」

「いや、あれこれ考えてはいるけど、答えが出たら戸惑わないっていうか？」

識さんは私の言葉だけ聞いてたみたいだけど、何を言われたのか察したのかな？

ノエくんもちょっと苦笑してる。

「俺達のことも凄くすんなり理解を示してくれたし」

「うーん？　世界にとって脅威なら、それは私に無関係じゃないからかな。実は一見関係なさげなことの影響が、生活に影を落とすってあることでしょう？」

例えばの話、海の向こうの大陸で戦争が起きたとして、こっちの市場で売られる野菜やスパイスが値上がりする。それは戦争のせいで物を安全に運べなくなり、用心棒とかを雇うのに余計なお金がかかるようになったりするから。諸々の諸費用が購入価格に反映されるのは当然だ。海の向こうの関係なさげな戦争が、見事に私に影響している。

そういうのを防ぐのも、一地方とはいえ土地と民を預かる領主の役目じゃなかろうか。世界規模じゃなくても、モンスターから民を守るのってそういうことだ。つまり私は自分の仕事をしてるだけ。ただし範囲は私がすべき分を超えてることもあるけど。

「なるほど。仕事がお好き、と」

「違います」

にやっと笑う識さんに、それだけは否定しておく。働くからって好きじゃないんだよ。やらないと山のように仕事が積もっていくからだ。

首をブンブン振って否定する私に、奏くんの生温い視線が刺さるけど無視。

一歩迷宮に歩を進める。

すると遺跡全体が揺れて、床から石板が生えてきた。

驚く間もなく、それは天井付近まで高くなると、ちかちかと明滅する。

ヴィクトルさんがその石板を睨んだ。

「あーたん、これが仕掛けみたい」

指差されたそこには、絵の描かれた石板があった。よくよく見ると、絵が描かれた石板は動くみたい。それに描かれてる絵は、上で見た壁画とよく似ている。

「並び替えだね。見てきたとおりに絵を並び替えろってさ」

ラーラさんが顎を擦る。

そりゃ全部絵を見た人間でないと解けんわ。隠し壁画なんか何処か判んないもんな。

しかもご丁寧に石板には「神より許されし魔術の使い手のみ触れよ」って古王国語の更に古語で書いてあるそうだ。

大きなため息をついて、見たとおりに石板を並べる。

最後の石板を並べ終えると、フロアにあった壁という壁がドミノ倒しのように倒れて消えた。

古代文明凄いなー……。

呆気に取られていると、壁が消えた中央に大きな心柱が聳えるのが見えた。

よくよく目を凝らすと真っ黒な靄《もや》のようなものが、心柱を取り巻いている。

「あの靄が、四本腕の成れの果てだ。封印の力を少し弱めた。実体化させたほうが倒しやすい」

「解りました」

ウイラさんの言うとおり、靄が段々と四本腕の怪物の輪郭をはっきりさせていく。

実体の感じられない靄から、どんどん実在の質量を伴っていくのは、なんとなし不気味だ。

ウイラさんが苦虫を噛み潰したような苦い顔で私を見つめる。

「あと、戦っている間俺達を通して武神のご加護を与えられる。もし力が足りないと思ったときは言ってくれ」

「ただ、その加護は一度きりだ。我らのもつ力では、一度お前達に武神の加護を渡せば消滅する」

ラトナラジュも床を蹄《ひづめ》で叩いて、臨戦態勢だ。

けど、そんな悲壮じゃなくていい。だって勝てるから引き受けたんだもん。

「それは大丈夫。自前の加護があるんで！」

しゅたって手を上げてウイラさん達に答えたと同時に、プシュケが羽を光らせる。

「総員、戦闘開始！」

「おう！」

「まかせて！」

「がんばります！」

「はいはーい！　いくよ、ノエ君！」

「ああ！　識、頑張ろうな？」

いつものフォルティスメンバーだけでなく、識さんとノエくんの声も加わる。ぽちも大きく吼えて、場の空気が揺れた。

しかし。

「皆、頑張れー！」

「カナ・ツム、ボクの教えたとおりにやってごらん」

ヴィクトルさんとラーラさんは後方で腕組み先生モード。ロマノフ先生に至っては「実体化して殴りやすくなりましたねー」って、おやつ齧ってる。

「え？　お、おい！　大丈夫かよ⁉」

プシュケで全員に付与魔術をかけて、実体化した四本腕の化け物には弱体効果のある魔術をかけていると、ウイラさんが焦ったように声をかけてきた。

化け物のほうは顔は猿、四本の腕と二足歩行の足は毛皮に虎っぽい縞があって、胴体は何かふさふさ、尻尾は蛇って何事？

しかも流石アンデッドて感じで、片目はドロッと眼窩から溢れてるし、縦に割れた腹から中身がこんにちわしている。予想以上に気持ち悪いソレを指で指し示すと、私はウイラさんとラトナラジュに手を振る。

「大丈夫です。五分も持たないから」

「えー……⁉」

見てくださいと指した指の先、奏くんが放った一矢と紡くんが放った礫が一つ。中空で無数の矢と礫になって、四本腕の異形に襲いかかった。

かと思えば識さんが放った炎で出来た巨大な双頭の蛇が、ギリギリと異形を締め上げて腐った身体を焼き焦がす。

少しの身じろぎも許さないように、暴れたらプシュケで雷を真上から落として痺れさせた。

ぐらつき出した片足をぽちが噛んで地面に縫いとめれば、ノエくんとレグルスくんの剣がずんばらりんっと猿の頭と蛇の尻尾を切り飛ばす。

「ね？」

「え、えー……マジかぁ」

「なんという……」

一方的な蹂躙《じゅうりん》に、もう言葉も出ないって感じ。

勝てる相手だからって油断なんかしない。そのときにある最大戦力で叩き潰すのが、戦争の定石ってやつだ。これは生存権をかけた戦争なんだから。

首を刎《は》ね飛ばされた化け物が悲鳴を上げる間もなく、膝から崩れ落ちていく。

さて、私の出番かな？

すっと息を吸い込むと、プシュケが異形の真上で円を描いて飛ぶ。

「開け、冥府の門！」

六つのプシュケが中空に複雑な図案を描き、その軌跡が金色に輝き始めた。

空に魔力が渦巻いて、真っ白な冥府の扉が現れる。そして鈍い音を立てて扉が開くと、中から巨大な腕がいくつも現れた。その腕のうちの一本が痙攣《けいれん》する化け物の首のない胴体を掴み、もう一本が飛ばされた猿の頭を摑む。更に違う腕が切り落とされた蛇の尾を握って、扉の中へと帰って行く。

辺りの黒い靄を吸い込んで、静かに空中にあった扉は消えて。

痛い程の静寂がフロアを満たす。あるのは浄められた空気と私達だけ。

「終わった、のか？」

「え？　まだあるんですか？」

ウイラさんと私は、顔を見合わせた。

大団円にはまだ遠く

冥府の門はそれ自体神聖魔術でありながら、召喚陣の役目も果たす。

門から伸びる腕では片付かないと判断したそのとき、冥府の神龍を召喚する扉になるのだ。

今回は扉を開くだけで済んだけど、扉を開くこと自体が異常事態ではある。だってアンデッドって大概燃やしたら消滅するんだもん。

識さんの使っていた「炎の双頭蛇《アンフェスバエナ》」は結構な火力で、攻撃魔術の上位だ。平気な顔してそれを操っていた識さんも凄いけど、その炎に全身を舐められても消滅しなかったんだからアンデッドとしての強さは相当。

私達が異常なんだよな。解りたくないけど解る。

そんな訳で、戦闘終了。ついでに冥府の門が瘴気も晴らしていってくれたから、遺跡全体の浄化も完了だ。

唖然茫然のウイラさんも、ラトナラジュの鼻先で突かれて戻ってくる。

「お前、実は聖人かなんかだったのか？」

「いいえ。通りすがりの……姫神様の加護持ちです」

「武神の加護もだろ？　なんでお前のステータスがはっきり見えねぇのかと思ったら、滅茶苦茶上のお方の加護持ちじゃん。あとでご報告に行かねぇと」

「神様も縦社会なんですね」

「まあな。俺らは神っていっても力の度合いでいえば、大精霊くらいなもんだし」

にかっとウイラさんは笑う。

彼らは知られずともこの辺りの平和を願う優しい神様なのだ。ぜひとも信仰を集めて、お力を高めてほしいな。

私の頭を撫でるウイラさんは、その後何度も「ありがとう」とお礼を言ってくれた。私だけでなく、この戦闘に加わった皆にも。

この地に来るときはいつでも呼んでくれ。

彼らはそう言って遺跡の外まで私達を見送ってくれた。

これから先、封じ込められていた者がいなくなったお蔭で、この天地の礎石はその作られた役割を漸《ようや》く果たし始めるだろう。

この地の瘴気を集め心柱で浄化して、周辺の地域に浄められた気を送り始めるのだ。その気がやがて荒ぶる魔物を鎮静化させ、双方ともに静かに争うこともなく、皆がこの地で共存できるように。それをウイラさんとラトナラジュという、優しい神様が見守ってくれる。素敵じゃん。

今日の日の冒険はこれでお終い。

差し入れのおやつを抱えて帰ると、ロッテンマイヤーさんが「良いことをなさいましたね」と労ってくれた。

そしてそのままお茶の時間にすることに。

その席に、使いを出してブラダマンテさんに来てもらうことにしたんだよね。

待ってる間に着替えたんだけど、やっぱり部屋着のほうが落ち着く。

皆もお寛ぎモードで応接室で待っていると、エリーゼに伴われてブラダマンテさんが姿を見せた。

挨拶を交わしてお茶を始めたんだけど、私は彼女に遺跡の話をすることに。

今回の冒険の話を聞き終わったブラダマンテさんは、口に手を当てて「まあ」と驚いた。

「あの遺跡にそんなことが……。いえ、民話のようなものは聞いたことがあるのですが、まさかその陰に、そんな神様がいらしたとは夢にも思わず」

「そうなんですね。もし見てみたいと仰るならメモはありますし、仕掛けは解いてしまいましたが、壁画は見ようと思えば見られる状態ですし、楼蘭から調査隊を出してくだされぱいいかと」

「然様ですね。あそこの遺跡は私も修行場として使っていたことが僅かながらあります。そのご恩返しを致しましょう」

「まだ地下二階の力試しの仕掛けはそのままなので、修行場としては使えると思います」

「解りました。明日にでも楼蘭に出向き、必ずや教皇様にお伝えいたします。そしてそのウイラ様とラトナラジュ様の聖名を広く知らしめられるよう尽力いたしますね」

にこにことブラダマンテさんは請け負ってくれた。みなまで言わずとも話が通じるって助かる。

そんな私とブラダマンテさんのやり取りを見て、識さんが「はい！」と手を上げた。

「明日なら、私が転移魔術で楼蘭にお連れできます！」

「そうなの、識さん？」

「はい。明日はノエ君とお勉強することにしてたんですけど、どうせならノエ君に楼蘭教皇国を見せてあげたくて」

「今地理の勉強中なんです、オレ」

和気あいあいと話が進む。

ブラダマンテさんと識さんとノエくんは、町で偶然知り合ったのだとか。

ひったくりが出たのを識さんが転ばせて、ブラダマンテさんがバランスを崩した所を投げ飛ばして、ノエくんがふん縛って、犯人を役所に突き出したらしい、ナイス連携。

この際だから許可を得てノエくんと識さんの破壊神退治の話をしたら、ブラダマンテさんの目が光った。

「なんということでしょう……！　私は艶陽様の忠実な戦う巫女、そのような邪悪は見過ごせません。ぜひともお力添え致しとう存じます！」

「まあ、それは追々。今すぐ討伐に行くって訳じゃないので、きちんと準備しないといけないですし」

今回は突発で戦いに行ったけど、アレだってその突発で勝てない相手じゃないからだ。先生達なんて観戦モードだったんだから。

そういう訳で、ブラダマンテさんは明日にでも動いてくれることに。

あと私が出来る、ウイラさんとラトナラジュの知名度アップの作戦は一つ。

「あの、台本書いてくれる人って、ヴィクトルさんのお知り合いにいますか？」

「台本ってお芝居の？」

「はい。菊乃井歌劇団であのお二人のことをオリジナル演目として公演するんです」

「おお、考えたねぇ」

優しい青年と美しい鹿の友情と、魔物との戦い。そこに少しのロマンスがあれば、これは立派なミュージカルの演目になりそうだ。

そんな提案にラーラさんが首を捻る。

「ロマンスってあったかい？」

「えっと、そこは創作で」

「鹿と鹿の？」

「いや、ウイラさんと人間の……二人が犯人じゃないって証言してくれたお友達が女性で、淡い初恋相手の姿に思うところがあって、ウイラさんが立ち上がったんですよ。そして友を思う鹿がともに戦士として戦ってくれて……とか！」

語ってちょっと萌えてきた。我ながら、いい線いってるんじゃないかな？

そういうようなことを言えば、ロマノフ先生が生温い視線を向けてくる。

「ノリノリじゃないですか。いっそ君が書いては？」

「先生、想像するのと書くのとじゃ必要な才能が違うんです……！　私には妄そ、じゃない、空想する才能はあっても、それを書くほうの才能はないですよ」

「案外やってみると上手くいくかもしれませんよ？」

ニコニコ笑ってるけど、アレは面白がってるだけだ。先生、私の詩歌の才能があんまりなの知ってるもん。

ぐぬぐぬしていると、はっと思い出すものがあった。

「『蝶を讃える詩』の作者って何方《どなた》なんでしょうか……？」

あの詩集をもらってから暫くした頃、あの作者さんは詩もやるけど物語を書くようになったと、いつだったかロッテンマイヤーさんが言っていた。

祖母の書斎にあるのは実用書が殆どで、私がたまにはお伽噺とかも読みたいって嘆いたら、執務の合間に新作をどうぞって持ってきてくれたんだよね。

あのとき持ってきてくれたのはロッテンマイヤーさんの私物だったので、読み終わってすぐに返した。あれは前世でいえばシンデレラのような話だった筈。

急いでロッテンマイヤーさんを呼んでその話をすると、彼女は少し考え込んだ。

「物語はお書きになっていらっしゃいますし、旦那様がお耳にした伝説を下敷きに物語を新たにお書きになるのは出来ましょう。けれどそれを芝居の台本にするのはどうでしょうか……？」

「そうかなぁ？」

難しいだろうか。

私とロッテンマイヤーさんの間で沈黙が落ちる。

すると木の実のクッキーをいい音で齧っていた識さんが手を上げた。

「昔っから薬の調合は薬師に任せろって言うじゃないですか。そういうのは菊乃井歌劇団のダンスとか教えてる先生に訊いてみたらいいんじゃないです？」

「それだ！」

ポンと手を打つと、私は識さんに惜しみない拍手を送った。

餅は餅屋。お芝居のことはお芝居に詳しい人に聞くのがいいだろう。

そんな訳でヴィクトルさんが早速ユウリさんを呼んできてくれた。

今回の冒険の話を聞いたユウリさんは、こともなげに「台本ならどうにか出来る」と手をひらひら振る。

「だって今までの舞台の台本とか、俺が用意してたんだから。俺は物語を一から書くのは無理だけど、原作のあるものなら何とかできるさ」

「は⁉　そうでしたね！」

「オーナーってそういうとこ抜けるんだな」

クスクスと面白そうにするユウリさんだけど、本当に灯台下暗しだよ。今までの公演だって台本があった筈なのに、それをうっかり失念してたんだから。

というわけで、必要なのは原作を書いてくれる人だ。それは私から聞いた詳細をもって、ロッテンマイヤーさんが「蝶を讃える詩」の作者さんに会いに行ってくれるという。

なんと「蝶を讃える詩」の作者さん、ロッテンマイヤーさんのお知り合いなんだって。縁って凄いね。

そこまでで今日の会議は終わり。その後はお茶会と相成った。

話題はやっぱり遺跡とウイラさんとラトナラジュの話が多かったけどね。そういや私、ずっとウイラさんのこと〝さん付け〟だけど、どっかで改めたほうが良いかもしれないな。

その席で、遺跡の探索はまたに持ち越すことに決まった。

明日楼蘭にブラダマンテさんが行った時点で調査が始まるだろうし、何より予定外の謎解きとその真相にちょっとお腹一杯になってしまったのだ。

なのでラーラさんの「もっと夏休みっぽいことをしよう！」という言葉に甘えて、明日一日で準備、後ロマノフ先生のお勧めキャンプに出発することに。

冬は暖かい遺跡に行こうってラーラさんは笑ってた。何だかんだいって、遺跡探検燃えたもんね。

それで翌日。

準備っていっても、私がすることって殆どない。

着替えと誕生日にヨーゼフから貰ったレジャーシートとかを、ウエストポーチに入れるだけ。

飯盒《はんごう》とかテントとか寝袋に関しては、ロマノフ先生やヴィクトルさん、ラーラさんが旅のときに使っているものを持ってきてくれるんだって。

ご飯のおかずも、持っていくのは料理長が作ってくれたバターのペミカンや、リュウモドキのベーコン、うちで使っているお米。

ペミカンっていうのは保存食の一種なんだけど、ウチのペミカンは保存食っていうよりも、料理を手間やなんやかんやを省いて美味しくする目的で作ってるものだ。そこは料理長が「今回は短い野営だから、そういう用途にしときましょうね」って言ってくれたんだよね。

因みに作り方が結構贅沢。

野菜やお肉を細かく切ってバターで炒めた後、大量のバターを追加して全体が馴染んだら、容器に移して冷やし固める。この時に塩コショウで味を調えてもいいんだってさ。

ペミカンは砕いてお湯に入れただけでも、美味しいスープになる優れものなのだ。しかも適切に保存すれば一年や二年は保つらしく、凄く便利。

といっても今回はそんなに保たさなきゃいけない訳じゃないし、他にもローリエやタイムを一括りにしたブーケガルニを持たせてくれる。先生達も調味料とかは、手持ちのがあるんだって。

そうやっていそいそ準備を整えて、後は翌日を迎えるだけ。

ベッドに潜り込んでうとうとしていると、ぼとぼとぼとっと大きな音がする。驚いてベッドから飛び起きて音がした部屋の真ん中を見れば、そこには大きな赤い柘榴が山になって鎮座していた。

アレ、見たことある。凄く最近。何なら一昨日。

私が遠い目をしていることに気が付いたのか、ベッドの天蓋で寝ていたタラちゃんが下りてきた。

そしてちょこちょこと柘榴の山に近づき、ぴょんぴょん跳ねながら観察するように回る。タラちゃんのぴょんぴょん、猫が威嚇するときのステップ——通称やんのかステップに似てて可愛い。

そういえば奈落蜘蛛は同族同士で決闘という概念が存在するそうだ。そしてその決闘に際してピョンピョン跳ねてダンスを踊るという。前世のムエタイっていう格闘技は試合の前に「ワイクルー」っていうダンスを踊るけど、そんな感じみたい。意味は自身の鼓舞と相手への煽りのようなものだって。

じゃ、ない。現実から目を逸らしても仕方ない。

そっと柘榴に近づくと、空からひらりと手紙が落ちてきた。そこには「大儀」とある。あー……ねー……。ウイラさん、ちゃんと「武神の加護」って言ってたもんねー……。

一人で頷いていると、タラちゃんが別のお手紙を見つけたようで、それを渡してくれる。

見れば御署名はロスマリウス様。なんとウイラさんは武神の加護をお持ちだけど、ラトナラジュはロスマリウス様の眷属だったらしい。

海で生まれた美しい鹿が、山のほうに旅して美しい沼の雌鹿と出会って、その間に生まれたのがラトナラジュだったとか。海と山の美しい鹿の子はやっぱり美しかったから、ロスマリウス様のお気に入りだったんだってさ。

武神のお気に入りの青年と海神のお気に入りの鹿は、その後英雄となり地方の英雄神となった。その後見人的な存在がイシュト様とロスマリウス様なんだって。

だから二人して実の全てが魔紅玉の紅玉柘榴の山をご褒美にくださるそうな。うん、畏れ多い。

それに天上から私がウイラさん達の知名度アップ作戦も、お二人の御意にかなってたらしく、それにもお褒めの言葉があった。

お手紙になったのは、お二方の出禁が姫君によって続いているからだそうな。

魔紅玉、ちょっと皇室にも献上しとこうかな……。

大きなため息を吐くと、紅玉柘榴の山を床に置いたままにしておけないから、タラちゃんに手伝ってもらってテーブルの上に移動させる。

その後は何かぐったりして、すぐに寝つけた。

ちょっとしたアクシデントはあったものの、目覚めはすっきり。

朝の支度と荷物の確認をしてから朝食へ。

その席で昨夜の神様方からの贈り物とその訳を話すと、ヴィクトルさんが眉間を押さえた。

「実の全部が魔紅玉ってどんだけ……！」

ヴィクトルさんが一昨日買った紅玉柘榴にも、実は魔紅玉があったんだって。というか、魔紅玉があるのが見えたから買ったんだそうな。あの籠の中の紅玉柘榴、ほとんど魔紅玉入りだったっていうから超ビックリ。

ロマノフ先生はくすっと笑った。

「いやぁ。姫君様の思し召しなんでしょうね」

「へ？」

「これから先、その英雄神ウイラ様とラトナラジュ様の御名を広く知らしめるため、お芝居とか考えてるでしょう？　それには元手がかかる訳です。ウイラ様方のお名前が広く知られてお力が増せば、ウイラ様達を後見されてる神々の力も増す筈。それを姫君様は見越して、お二人に元手となる物を用意させたのでは……と」

「あー、そういう！　職務範囲外時間外休日出勤手当!!」

「そうじゃないかと。良かったですね、きっちり取り立ててくださってますよ」

何ということでしょう、これめっちゃ頑張れってことじゃん。

そして多分それだけじゃないんだ。姫君様は菊乃井にオリジナルミュージカルが出来るのを期待しておられる。それがこの根回しなんだ、多分。

「……作曲家さんも探さないと」

ぼそっと呟くと、ラーラさんがぱちんっとウインクを一つ。

「ああ、それは大丈夫だよ。イツァークが最近、ユウリと協力して曲を書き始めたから」

「なんと！」

「歌劇団もキミと同じく、日々成長してるってことだね」

「凄い……！」

色々いっぱい起こっててんやわんやでお任せする以外に出来てないのに、皆が協力して色々進めてくれている。報告とかは聞いてるけど、細部まで目が行き届かないこともあるのに。

こういうときに自分の環境がどれだけ恵まれてるか思い知るってもんだよ。

「君が少し気を抜いたって、歌劇団も菊乃井も崩れたりしない。それが解ったら安心して遊べますよね。何も考えずに、楽しい思い出っていうのを作ろうじゃありませんか」

ロマノフ先生の言葉が、じわっと胸に染みた。

ゆるゆるキャンプの始まり始まり！

そんな訳で、キャンプ地に出発することになったんだけど、今回のお供はタラちゃんとござる丸。偶には息抜きしたいだろうっていうのと、野営だから虫が出るっていうんでタラちゃんの蜘蛛の巣はとても心強い。ござる丸は最近実験で葉っぱを毟られまくってるから、本当に休養のために連れてきた。

場所はなんと、エルフの里近くの川べり。遡上していけば大きな滝があるんだって。

先生が言ってたように、川では魚も獲れる。めっちゃ美味だそうなので、それをご飯に狙ってる。

でもちょっとした注意があった。

「エルフの里近くなんで、もしかしたらエルフに出会うかもしれません。でも迂闊に近寄らないこと。最近、異種族と見れば悪さをしてくる若い子が増えています」

「基本的にエルフは異種族を見下しているからね。もし仕掛けられたら、全力で応戦してもいいよ」

「なんなら半殺しじゃなく、七割殺しくらいならボクらが許すよ」

ロマノフ先生からだけじゃなく、ヴィクトルさんやラーラさんまでそういうことを真面目に言うとか、ちょっとどうなの？

おずおずと紡くんが口を開いた。

「あの……そんなににんげんはきらわれてるんですか？」

「エルフは人間がどうじゃなく、エルフ以外を見下してます。他の種族も同様に危害を加える恐れがあります」

「それに情けない話なんだけど、一族の危機察知能力が全体的に低下してきてるんだよね。だから自分が喧嘩売ってもいい相手かどうかの見極めが出来なくて、結果相手にボコボコにされて帰ってくるっていうのが増えてるんだよ。モンスターだって襲わない君達に、そういうのが感知できない子だったら何かするかもしれないからっていう注意喚起だね」

「でも自然界は弱肉強食なんだ。解んないから喧嘩売ったで通じる相手のほうが少ない。それを教えてやる意味で、なんかされたらやり返していい。けど七割くらいで勘弁してやってほしいな」

「あ、はい。承知しました」

先生達の遠くを見る目に、何となく察する。苦労してんのね、先生達も。

奏くんやレグルスくんと顔を見合わせて、生温く頷く。でもそんな危ない場所ではないんだろうな。厄介な気配は感じない。タラちゃんもござる丸も、木の幹に腰かけてうとうとしてるもの。

先生達には「はーい」と元気よくお返事を返す。注意したものの、エルフが里から出てくるって、そんなにないらしい。出会った時のための注意だからってことだって。

川から少し離れた場所が平原になってて、開けてそこそこ広い。テントはここに張るそうだ。

ロマノフ先生が合図すると、ヴィクトルさんがリュックから何か丸いものを取り出して、地面にそれをぽいっと軽く投げる。

すると空中で何かが大きくなり、地面にぱふっと着いたときには円形の大きな布で出来た建物になった。

ラーラさんが先に中に入ると、そこから私達に「おいで」と言ってくれる。なのでドキドキしながらお邪魔すると、中にはベッドが五つ。壁沿いに置かれていて、真ん中は広く開いている。その真ん中の棒がテントを支えているように見えた。床はフエルトなのか、絨毯《じゅうたん》みたい。

「すっげー！」

「カッコいい！」

キャッキャはしゃぐ奏くんとレグルスくん、私と紡くんはあんぐりと口が開いてしまっている。

「うわぁ、凄いなぁ」

「どういうしくみ……？」

本当に不思議。でも魔術ってこういうこと出来ちゃうから、重宝されるんだよね。

私達の様子に、先生が胸を張る。

「これもダンジョンで見つけたんですよ」

「ベッド五つだけど、一つ一つが大きいからあーたんとれーたん、かなたんとつむたんで使っても、全然狭くないからね」

「タラちゃんは天井に張り付けるし、ござる丸はあれで寝たらいいよ」

そう言ってラーラさんが指差したのは、ふかふかのクッションだ。そういや、ござる丸はよく私の部屋のクッションにも埋まってたっけ。

テントからタラちゃんやござる丸を呼び入れれば、二匹とも驚いたみたいで凄くキョロキョロしてた。

そうして暫くテントでくつろいだ後、先生が自前の釣竿をリュックから取り出した。

「お昼ごはんを釣りましょうね」

「はーい！」

釣竿は私と紡くんに渡され、奏くんとレグルスくんはズボンの裾を膝までたくし上げる。魚は川の浅い所にもいて、摑み取りも出来るそうだ。

私達が準備をしていると、ヴィクトルさんが肩を回す。

「僕、魚釣りとか苦手だから鳥でも魔術で落としてくるよ。この辺、たしか美味しい山鳥がいたんだ」

「じゃあ私と鳳蝶君と紡くんは釣りで、ラーラとレグルスくんと奏君は魚の摑み取りですね」

「どっちのチームが多いか、競争しようか？」

ニコニコしつつも、ラーラさんの唇が挑発的に上がる。カッコいいなぁと思っていると、レグルスくんが「ふんす！」と鼻息荒く拳を握った。

「ロマノフせんせい、れーまけないからね！」

「おや、私もエルフの里では釣りの名手と言われた身です。その挑戦受けて立ちましょう」

おお、これが噂の対ロマノフ先生専用反抗期ひよこちゃんか。

止めなきゃいけないのかもだけど、ロマノフ先生も楽しそうに受け止めてくれてる。あとでお礼を言っておこう。

不意に紡くんが私の服の裾を引っ張った。

「わかさま、だいこんせんせいのおみやげにつったおさかなもってかえっていいですか？」

「いいんじゃないかな。食べる分より多く釣ったら、保存してもって帰ろうよ」

「つむ、すみれこさんからいいものかりました！」

じゃーんって感じでお出しされたのは、紡くんが抱えるほどの大きさの箱。何処に仕舞っていたのかと思ったら、菫子さんがマジックバッグも貸し出ししてくれたとか。

この箱自体にも時間停止の魔術がかかっているから、釣った魚を長時間入れても釣り立てほやほやの鮮度抜群に保ってくれるものらしい。

これはいいものが釣れたら料理長にも渡せるんでは？

紡くんと目線を合わせると意思疎通が図れたので、なるべく沢山釣ろう。そこに奏くんも「おれも頑張るよ」と加わった。

ワイワイしながらテントから出ると、早速三組に分かれる。

ヴィクトルさんは「すぐ戻るよ」と言いつつ、川とは正反対の森のほうに出かけていった。

私達は川の少し上の方で糸を垂らすことにして、ラーラさんはレグルスくんと奏くんを引き連れて下流へ。

餌はござる丸が捕まえてくれたミミズやら、小さい芋虫だ。釣り針の先に餌を付けるのもござる丸がやってくれる。

　タラちゃんも私達を真似て、自分の糸を川の中へと垂らした。

　そしてしばらく、先をツンツンつつく感触があって、竿がぐっとしなる。

　えー、いきなり⁉

　引き上げようと勢いよく竿を引くと、ぽーんっと勢いよく水面からザリガニが飛び出した。どうも芋虫をハサミで摑んだのを釣り上げたみたい。

　ロマノフ先生が「おや？」という顔をした。

「そのエビ、餌に向いてるんですよ」

「餌？」

「はい。針の先に付けて川に垂らしてみるといいですよ」

「そうなんですね。やってみます」

　早速ザリガニっぽいのをござる丸が受け取って、器用に針に付けてくれる。そうして再び水に垂らしたところ、早速コツコツと糸の先が引かれた。

　早いな、なんて思っていると、さっきよりもグッと竿がしなう。

「え⁉　ちょっと⁉　重いんですけど⁉」

「ゴザー⁉」

「わ、わかさまー⁉」

「鳳蝶君⁉」

竿が力一杯引かれて身体が左右に振れる。ござる丸やタラちゃんが私の身体を支えてくれるけど、足りなくて紡くんやロマノフ先生も、私と一緒に竿を引っ張ってくれた。それでもまだ左右に揺れてしまうし、重いもんだから腕が段々と痛くなってくる。

「こ、のぉっ！」

力比べはどうも私のほうが分が悪いみたい。だから「先生！」と声を上げると、ロマノフ先生も「いいですよ」と返してくれた。許可が出たので小さい雷を、水の中に落とす。

結構な音とともにぷかっと魚が浮かび上がってきて。

「でか……」

どうみてもロマノフ先生が両手を広げたくらいの大きさの魚なんですが……⁉

ぷかぷかしてても、死んでる訳じゃない。気絶するくらいのをこの魚にだけ落とした。いつ起きるか分かんないからロマノフ先生にお願いして引き上げてもらうと、先生でもかなり重かったみたい。

「これは鱒《ます》ですね。普通のじゃないですけど」

「モンスターです？」

「ええ。でもそれでも鱒なのでこんなに大きくはないんですけどね？」

とはいえ、目の前にいるお魚は遠目からはロマノフ先生が腕を拡げたくらいに見えたけど、実際は更に大きかった訳で。

びちっと尾っぽが跳ねたので、逃がさないように脳天にもう一度雷を落として絶命させる。

「私が加わっても引っ張られるとは……。これはもしかしてエンペラーというヤツかな？」

「エンペラー……」

「ええ。鱒の魔物の中でも特殊個体で、凄く美味しいんですよね。物凄い肉食で、少なくない釣り人が犠牲になってます。さっき私達でも引っ張られるということは、身体強化の魔術でも使ったんでしょう」

「おぉう」

それは恐ろしい。だけどそうだろうな。先生やタラちゃん・ござる丸、紡くんがいなかったら、身体を持ってかれたかもしれない。

とんでもない大物が釣れた訳だけど、それはそれで問題発生。だって大きすぎて、この人数では食べきれない。なので下手に触らず、このまま持って帰ることに。

菫子さんが貸してくれた箱は空間拡張にも対応しているようで、ロマノフ先生が持ち上げて頭を突っ込めばそのまますると入ってくれた。

これでお土産は出来たよね。

ほくほくしながら釣り再開。

また虫をござる丸が捕まえてきてくれて、それを釣り針の先に付けてくれる。

今度当たりがあったのは、紡くんとタラちゃん。

タラちゃんは自分でひょいっと糸を引いていたけど、紡くんはござる丸に手伝ってもらってた。

河原にびっちびち打ち上げられた魚が上がる。テントから持ってきたバケツに水を汲んで入れておいたそこに、ござる丸がぽいぽいっと放り込んだ。

中を見てロマノフ先生が魚を指差した。

「ほら、先ほどの大きいのと同じ模様でしょう？」

「そう言われれば」

「ほんとだ……！」

鱗というか皮というかは銀で、エラから尾にかけて赤紫の縦じま模様。先ほどのエンペラーもそうだった。大きさが段違いだけど。

そのまま塩焼きにしても美味しいし、バターでソテーしても、ペミカンで煮ても美味しいみたい。

立て続けに二匹も釣れるなんて、これはもしや群れとかがいるのかもしれない。ワクワクしてきたけど、はたと止まる。上流で入れ食い状態ってことは、下流はもしかしてお魚いないんでは？

そう思って先生に尋ねてみると、ロマノフ先生はにやっと悪い顔で笑う。

「なら、勝負は私の勝ちですね。これなら私も沢山釣れそうだし」

「あ！」

そうだった。

レグルスくんとロマノフ先生は勝負してたんだった、うーむ。

「先生、ご迷惑じゃないですか？」

考えて、漸くそれだけが口から出てくる。私の言葉にロマノフ先生が首を捻った。

「何がです？」

「あの……レグルスくんの反抗期のことなんですけど……」

「ああ」

釣り糸を垂れながら、ロマノフ先生が静かに笑う。そして首を横に振った。

「最初、私はレグルスくんと宇都宮さんを拒否しましたよね」

「はい」

「あのときは彼がいると、君の父上がそれを盾に悪さをしないかどうかが気になったからなんですが。それはそれとして配慮のないことをしたなと思うんです」

配慮、と呟く。

それを拾った先生が、こくりと頷いた。

「君があのとき言ったとおり、レグルスくんはお母様を亡くされたばかりの三歳のお子さんだったんです。君の事情と彼の事情は分けて考えるべきだったのに、私はそれをしなかった。君を贔屓《ひいき》するのは当たり前として、あの子をあんな風に拒絶すべきではなかったなって思うことが多々ありましてね」

「……」

「親という色眼鏡を外してしまえば、レグルスくんもとてもいい子だ。才能もある。何より真っ直ぐに育ってるじゃないですか。それは君があの子ときちんと向き合った結果です。誇らしいことだ。頑張る教え子の手伝いはしたくなるものです。なので、彼の反抗期くらいどうということもない。だいたいあんなに私との力の差が解っていても、それでも向かってくるような気の強い子、可愛くない筈がないじゃないですか。私は私なりに、レグルスくんが可愛いんです。反抗期、結構じゃな

いですか。いつ私を超えるのか、楽しみですとも！」

晴れやかな笑顔に、胸が熱くなる。

あの子を引き取ったときはもう勢いみたいなもんで、本当にちゃんと育てられるのか実は不安だった。

それでも言葉どおり先生は私がレグルスくんに授業するときは必ず傍にいてくれたし、レグルスくんの疑問に答えきれないときはさりげなく助け船を出してくれて。

厳しいことも言われたけど、無理だとか否定は一度もされなかった。それはロマノフ先生が事の最初から、私を信じて見守ってくれたからだろう。

そしてレグルスくんは伸び伸びと、その才能を開花させようと歩んでいるのだ。

「先生、ありがとうございます」

「いえいえ。菊乃井に来てからずっと面白くて楽しいことばかりなので、お礼を言うのはこちらですよ。ヴィーチャやラーラとも久しぶりにずっと一緒にいますしね。君達兄弟だけでなく、奏君や紡君にアンジェちゃん、ラシードくんや他の子ども達、先が楽しみな子ども達が沢山集まってきて、その子達の成長を目の当たりに出来る。長く生きるエルフでも、こんなに先に期待できる子達に関われるなんて、そうそうないことですよ」

ぺこっと頭を下げた私の旋毛を、ロマノフ先生は釣竿を持ってないほうの手でつんつん突く。話を聞いていた紡くんは内容をきちんと理解出来たのか、ほっぺを赤くしてはにかむようにもじもじしてた。紡くんも先が楽しみな子って褒められたもんね。

そんなことを言ってる間に、先生の竿の先がつんつんと引かれる。ごく弱い引きに先生が竿を引き上げると、針には小さい蟹、サワガニくらいのやつがくっついていた。

「おや、珍しい」

「え？　この蟹珍しいんですか？」

ロマノフ先生が手のひらの上に乗せた、小さな蟹を紡くんと頭を寄せて見る。甲羅は何だか透明で、太陽の光をキラキラ弾いて中に虹が見える。

「これ、甲羅が透明ですよ？　脱皮したんですかね？」

「いえいえ、これはこういう個体なんです。でもまだ小さいから、まだまだ脱皮すると思いますよ」

「はえー……」

変な声が出た。紡くんも気になるのかつんつんと蟹をつついては、観察してる。

サワガニは私の持ってる前世の生き物の記憶で、あちらも沢山不思議な生き物はいた。でも今の世界にも不思議な生き物が一杯いる。前世の記憶は役に立つけど、本当に私が知らなきゃいけないのは、今生きているこの世界のことだよね。

もしかして、先生はそういう私のよく解んない知識の浅さを埋めるために、こういう所に連れて来てくれたのかも。

それなら私はそれに甘えよう。

決めて、先生の手のひらの蟹に触れた。

「これ、なんですか？　なんか甲羅が凄く硬い気がします」

「いい所に気が付きましたね。これはね、甲羅が水晶なんですよ。その名も水晶蟹。寿命は数年から十年ほどで、甲羅がアクセサリーや魔術師の杖なんかに利用されますね」

そりゃ凄い。でも先生はバケツにその蟹を入れると、後で逃がすっていう。

「まだ子どものようですから。成体はもう少し大きいんですよ、私の手のひらに余るくらいですね」

「わぁ」

それはリリース対象です。

水晶蟹は綺麗で魔素が沢山の川や沢でないと生きられないし、そう強い個体でもないから強い気配を感じると出てこないそうだ。臆病が身を守るっていう感じなんだって。なのでロマノフ先生でもあまり見たことがないとか。

珍しい生き物を見られて私と紡くんはテンション爆上がり。

だけどこの後、ヴィクトルさんが山鳥をお土産に戻ってきても、ロマノフ先生の釣竿が引かれることは一切なかった。

釣果にはそれも含まれますか？（含まれません）

河原に並べられてビチビチ跳ねてる魚は、全部で二十匹。

一番大きいのは私が釣ったエンペラーちゃんで、その次に大きかったのが奏くんが捕まえたニジマス。奏くんが重そうに抱えるくらい大きい。けど普通のニジマス。

あとは皆同じくらいの大きさだけど、釣果はというか掴み取りで五匹獲ったレグルスくんが一番多く捕まえた。

残りの内訳は私と紡くんが三匹、タラちゃん二匹、奏くんは四匹、ラーラさんは三匹だったけどこれが凄かったそうで。

「きのえだがびゅんってとんだら、かわにさかながうかんでるんだよ……」

「気が付いたら、魚に枝が刺さってるんだ。なんでそんなこと出来んの……？」

「え？　魚が跳ねる瞬間を見計らって、枝を飛ばしてるだけだよ？」

レグルスくんと奏くんが信じられないモノを見たと訴える。対してラーラさんは弓と同じとか言うんだよ。そりゃ私も解んないわ。魚が跳ねるのは解るけど、そのタイミングで枝が刺さるように投げるとかどうなってんの？

因みにロマノフ先生はボウズってヤツ。だけど先生が捕まえた水晶蟹の子どもの珍しさは段違い。

「試合に負けて勝負に勝った感じですね」

「明らかに負けてるって」

肩をすくめるロマノフ先生に、ヴィクトルさんから突っ込みが入る。

水晶蟹はレグルスくんも奏くんもビックリしながら触って、そのあとちゃんと沢にお帰りいただいた。

それでやっぱり私のエンペラーちゃんはお持ち帰り決定。奏くんが抱えるほどのニジマスもお持ち帰りだ。残りのお魚は皆のお昼ご飯になる。

ヴィクトルさんの山鳥は、じっくり焼いて夜ご飯にするそうだ。

家でご飯を食べられるのは料理長達が作ってくれてるからだけど、キャンプではそういうわけにはいかない。キャンプでは全部自分達でやらなきゃだ。

ロマノフ先生と奏くんと紡くんがかまどを作って火を熾《おこ》してくれてる間に、私とレグルスくんはヴィクトルさんと河原でお魚の下処理。ラーラさんは山鳥をしめて血抜きをしておいてくれるそうだ。

魚は木の枝に刺して塩を振って焼く分と、捌いてムニエルにする分、それからスープに入れる分に分けた。

塩焼きにするほうも、ムニエルにするほうも、ヴィクトルさんが丁寧に方法を教えてくれる。魚を捌くのは前世でもやったことがあるから、難なく出来た。レグルスくんはぬるっとした感触に四苦八苦してたみたいだけど、初めてにしては随分上手く身と骨を離していた。

タラちゃんはごみ処理とかを手伝ってくれたんだけど、ござる丸はなんと森から食べられる野草を調達してくれたんだよね。凄く助かる。

「れーたん、魚に触れたの初めてなのに中々上手だね」

「うん。にぃにがほうちょうつかうときは、ねこのおてててっておしえてくれたからだよ」

「そうだね。猫のお手々だし、包丁を人に向けないとか、ちゃんと知ってたね。あーたんは基本からきっちり教えたんだねぇ」

「私も料理長からそう教わったんです」

そう言えば、ヴィクトルさんはにこにこ頷いて聞いてくれた。

本当を言えば、私に料理技術の基本を教えてくれたのは、前世の母だ。猫の手だって、前世の母が「猫のお手々～」と言ってた。でもそれと同じく料理長も「猫の手って解ります？」とか、一つ一つ確認しながら教えてくれて。

知識では知ってるけど、慣れるまではその使い方が解らず、随分と手間をかけたろうに。私は思えば自分が教わったことを、レグルスくんへと渡しているだけのことだ。そしてレグルスくんは未来、それを誰かに渡してくれるだろう。

ロマノフ先生が楽しいと言っていたのは、きっとそういうことじゃないかな？

ふっと空を見上げれば青空。

何時か今より大きくなったとき、青空を見れば今日を思い出すんだろう。いや、今日だけでなく色んな日々を。そしてきっと思い出はこれからも増えていくんだ。

なんて感慨深く思っていると、突然レグルスくんが鋭い声を上げた。

「にぃに！」

「ひぇ⁉」

大きな声とともにレグルスくんが弾丸のように飛んできて、私の胴に腕を回して一気に水辺から距離を取る。

その刹那《せつな》、空から何かが落ちてきて川に水柱が上がった。

ロマノフ先生と似たような魚がいたことからも解るように、この川結構深い。なので上がった水柱も尋常じゃないし、私達に振りかかる水もかなりの量だ。

ヴィクトルさんは咄嗟に食事用の魚を抱えて短距離転移してくれたみたいで、私達のご飯はとりあえず無事。

「何事⁉」

レグルスくんと抱き合って驚いていると、暫くして水面に浮いてくるものがあった。ぷかぁっとゆっくりと見えたのが、キラキラと太陽の光を弾く金の髪。髪⁉

「ちょっ⁉　髪って人間⁉　生きてる⁉」

「た、たすけなきゃ⁉」

なかばパニックになってる私達兄弟を他所に、ヴィクトルさんが苦い顔をする。けれど彼は魚を私達に預けると、川の中に歩いていった。

水難救助って下手すると助ける側も巻き込まれる可能性がある。だからレグルスくんにラーラさんやロマノフ先生を呼びに行ってもらおうとすると、近くにいたラーラさんが走ってきた。それで私達の安全を確認すると、ヴィクトルさんのほうへ。

水面に派手に叩きつけられていたから、その音を聞いたんだろうロマノフ先生と奏くん・紡くん達が駆けつける頃には、ラーラさんは落下物を背負ってヴィクトルさんと岸についていた。頼もしい。

とさりとラーラさんが背中からおろしたのは、やっぱり金色の髪の……人じゃなかった。耳がとんがっていて、それはロマノフ先生やヴィクトルさん、ラーラさんと同じ形で。ちょっと違うのは何というか、背丈はそんなに大きくないのに幅が……太ましい。小太り、いや、太ましい。

「エルフにも太ましいひとっているんだ……」

思わず呟くと、ロマノフ先生が「珍しいですね」と、首を傾げた。というか本日三回目くらいじゃない？　先生が珍しいっていうの。

そんな様子に奏くんも首を傾げた。

「そういえば太ってるエルフって聞かないな？　エルフはどんな物語にも痩身美形って出てくるもん」

「そうだよね……」

物語だけでなく実際に美人ぞろいだと思う。ロマノフ先生達は勿論、ソーニャさんもだし大根先生だってそうだ。菫子さんもハーフエルフって言ってたけど、可愛い感じの美人だし。揃いも揃ってシュッとしてる。

勿論この転がってる人も、ふっくらと愛嬌のある顔立ちだ。

なんでそんな人が、いきなり川に落ちてくるんだろう？

上を見上げても青空が広がるばかりで、何かがいたような感じもない。

「身投げ？」

「え？　どうやっていきなり上空から現れるの？」

物騒なことを呟けば、奏くんが首を捻る。やり方はあるんだよなぁ。

それは鬼ごっこでヴィクトルさんがやってみせたことだ。

あれって制空権を取ったからって必ずしも勝てないって、識さんやノエくんに教えるためにやったらしい。

言い分は解る。けど空飛べない筈の人が、いきなり空中に現れたら誰だってびっくりするよね。私だってびっくりしたし。

人は空を飛べないって思い込むこと自体が一つの落とし穴なんだとも言われたけど、私がロマノフ先生の裏をかけたのもそういうこと。先生は私が、正確に言えば杖がだけど、転移魔術を使えることを知らなかったから、あそこで私を一瞬見失っちゃったんだもん。

つまり、この人が身投げだとしたら、何処かから空中に転移してどぼんっと川に落ちた訳だ。

そう説明すると、パチパチと拍手があって。

でもレグルスくんも奏くんも紡くんも、ロマノフ先生やヴィクトルさん、ラーラさんの誰もそんなことをしてない。

「いやぁ、ほぼ正解です。でも自分で転移したんじゃなく、飛ばされたんですよ。釣り上げてもらっちゃって、すいませんねぇ」

苦笑いをする太ましいエルフさんに、私達は思い切り眉を寄せた。

エルフはたしかに痩身美形が多いけども、必ずしもそうって訳じゃないそうだ。

海の向こうのエルフさん達は痩せているより太っているほうが美形って言われているらしい。そこは個体差だし地域差だし文化の違いだそうな。

先生達の故郷、つまりこの近くの里では痩せているのが理想的だけど、引き上げたエルフさん……キリルさんと仰るそうだけど、彼の所属していた文化圏ではそれはあまり歓迎されないとか。

身体にお肉が沢山ついているほうが、裕福で立派な人物なんだって。

「そういえば元は同じ一族だったのが、価値観の違いで枝分かれして、住むところもバラバラになっていったと聞きますね」

「はい。私の先祖がこの辺り出身というので、旅がてらちょっと寄ってみたんですよ。そうしたらお若い人達に出くわして、笑われた挙句にいきなり飛ばされましてねぇ」

「それは……申し訳ないことをしました。どこの者かは私達には解りませんが、後で里長に報告しておきます。それなりの沙汰が下ることかと」

ロマノフ先生が申し訳なさそうにキリルさんに頭を下げ、それに倣うようにヴィクトルさんとラーラさんも頭を下げる。

それにキリルさんは「とんでもない」と首を横に振った。

「揉めるために来たわけではないんです。ただ私は少しばかり頑丈で身体強化も使えましたから何とかなりましたが、他の種族の方々だったらと思うとぞっとします。それさえ注意していただければ……」

汗を拭いつつ、キリルさんは穏やかに魚を食べる。もう五匹目。

引き上げた直後から意識はあったけど、身体が水に落ちた衝撃やらで冷えてしまってた。だから火を熾している所に座ってもらって、身体を温めてたんだよね。そうしたらぐうって派手にキリルさんのお腹が鳴ったものだから、焼いてたお魚を勧めてジャストナウ！

お鍋に沸かしたお湯にペミカンを放り込んだ即席のスープを私が作る傍ら、ヴィクトルさんはご飯を炊いている。

奏くんがフライパンでじゅうじゅう焼けるムニエルを引っ繰り返す近くで、レグルスくんと紡くんが食器の用意。

先生達が用意してくれてたスープカップに、ペミカンのスープを注いでキリルさんに渡すと、彼はにこりと穏やかに微笑んだ。

「いい匂いですねぇ。ペミカンがとてもいい出来ですね」

「あ、はい。うちの料理長が作ってくれたんです」

「料理長さんが……！」

感心した様子でスープを飲むと、キリルさんが目を輝かせる。目じりが下がって本当に美味しいって顔してくれるから、こっちも嬉しくなっちゃうお顔だ。

「素晴らしい……！　三百年ほど旅をしていますが、こんなに美味しいスープはそうそう出会えませんよ。うん、ときめきますね！」

「ときめく？」

独特の言い回しに、レグルスくんが首を傾げた。それにキリルさんは大きく頷く。

「ときめくというのは、心が嬉しくて踊りだすような気持ちをいいます。出会った瞬間に嬉しさで踊りだしたくなるということは、とても喜ばしいことなのです。私はそれを探して旅をしているのですよ」

マグメルで出会った空飛びクジラの長老も、刺激を探して旅をすると言っていたっけ。長く生きるには、心を朽ちさせてはいけない。キリルさんのときめきを探すっていうことも、同じなんだろうか？

「この後も旅を続けられるんですか？」

聞いてみたのは何となくだけど、キリルさんは穏やかに是と首を縦に振った。

「はい。今度は帝都の北のほうに行ってみようかと。なんでも帝都の北には面白い町があるそうで」

「面白い町、ですか？」

「はい。歌って踊るお芝居を見せてくれる歌劇団があると聞いたのです。それに食事が美味しいとも聞きました。そんなに色々ワクワクが多そうな土地、ときめきを探すならば行かない訳にはいきません！」

片手にスープボールを抱えたキリルさんは、空いてる手でグッと拳を握った。なんか聞いたことある町の特徴に、ちょっと口が引き攣った。

いや、いいことなんだよ。人の口から、ときめくことが多そうって言ってもらうのは。そりゃ嬉しいんだけど、ちょっと照れ臭い。

レグルスくんがニマニマしつつ、キリルさんに尋ねた。

「それって、菊乃井っていうまち？」

「はい！　やっぱり有名なんですね！　海の向こうでも、こちらから渡ってきた冒険者が『凄くいい！』と力説していたもので」

「うん。れーもよくしってるよ！　すごいんだから！」

「すごいんですか！　それは楽しみだ！」

こんなふうに、菊乃井に楽しみを求めて来てくれる人がいるっていうのは凄く嬉しいよなぁ。でも帰ったら早速やらなくちゃいけないことが出来た。

それは旅人の安全を保障する街道の整備だ。菊乃井は寂れていたから、若干帝都に続く街道の整備に不安がある。

これは早いところ、ロートリンゲン家とお話し合いをしなきゃ駄目かもしれない。ロートリンゲン家は貴族相手のホテルとかあるから、街道が整備されて菊乃井に貴族のお客さんが来るようになったら、そこにお泊まりしてもらうんだ。それで共存共栄を目指す。

そういう話はゾフィー嬢を通じてあちらにも話はいっていて、ロートリンゲン公爵閣下も乗り気でいらっしゃると聞いた。

考えをまとめている間に、レグルスくんは奏くんや紡くんと一緒になって、菊乃井の良い所をキリルさんに話してくれていて。

ご飯を食べ終わるまで話が尽きることはなかった。

ご飯の後のお茶も一緒に過ごして、キリルさんは夕方になる前に街へ出ようと思うと言って旅立っていった。

彼は私達が菊乃井の関係者だと悟ってたようで、菊乃井での再会を約束したんだよね。

夜になるまでは森の中を探検してたんだけど、ロマノフ先生が途中で姿を消した。

といっても、ソーニャさんからのお呼び出しがあったみたい。

「ほら、キリルさんのことを使い魔で伝えておいたからさ」

「ああ……」

「長が詳しい話を聞きたいって言ってるとかで、伯母さん経由で連絡が来たって」

「それは……大事《おおごと》になります？」

森の中で私達は野草を探してた。ござる丸が採ってきてくれた以外にも、この森には食べられる野草があるんだって。

ハーブの代わりになったり、お茶にして飲めるようなものもあるらしくて、ヴィクトルさんやラーラさん、ござる丸に教わりつつ草を探す。

「大事になるだろうねぇ」

「やっぱり？」

「やったことが悪質過ぎるよ」

そりゃそうだ。

空中に転移させて川の中に放り込むとか、キリルさんが彼が言うように普通より頑丈で身体強化が使える人だったから助かっただけで、そうじゃなかったら最悪のことだって考えられる。

エルフだからって他種族に対して、謂れのない暴力を振るって許されるっていうことはない。帝国とは協定が出来ているから、エルフが帝国人に対して危害を加えたら、犯罪者としてそのエルフは帝国に引き渡される。でも逆はちょっと微妙なんだ。エルフの里の量刑に照らし合わせて、帝国が犯人を処罰する。これはエルフが長命故に禁固二百年とかが普通の量刑で存在するから。因みに禁固二百年は人間の量刑でいえば禁固二十五年くらいかな。

時間の尺度が違うと、そういうところにも影響が出るっぽい。

ぷちっとヴィクトルさんが木に巻き付いた蔦のようなものについている丸い実を採った。見るからにムカゴっぽい。

ぽいぽいと持ってきたボールに入れると、バターで焼いたら美味しいと教えてくれた。

でもやったことの悪質さもそうだけど、ヴィクトルさんには他に気になることがあるという。

「あの人、お若い人達って言ってたでしょう？」

「ああ、はい」

「彼がかけられた魔術って、転移魔術の応用なんだけど」

「はあ」

「最近の若い子たち、転移魔術使えない子が増えてるんだよね」

「え……？」

ざわっとする。

奇妙なほど、心が騒いだ。

信長の焼き討ちと似てるのか？

ここ二百年くらいだけど、エルフの能力低下が著しいそうだ。

とはいえ、魔術の腕はまだまだ人間には追い付けない領域にある。けれどこの二百年で、転移魔術やマジックバッグなどの複雑な魔術が使えないエルフが増えてきているのだそうだ。

でもその複雑な魔術が使えなくなってるっていうこと自体は、先生達が子どもの頃から言われていたことで、どちらかといえば先生達みたいに太古の魔術が使えるほうがちょっと珍しい部類だとか。

それは先生達がエルフの始祖の血を色濃く受け継いでいるからで、エルフの中でも貴種中の貴種とされるお血筋だそう。

「畢竟《ひっきょう》、エルフというのは滅びに向かいつつある種なのかもしれないね」

「長く他の種族を虐げてきたって聞くからね。因果は巡るものさ」

ヴィクトルさんもラーラさんも静かにそんなことを言う。

エルフというのは長く生きる代わりに子どもが増えにくい種族なのだそうだ。というか、長く生きる強い種族って、寿命や強さと引き換えに繁殖能力が低くなる傾向にあるらしい。

これは空飛びクジラとか、ドラゴンや龍が同じような状況にあるからの推測なんだけど、強く長い寿命を持つがゆえに、そうそう新しい命が誕生しなくても滅びないだろうという生物としての判断みたいだ。

反対に人間みたいな個体として弱い部類の命は、産めよ増やせよで絶滅を防ぐ。結果としてその数に、強く長い寿命を持つ種が圧されているのだ。何事もバランスが大事。

とはいえ、そんな寂しいことをヴィクトルさんやラーラさんから聞かされると、こう、胸に刺さるんだ。そりゃ、どう頑張っても私達人間はエルフよりも先に寿命が来ちゃうんだけど。

かつてエルフの始祖には人間の友があって、その友を亡くす悲しみに始祖は心を閉ざし、人間との交流を閉じたという。

だけどその人間に家族はいなかったんだろうか？　友の家族とは生きていけなかったんだろうか？

聞いていいんだろうか、これ。

悩んでいるうちに「湿っぽくなっちゃったね」と、ヴィクトルさんが笑う。

この話はお終いの合図なんだろうけど、お終いなのは「滅びにある」ってとこだけみたいで。

「複数人で力を合わせて一人を襲うっていうのも言語道断なわけだよ」

「ああ、それはそうか」

ヴィクトルさんの解説に奏くんが頷く。全くの同意だ。だけどラーラさんが首を横に振る。

「大事にならないほうがおかしい案件だけど、どうかな？」

「え？」

「実はアリョーシャもヴィーチャもボクも、今回の件大事にならないいんじゃないかって少しだけ思ってる」

「それは……」

ラーラさんの言葉に喉が詰まる。それって、エルフの里では正しい裁きが行われないって、先生達は思ってるってことじゃん？

だいたいキリルさんは文化圏が違うだけで同じエルフじゃないか。同族のエルフでさえ出身地の問題で差別する。それほどまでに先生達の故郷は、どうにかなってしまってるって考えてるってことなんだろうか？

「もし、そうだったらせんせいたちはどうするの……？」

きゅっと眉毛をよせて、ひよこちゃんが静かに尋ねる。奏くんや紡くんも、ヴィクトルさんやラーラさんを静かに見ていた。ぴりっと場が張り詰める。

「そうですね、里ごと焼き払いましょうか？」

おどけた声が聞こえて、振り返ればロマノフ先生が立っていた。転移魔術の名残の光が、先生を取り巻いている。今、帰ってきたのだろう。

一種の緊張感を孕んだ空気が凪ぐ。それにホッとしていると、ロマノフ先生が手をひらひらと振った。

「長が激怒してましたよ。エルフの風下にも置けぬものは、見つけ次第追放処分とする、と」

「そうか」

ヴィクトルさんがロマノフ先生にホッとした表情を向ける。でもラーラさんは片眉を上げて、ふんっと鼻を鳴らした。

「まだそこまで耄碌《もうろく》してなかったようだね、あのジジイ」

「ジジイ……！」

ラーラさんの口から出た「ジジイ」に、私もレグルスくんも奏くん・紡くんもぽかーんだ。

だって普段ラーラさん、そんなこと言わないもん。寧ろ言ったこっちが「お口が悪いよ」って言われるのに、その人が「ジジイ」って！

唖然とする私達に、ロマノフ先生がほんのり苦笑する。

「まあ、頑固ジジイなのは今に始まったことではないですからね」

ロマノフ先生までジジイを否定しないし、ヴィクトルさんだって頷いてる。余程のお年寄りってことじゃなく、相当なんかあるんだろうな。

先生達の様子に頬っぺたを引き攣らせていると、ロマノフ先生が事の顛末《てんまつ》を教えてくれた。

里長は激怒したらしい。

それは同族のエルフに攻撃を仕掛けたってとこじゃなく、複数人で一人を襲ったというところだったとか。

里長はたしかにエルフ以外の種族を見下してはいるけれど、それは貴種のエルフが弱い種族を虐げるなど言語道断という方向性だったらしい。たった一人を複数で、それも価値観が違ったとはいえ同族を襲うなど、高貴なエルフがしていい行いではないと、それはもう怒り狂っていたそうだ。

なんというか……。

「鳳蝶君、今、脳みそ筋肉な人だとか思ったでしょ？」

「いいえ⁉　エルフって文系っぽいのに、実は武人系だったんだなとは思いましたけど⁉」

あらぬ疑いにブンブン首を横に振る。

だけどエルフって本の中じゃ優雅な賢者って感じだけど、実際の先生達、「僕は音楽家だから荒事はちょっと不得意なんだよねぇ」とか言ってるヴィクトルさんでさえ、鬼ごっこでは鬼のごときお振る舞いだったんだよ。エルフって全体的に、その、あの……はい。

段々と逸れていく私の視線に、ひよこちゃん達も察するものがあったのか、同じように先生達から視線を逸らす。

そんな私達に、ロマノフ先生は微妙な顔で笑った。

「とまあ、今回はきちんと大事にしてくれるみたいですよ。あの人は種族に対しての歪みはあっても、まだ善悪に歪みはなかったようですからね。他種族であろう同族であろうと、無辜《むこ》の旅人を傷付ける輩には厳正な対処を今後も約束してくれましたし。多少雑音はありましたが、はね除けていましたよ」

「そうなんですね」

「ええ。そういう訳で、私達は故郷を焼野原にしなくて済みました。良かった良かった」

にこやかに晴れがましくロマノフ先生が胸を張る。けれど「里ごと焼く」と言ったときの目は、底冷えするほど冷たかった。アレは本気だ。そして里長は、そんなロマノフ先生の本気を帝国認定英雄かつ貴種中の貴種である三名の総意として受け取ったんだろうな。

そりゃ今後も厳しくせざるを得ないわ。だってデッド・オア・アライブだもん。犯罪者を匿って、一族全てが皆殺しじゃ割に合わない。

背筋を冷たい風が撫でる。夏なのに少しの肌寒さを感じるのは、きっと森の中だからだ。だって木の葉や枝が日差しを遮ってくれるし、川で冷やされた風がそのまま森に入って来る。そのせいだ。

無意識に詰めていた息を、ゆっくり吐き出す。

ひよこちゃんや奏くん・紡くんも、私と同じく緊張していたのか、ホッとした雰囲気だ。

「それで犯人の目星はついてるのかい？」

「まあ、大体は。最近の子達、転移魔術が使えるほうが少ないので」

「ああ。協力して応用できそうな子達を探すほうが簡単か」

「そういうことです」

ラーラさんやヴィクトルさんの問いに、ロマノフ先生が答える。

でもそういう事件って今に始まったことじゃないって言ってたよね、たしか。

疑問を口に出すと、先生達が肩をすくめた。

「私達エルフの『最近』なんて、一年とか五年とか下手したら五十年くらいのときもありますからね」

「うん。たしか前にエルフが人を襲ったって聞いたのは……十年くらい前だっけ？」

「いや、三十年前じゃなかった？」

おぉう、時間の概念の差が凄いな。

何はともあれ犯人は捜す、そして処罰する。

エルフの里がそういう判断をするのであれば、こっちが気を揉むこともない筈だ。

なので、私達はキャンプに戻ることに。

この川にはお酒に合う魚がいるって、先生達は言ってたんだけどどうも私達の釣り上げた中にはいなかったそうだ。

だから明日はそのお魚を釣ることを目標にして、今日は山で採れたムカゴっぽい実とキノコや食べられる野草を、ヴィクトルさんが捕まえて、血抜きなんかをラーラさんがしてくれた山鳥の中に詰めて焼いたもの、それから昼の魚の骨を炙ったものでとった出汁《だし》を使ったスープで夕飯。

ご飯はやっぱりお鍋で炊いたのがとっても美味しい。

夜空には無数の星。灯りは月と焚火のそれだけっていうのが、また最高に雰囲気を盛り上げてくれて凄く贅沢な気分だった。

先生達、普段は料理なんか出来ないって感じなのに、野営のときはやるから実は結構出来るんだって。ロマノフ先生を除いて、だけど。

ロマノフ先生、そういうのは苦手で三人で旅していたときは、お皿洗いと材料の調達がお役目で、料理はヴィクトルさんかラーラさんが担当してたそうだ。

何処かの遺跡に三人で潜ったときの話とか、今は有名だけど、その頃まだ誰も踏破したことがなかったダンジョンを三人で踏破したときの話なんかを、そのときにした苦労話と一緒に面白可笑しく話してくれて。

三人がいかに助け合って仲良く過ごしてきたのか、本当に懐かしげに話してくれるもので、結局夜遅くまで話が尽きなかった。

三人はそのまま晩酌になったけど、私達は途中で眠くなったのでベッドへ。

その前のお風呂はなんと、前世でいう五右衛門風呂っぽかった。

先生達のテントに備えてあったんだけど、薪をくべて沸かす大きなお鍋みたいなの。広くて四人一緒にお湯に浸かれて楽しかった。

ベッドだって先生達が言ったみたいに広くて、私とレグルスくん、奏くんと紡くんの二人一組でも余裕。折角だから先生達が戻ってくるまで、枕投げでもしようってことになった。

投げるのがボールじゃなくて枕だから、力加減はしないといけない。

「かな、くらえー！」

ぼすっとレグルスくんの投げた枕が奏くんに当たる。でも枕なのでそんなに痛くないみたい。受け取った枕を奏くんは「うりゃ！」と気合入れて私に投げた。

「じゃ、紡くんにパス！」

「はい！　ひよさま、いくよ！」

「こい！　つむ！」

私が受け止めた枕を紡くんが受け止めて、それをレグルスくんに返す。かと思いきや、奏くんの枕が紡くんに飛んで、レグルスくんも両手に持った枕を奏くんと私に投げた。中々戦略家のひよこちゃんですよ。

ボスボスと枕が投げられては受け止められて、またゆっくりだったり早くだったり空を舞う。

きゃっきゃきゃっきゃ笑いながらの楽しい枕投げは、先生達が戻ってくるまで続けられて。

「なんでそんなに息切れするまでやるの？」

「レグルス君と奏君は兎も角、鳳蝶君と紡君はそんなにボール投げとか好きでした？」

「男の子ってこういう遊び好きだねぇ」

私もレグルスくんも奏くんも紡くんも、肩で息するほどの興奮ぶりで、先生達に笑われるくらいだった。

そんな風に遊び倒していたものだから、ベッドに入ると即座にすやぴーって感じだったみたい。

ちゅんちゅん小鳥が鳴いてる声が耳に入ってきたから、目をそっと開ける。まだテントの中は暗い。

ぼんやりしながら身体を起こすと、レグルスくんが豪快にお腹を出して寝ていた。ので、布団をかけてやる。ムニムニをお口を動かしてるけど、よだれがちょっと垂れてて可愛い。

目が覚めてしまった。

だからってレグルスくんまで起こそうとは思わない。また水でも飲んで二度寝しようかとベッドから出ると、不思議なことに気が付く。

テントが結界で覆われている。そして先生達の気配がない。

クルクル見回せば、奏くんと紡くんが横向きで寝ているのが見えた。二人とも同じく走っているみたいな寝相で、奏くんが大で紡くんが小って感じ。

先生達がいない以外に、テントに変わった様子はない。それがまた違和感で、私はそっとテントの入口になっているカーテンのようなものを捲って外に出た。

朝もや。

太陽は昇っているけれど、まだ早朝なんだろう。

おかしな気配はしない……と言いたいところだけど、そうでもなかった。

テントの近くの水辺で、ばちゃばちゃと複数人の足音が聞こえたからだ。でもあちらはこちらには気づいてなさそう。

ほぼ目の前で複数人が動いているのに、誰もこのテントに近付こうとしない。川霧で見えていないのか、或いは結界に阻まれこちらが見えていないのか。そのどちらかを見極めようと目を凝らす。

すると川霧の中に人影が見えるようになった。それは四人分で、三人が後ろを気にするように走っていて、後からくるもう一人は悠然と歩いている様子。

前の三人が後ろの一人に追われている？

どういうシチュエーションなのか分かりかねて首を捻っていると、三人組のうち一人が川の流れに足を取られたのか転ぶ。

それを残った二人のうち、一人は見捨てて逃げようとし、もう一人は腕を取って立ち上がらせようとしていた。

けど上手く立ち上がれない間に、後から歩いて来た一人がやって来るのに、転んだ誰かの腕を引いていた誰かも尻もちをつく。まるで怯えて足を縺れさせたかの様子だった。

けれど追いついた一人は、座り込む二人の傍まで来ると、腕を先に逃げた一人に向かって伸ばす。

するとごうっという音と共に赤い塊が現れて、先の逃げた一人に向かって凄いスピードで飛んでいった。

アレは、ちょっとまずいんでは？

事情が解らないけれど、飛んでいったものは解った。

炎の塊、恐らく初級の攻撃魔術。でも火の玉の大きさは私が一抱えできるスイカの大きさくらい。普通の初期の攻撃魔術で出せる火の玉の大きさはリンゴくらい。威力は段違いだ。

考えるまでもない。

私は指を二回鳴らす。一つ目は自分に向かって放たれた火球の大きさに、腰を抜かし座り込んだ誰かを拘束するための猫の舌の発動。二回目は火の玉を打ち消す氷の壁を出現させるためだ。川べりなんだから水は沢山ある。

じゅわっと氷の壁にぶつかった火球が、それを僅かに溶かして消滅したのを見届けて、私はもう一回指を鳴らした。今度は火球を投げた誰かの足元にいる二人を拘束するための猫の舌だ。

ゆっくりと氷の壁が溶けて生じた水蒸気と共に、川霧が晴れていく。

四人とも私が傍にいたことに、やっぱり気が付いていなかったようだ。驚きに目も口も大きく開いてしまっている。

でも私だって驚いた。

猫の舌に拘束されている三人も、火球を投げた一人も、みんなお耳が尖っている。

違うのは三人が金髪碧眼白い肌の少年達だったことに対し、一人が銀髪に色の濃いレグルス君より濃い褐色の肌に赤い瞳の少年だったことだ。年の頃は双方十四、五くらいに見える。

何事よ？

喧嘩？　縄張り争い？　よく解んねぇなと思っていると、銀髪のほうが私を見て憮然とする。

「貴様、邪魔立てするなら容赦せんぞ？」

「え？　邪魔も何も、安眠妨害したのそっちですけど？」

容姿は双方美形も美形、痩身の美しいエルフさん達だ。けど、態度が若干違う。

拘束されてるほうはキャンキャンと「放せ！」とか「下賤な人間風情が⁉」とか小者チックに喚いているけど、銀髪のほうは私を睨むだけで機嫌は悪そうだけど泰然自若としてる。

つか、三人組のほううるせぇな。

口を塞ぐように触手で巻いてやっても、まだむぐむぐ煩《うるさ》い。でも私の態度が銀髪の人には面白かったのか、口の端が僅かに上がった。

「詳しく聞いても？」

「面白い芸当を見せてくれたからな。その礼はしてやる」

「はいはい。じゃあ、お願いします」

触手で巻いた三人はそのままにしておいて、私は銀髪のエルフさんの話を聞くことにした。

言語の通じる素晴らしさ

彼は南アマルナ付近にある、エルフの里の人だそうだ。

成人に際して、南アマルナ付近のエルフは「エルフの聖地」という場所を巡礼するとか。

この付近ではロマノフ先生達の故郷の世界樹がそれに当たる。なので近々成人を迎える彼も、風習に倣い聖地巡礼に来たそうだ。

そうしたらいきなり私が拘束している三人組に襲われたという。

「へぇ、そうなんですね。そういえば昨日もエルフさんが襲われたんですよね」

「昨日も？」

「ええ。昨日の方は空に転移させられて、そこの川に落とされた所に出くわしまして」

河原の座りやすそうな石に腰かけて、話を聞く。

一度お茶のためにコップと鍋を取りにテントに戻ったんだけど、幸い皆すやすや寝てた。

魔術で氷を作って鍋の中に落とす。そしてその鍋をこれまた魔術で熾した火にかけた。その一連の流れを、彼は優雅に眺める。

「貴様、魔術を随分と生活の中に取り入れているな」

「え？　使えるんだから、使ったら良くないですか？」

「そうだな。使えるものは何でも使って、己を高めるのは生き物の義務だ」

そんな高尚な話だっけ？

単にお茶が飲みたいってだけなんだけどな。お茶自体はロッテンマイヤーさんがブレンドしてくれたやつを持って来てたから、それを使う。

ロッテンマイヤーさんのお茶は彼も気に入ったのか、への字に引き結ばれていた唇が、ほんの少し綻んだ。だけでなく、ぐーっというお腹の音さえも聞かせてくれる。

そういえば早く起きすぎて私もお腹空いてきたな。お茶を飲んでしまってから、ちょっと待っていてもらうように、銀髪の彼に声をかけて私はテントへと戻った。

そして食糧庫を探ると、小麦粉と塩と油を見つける。ついでに昨日の山鳥のローストも少し残っていた。

それとフライパンを持って、彼の前に戻る。

「お待たせしました」

「ああ」

ぶっきらぼうに返す彼のコップに、鍋に残っていたお茶を注いでしまう。それから鍋にまた氷を入れて、その解けた水で私のコップと鍋の中を濯《すす》いで捨てた。

空になった鍋に小麦粉と塩を放り込んで混ぜて、私のコップに氷を作る。それを溶かして水を作ったら、半分ほど鍋に注いだ。それで鍋の中身を手で混ぜて捏《こ》ねていく。粉が手に纏わりつくんだけど仕方ない。水を少しずつ入れたり、油を入れたりすると、やがて粉はまとまってきた。

それを広く平らにして、油を薄く塗ったフライパンの上にのせる。フライパンはちょっと重かったけど、火にかけるとすぐに小麦粉を捏ねて平たくしたものが、焼けて薄いパンになった。あれ、前世のチャパティってやつっぽい。もう少し生地の段階で寝かせるとより良いと思うんだけど、今回は緊急なので。

山鳥を焼いたお肉を少し温めて、薄焼きパンに捲くと銀髪の彼に渡す。それを受け取ると、彼は「馳走になる」と言って一口齧った。

「……素朴だな。が、旨い」

「山鳥が美味しいからですね。皆がいたらもっと美味しいものが食べられたと思うけど」

先生達いないし、レグルスくん達寝てるし、そんな状態で持ってきたパンに手を付けるのもちょっと。

そう考えて即席で作った訳だけど、即席の割に美味しいのはやっぱり昨夜の山鳥のローストの美味しさだろう。肉汁とか薄焼きパンが吸ってるし。

私もラップサンドを齧って、またお湯を沸かす。今度は銀髪の彼が「食事の礼だ」と、鍋の中に花の蕾《つぼみ》のようなものを二つ放り込んだ。

蕾は水を吸って徐々に綻び始める。ややあって完全に花開いたそれからは、蜂蜜のような甘い香りを漂わせた。

「蜜月草の茶だ。飲め」

「ありがとうございます」

鍋の中で開いた真ん丸な花は黄色く、淡い光を放つ。彼のコップにも一輪、私のコップにも一輪。それぞれ愛らしい花が甘い匂いをさせて咲いている。

これでバックにムームー唸る煩い三人がいなきゃ、最高なんだけどな。だって銀髪の彼、めっちゃ美形だし。男女問わず美形に弱い私には、凄く目の保養なんだよねぇ。

そりゃ猫の舌でふん縛ってる三人だって、たしかに顔の造作はいいよ。良いけど、それだけ。ぐっとくるものがない。

もうちょっとお話ししたいと思わせるのは、うちにある知性が美貌を引き立たせるからだろう。知性のない美は飽きるけど、美に知性が加わると最強だ。

「ところで、貴様。アレらをどうする?」

「どうとは?」

「奴らは余に危害を加えようとした。余としては、それ相応の罰をくれてやろうと考えている」

そう言われると、どうしようかと思う。

私には彼らを助ける義務はないんだよね。ついでに言えば、本当は揉め事に介入する権利もなかった。

そこを介入したのは、目の前で人死にが出そうとか、そういう物騒なのはご遠慮申し上げたかったからだし。

「そうですね。私が彼らを解放したら、貴方は彼らをどうします?」

「処す」

「えぇっと、燃やす感じの理解でいいですか？」

「ああ。消し炭にしてやる」

だよなぁ。

だってあんなに初級とはいえ、火力の強い魔術ぶつけようとしたんだもん。殺す気だわな。

彼の堂々とした答えに、視界の端にいる三人ががくがくと震えだす。

エルフ同士の決闘とか、殺傷事件ってどうジャッジされるんだっけ？

人間とエルフの判例は教わったけど、エルフ同士は流石に範囲外過ぎて教わんなかった気がするぞ。

少しどころか結構悩むぞ。だって多分この人達が、昨日のキリルさんへの暴行の犯人だろうし。

流石にそう何人も旅人に危害を加える愚か者が存在するとは、ちょっと考えにくい。考えたくないってのもある。

「あのですね、彼らに気になることを聞いてもいいですかね？」

「気になること？」

「はい。昨日も外のエルフさんが襲われたとお話ししたと思うんですけど、その犯人ももしかして彼らなのかな、と」

「ならばさっさと聞け」

「ああ、はい」

ふんっと鼻を鳴らす彼は、話の分かる人のようだ。エルフって他種族を見下してるっていうけど、そうでもない人もやっぱりいるんだな。

そう思いつつ、三人にかけた猫の舌を少し緩める。話せるように口元を出してやると、途端に文句が飛び出てきて鬱陶《うっとう》しい。煩いなぁ。

「煩いとはなんだ」

「そのままですけど？」

キャンキャン吼えるその一を睨むと、情けなくも「ヒッ⁉」と悲鳴があがった。

エルフが弱体化してるっていうのは本当だろう。ヴィクトルさんの鑑定眼がなくたって解る。彼らの身体から感じる魔力放出が、異様に小さいんだ。猫の舌から抜け出そうと、身体強化を使って触手を引き千切るつもりでいるようだけど、そんな程度の強化で私の魔力で作った触手が解けるものか。

そしてそんな無駄な努力をするってことは、彼らには私との力量差が解っていないってことだ。因みに銀髪の彼は、私と自分の力量を考えて私とお話しするのを選んでくれたみたい。話が通じるって素敵なことだよね。

ちょっと静かにしろよ。そういう意味を込めて、触手の圧を強くする。すると途端に静かになった。

「質問に答えてもらえます？」

「何だよ⁉」

「人間の癖に生意気だぞ⁉」

キャンッと躾《しつけ》の悪い犬のようにエルフその二とその三が吼えた瞬間、彼らの頬を鎌鼬《かまいたち》が切り裂く。

三人の金の髪と血が、僅かに河原に散った。

「貴様ら、考えて話せよ？　余はその人間ほど気は長くないぞ」

「だそうですよ」

銀髪の彼が放った魔術は、私には触れなかった。

質問を続ける。

「昨日、体格の豊かなエルフさんが川に投げ込まれたんですけど、貴方方、何かご存じではない？」

「あんな肥え太った醜いやつと、高貴な我らを一緒にするな!!」

「あんなのがエルフだと思われたら我らの恥になる！　だから身の程を弁《わきま》えさせてやっただけじゃないか!!」

「な、何が悪い！」

「あー……なるほど」

悪びれもせず吼える三人に、私と銀髪の彼は生温い視線を送り合った。

「吼えるのは結構ですけど、身の程を弁えるのはそっちですよ」

腕組みしつつそう言えば、銀髪の彼も頷く。

だってそんな触手に巻き付かれて逃げ出せもしない輩に、身の程云々なんて言われても。

憐れみと呆れを込めて三人を見ていると、彼らの顔が真っ赤になる。馬鹿にされたと思ったんだろうけど、不正解だ。馬鹿にするほどの興味はない。

キャンキャンと騒ぐ彼らの言い分をまとめると、高貴なエルフである自分達は下々の種族の輩には何をしても許される。強い者、力を持つ者こそが正しい。弱い者は強い者に踏みにじられて当たり前なんだそうだ。

彼らの主張を聞き終えて、私はため息を吐き、銀髪の彼は鼻で嗤う。その蔑んだ響きに、三人が激高したのは言うまでもない。

「で、どうする」

「どうすると言われましても」

けたたましく喚くのをBGMにしながら、銀髪の彼が私に視線と言葉を送ってくる。私としてはロマノフ先生に引き渡して、このまま忘れてしまいたいところだ。けど、銀髪の彼はそれを承知してくれるだろうか。

彼に私の家庭教師がエルフであること、その教師が里から他種族に危害を加える輩がいて、その不届き者は捕らえられ次第里の法に従って罰せられることになっていると聞いていることを伝えた。

それに対し、彼は「信用ならない」と言い放つ。

「捕まり次第処罰される筈の輩が、何故自由になっているのだ？　処罰すると言っただけで、実際は野放しにしているのではないのか？」

「それは……私には解りません。私が信じるのはエルフの里でなく、私の先生ですから。ただ私の先生は厳しい人です。エルフの里が先生を欺くなら、それ相応に報いるでしょう」

睨み合うように、銀髪の彼と視線を交わす。

ややあって、銀髪の彼は鼻に皺を寄せて不本意そうに口をへの字に曲げた。

「貴様の師というと、貴様より強いのか？」

「強いですよ。私はまだ本気で相手をしてもらったことはありません」

「そうか」

そう言うと、銀髪の彼が舌打ちをする。まあ、なんだ。彼より私のほうが強いって判断の上で、更にその先生には勝てないのが解るからこその舌打ちなんだろうな。

これってあんまり気分はよくない。だって被害者に我慢させてるようなもんだから。

なので、ロマノフ先生やヴィクトルさん、ラーラさんに言われたことを、彼に提案してみる。

「あの、私、先生から不逞の輩に遭遇して、何か仕掛けられたら反撃していいとは言われてるんです。でも『七割殺すくらいで勘弁してやって』と言われてるんですよね」

「余にも七割で我慢しろと？」

言葉の意図を組んで、銀髪の彼がジト目をこちらに向けてくる。頷けば、嫌そうな顔をされた。

「目には目を、歯には歯をっていうじゃないですか？　アレはそれくらいで許しておやりという慈悲です。同じことを仕返しすれば、憎しみや悪意に際限がないでしょう？」

「……復讐は意味がないと？」

「そんなこと言いません。復讐はこちらの気を晴らすことですから。でも相手に復讐の機会を与えないためには程ほどで済ますほうがいいかと。被復讐側に対して『これで済ませてやったんだから感謝しろ』と、我慢と憐れみを押し付けてやれるじゃないですか」

「貴様、中々雰囲気どおりどす黒いな」

「よく言われます」

認めたくないけど、こっちとら親友も認める悪役面だ。うっそりと笑うと、にっと銀髪の彼も笑う。すっと彼の手が持ち上がって、私の頬に触れた。警戒心が僅かに頭を擡《もた》げるけれど、視線を逸らしたら多分そのほうが危ない。したいようにさせたほうが良いだろう。黙って触れられるままにしていると、彼が「ふぅん？」と小さく零した。

「貴様、余の傍仕《そばづか》えにならぬか？　余は種族なぞ問わん。使えればそれでよい」

「お断りします。お仕えする方はもう決めていますから」

「どこの誰だ？　貴様一人奪うことなど、余には造作もないぞ」

「私が抵抗しないことが前提で、ですよね？」

おめー、私のほうが強いんだぞ。この野郎。

そういう意味でへらっと笑えば、銀髪の彼がムッとする。しかしそれ以上何も言わないところを見ると、力に訴える気はないようだ。まあ、ここで力に訴えたら、彼が見下げてるエルフ三人と同等の扱いをするしかなくなるんだけど。

っていうか、余だの傍仕えだの、もしかして彼はエルフでも高貴の出って人なのかもしれないな。

北アマルナ王国と帝国は条約が結ばれてて、ある程度地理や文化の情報も入ってくる。でも南アマルナ王国とは友好どころか接触もないみたいな状況だから、情報が中々なくてあちらの地理だのなんだのって結構謎なんだよね。だから南アマルナ王国に住んでるエルフがどんな感じかっていうのを、少なくても私は解ってない。先生達なら或いはって感じだけど、そもそも帝国の地理すら苦手な私に、南アマルナのことは早いだろうさ。先生達も触れようとしない。

いい機会だから、帰ったら聞いてみよう。

好奇心に蓋をして、銀髪の彼を柔く押し返す。

そんな話をしてるときも、捕まえた三人はキャンキャン煩いわけだ。根性だな。

私は何故かこういう煩い輩と事を構えることが多いから、吼えてることに関しては「元気だなぁ」くらいで済むんだけど、銀髪の彼はそうじゃないみたい。

私が押し返した手を三人に向けた。音もなく射出される尖った氷の礫が、三人の顔のど真ん中に当たる。三人は痛みに悲鳴を上げて悶えた。悶えられるっていうことは結構手加減してくれてる。

中々話の通じる人で良かった。

「これならいいか？」

「いいんじゃないですかね。七割だったら許されるので、続けるかどうかはお任せします」

私はその間にさっきのチャパティを焼いておこうかな？

先生達が結界を敷いたままお出掛けなのも気になるし。

動きだした私に、エルフの三人が「こんなことをしていいと思っているのか⁉」という声が届いた。

「いけない理由ってなんですか？」

気になったので聞いてみると、エルフその一が鼻から血を流しつつ叫んだ。

「我らは高貴なエルフだぞ‼」

「そうですか。でもそれなら私だって高貴の出ですよ。爵位がありますから。エルフの皆さんは爵位はお持ちで？　ないなら平民ですよね？　帝国では私のほうが高位ですよ？」

そんな返事が返ってくるとは思わなかったのか、その一もその二もその三も唖然としている。銀髪の彼は肩をすくめてはいるけれど。

エルフが高貴だのなんだのっていうのは、エルフの価値観だ。人間の価値観に当てはめれば、高貴っていうのは貴族のことを指し、爵位を持たないものは総じて平民ということになる。つまり私のほうが彼らより上位者だ。

そんなことを言えば、銀髪の彼がエルフその一、その二、その三に追い打ちをかけるように「だそうだぞ？」と嘲う。

あと何だ？　強い者・力ある者が正義で、弱い者は強い者に踏みにじられても仕方ない、だったか。

「その主張を是とするなら、貴方方は今の状況を甘んじて、その命を即刻差し出すべきですね。だって貴方達より私のほうが強い。強い者が正義なら、より強い者に貴方方が蹂躙されるのも正しいことでしょう？　被害者である彼が、貴方達に手加減しているのも、私のほうが彼より強いから。彼は私の『七割殺しで許す』に従ってくれてるだけにすぎません」

穏やかに「ですよね？」と銀髪の彼に話を向ける。彼は不機嫌丸出しで「不本意だがな」と、三人に向かって吐き捨てた。

やっと三人は自分達の置かれた立場を理解したのか、赤かった顔から血の気が引いて白くなっていく。

「さて、ここで貴方方に問題です。私は『七割殺しで許してあげて』と彼にお願いしました。しかし、助けられる側が、命乞いをしてあげていることに気付いてくれません。なのでそれも面倒になってきました。ここで私が彼に『面倒なので、もうどうにでもしてください』と言ったとします。

貴方方はどうなるでしょうか？」

穏やかに歌うように言えば、銀髪の彼が両手に魔力を集中させた。

「実地で正解をくれてやろう」

手の中で小さな光が、やがて火花を散らして無数の稲妻に変わった。バチバチと光が彼の手の中で弾けて、ほんの少しだけ大きな岩へと当たる。それだけで岩が木っ端みじんに砕けた。

エルフその一、その二、その三は、その光景に拘束されていてすら分かるほど震える。

「助けてくれ」とか「ほんの出来心で」とか言ってるけど、出来心で殺人未遂が起こせるんなら、こいつらは危険人物以外の何ものでもない。出来心がエスカレートしないとも限らないんだから、それって赦しを請う材料にはならないんだよね。寧ろ悪戯で誰かを殺す危険性があるから、被害が出る前に今のうちにどうにかしておくっていう判断もあるだろう。

そう言えば三人が「やめてくれ」と泣きわめく。

「貴方方に『そんなことはやめてくれ』って請うた人達の言うこと、聞いてあげました？」

「聞く訳がないな。余は一応、無益なことはよせと言ったがこれだぞ？」

三人に聞いたことだけど、銀髪の彼が胸を張って答えてくれる。それならやめる道理もないわけだ。

呆れを前面に出して大きくため息を吐けば、銀髪の彼が「茶番はもういい」と口にした。そして「死ね」と冷たく告げて、手の内の稲妻を放つ。

悲鳴を上げた三人はその光に呑まれた、が。

「……貴様」

「私、まだ『どうにでもしていい』って言ってませんよ」

猫の舌がひょいっと影から三人を取り出す。

稲妻が当たる瞬間に、触手が三人を触手の影へと引っ張り込んだのだ。

でも三人は気絶しているし、何なら口からは泡を噴いているし、下は色々垂れ流している。余程怖かったみたい。

「まあ、こんなところじゃないですか？　腹立ちもごもっともですけど、それならこの三人の命を取るよりももっと有益な償いを求めてもいいですし」

「有益な物？」

「お金ですよ。この三人を連れ歩いても、物の役には立たないかもしれないし、かえって面倒でしょう。でもお金はあれば大抵の物は買えるし、大抵の不便は解消できる。便利な道具です」

だからこそ賠償はお金で支払われるもんなんだけど。

提案に対して銀髪の彼は鼻を鳴らす。興味がないって感じ。でも旅をするなら元手はあったほうがいいだろう。そう言えば彼は「旅費はある」と素っ気ない。

だからって私は彼に手を汚させる気はないから、ちょっと困るな。しかし私のそういうのを察したのか、彼は首を横に振った。

「もういい」

「えー……」

「余も強い者こそ正義というのには同意する。であれば貴様に勝てん以上、余は貴様の決定に従うべきだろう」

「そうですか」

「それにもう行かねば。旅程があるのでな」

そう言って彼が東の空を見る。すっかり靄が晴れて、太陽が輝く。爽やかな夏の空が、そこにはあった。

彼の荷物は、背負ったずだ袋だけのようだ。だったらと思って、ラップサンドの残りを彼に渡す。

「まだ、お腹空いてるんでしょ？」

「ああ。貰っておこう」

そうして彼は私に背を向けて歩き出した。しかししばらく行って、不意に歩みを止める。それから振り返ると「ファルーク！」と叫んだ。

「余の名だ！」

「鳳蝶です！　私の名前！」

手を振って、声を上げた。届いただろう。彼はたしかに私に手を振った。

彼の背が小さくなって、豆粒のようになって、やがて消える。

世の中は広い。彼のような人もいる。そして彼らのような者も。ちらりと視線をエルフその一、その二、その三に視線をやれば、彼らはまだ目覚める様子もない。

どうしたもんかな、これ？

レグルスくんや奏くんや紡くんが起きてくる前に、どうにかしたいんだよなぁ。先生達がいたら速やかにエルフの里に引き渡しが出来るんだろうけど、生憎とお出かけ中だ。

もういっそ面倒だから山にでも捨てようか？　でも彼らが目を覚ましてまた悪さをしても困るしな。

そう考えていると、河原に魔力の渦が出来る。空間が歪むようなそれは、何度も見た転移魔術の魔力の渦だ。

瞬く間に渦が光って、そこからロマノフ先生とヴィクトルさん、ラーラさんがひょっと現れた。

「あれ？」

ロマノフ先生が私に気付く。なので「お帰りなさい」と声をかけると、三人とも「ただいま」と返してくれた。そして私の頭をそれぞれ撫でた後、背後に積み重ねているエルフその一、その二、その三を見つける。

ロマノフ先生が眉間に手を当てた。

「遭っちゃいましたか」

「え？　なんです？」

「その三人。襲われたんでしょ？」

「いや、私じゃない人がですけど」

三人に私が彼ら三人を捕らえた経緯を報告すれば、それぞれに凄い顔をした。主になんか笑いを堪えているような。

「なんで堪えてるんですか？」

「いや、ラーラがさぁ！」

気になって尋ねたらヴィクトルさんがラーラさんを指差す。ラーラさんは何だか解んないけど、ぶはっと噴き出して大声で笑い始めた。

ロマノフ先生が大きく息を吐いた。

「実は、里長に呼び出されたんですけどね」

それで始まった話っていうのが、あの三人がエルフの里から脱走したってことだったそうだ。

キリルさんに危害を加えたとして、あの三人はきちんと捕まったのだという。しかし彼らの親が、子ども可愛さに彼らを逃がしたんだそうだ。ほとぼりが冷めるまで森にでも隠れさせるつもりだったみたい。それなのに彼らは愚かにも捕まった鬱憤を晴らすのに、ファルークさんを襲ったようだ。阿呆は死んでも治りそうもないな。

夜明け前の呼び出しで、私達は寝ていたから、先生達は起こさないように結界を敷いて安全確保してから、里にでかけていったんだって。

それで里長は三人を見かけたら捕まえてくれって、先生達に依頼するために呼びつけたとか。

そうしたらラーラさんが「まんまるちゃんに泣かされて帰ってくるだろうさ」って長に言ったっていうじゃん⁉

「待ってください。それじゃ私がいじめっ子みたいじゃないですか？」

「でも心をめきょめきょに折ってやったんだろう？」

「折れてないです。……多分」

「多分？」

「きっと！」

「きっと？」

尋ねる先生達がエルフその一、その二、その三をじっと見る。上から下から色んな液体や固体を垂れ流して気絶する姿は、たしかにイジメたと思われても仕方ないけど。断然違うから！

半分くらいは責任があるかもしれないけど、共犯者はいた訳だし。

「まぁね、君達に七割殺していいって言ったのは、他人に害意を向けたらそれを返されて当然なんだというのを知らしめるためでしたけど。私達の思ったとおりの展開になった訳だ」

「まあ、お役に立てましたら何よりです」

若干納得いかないものは感じるけど、この件でやっぱり私もファルークさんもお咎めはないようだ。

先生達はきっちり、三人が私達菊乃井の子どもに絡んでやり合った場合、仮令九割殺していてもお咎めなしっていうのを、長に確約させていたそうな。私達は分別は知っていても手加減は苦手な子ども達なのだということで。

実際には私は怪我はさせてないんだから、心外な言い様だ。もっとも精神のほうは知らないけど。

それで彼ら三人は人間でいえば幼年学校に入ったくらいの子どもなのだそうで、咎めは本人と親が負うことになる。しかし今回はその親もやらかしているから、親子共々どうなることやら。良くてエルフの里で苦役、悪くて魔術を封じられてとあるところに預けられるんだとか。何処かは詳しく教えてもらえなかったけど、彼ら誇り高いエルフがその誇りをひたすらに踏みにじられる場所だそうだ。

「これで一件落着、かな？」

凝った肩を揉み解《ほぐ》していると、テントの扉がバサッと開く。

「にぃに、おはよう！」

ひよこちゃんが元気に飛び出してきた。

夏休みの終わり、もう一つの釣りの始まり

ぴょんっと寝ぐせもそのままに、レグルスくんが飛びついてくる。

その後ろから奏くんと紡くんも出てきて、大きく伸びをした。

顔を洗って着替えて。

キャンプだけどこの辺は家にいるときと変わらない。

朝ご飯は私が用意したチャパティに、先生達が里で貰ってきたおかず……豆のサラダとかモンスター牛のローストや、ミルクスープだ。

「にぃに、なんでおきてたの？　れーもおこしてよかったのに」

「お水飲んでもう一回寝ようと思ったんだけどね」

一人で先に起きていたことをレグルスくんに聞かれたので、皆が起きてくる前にあったことを正

直に話す。すると奏くんが「はー」と大きく息を吐いた。

「若さま、本当に色んなやつ引っかけるな？」

「好きで引っかけてる訳じゃないってば」

不本意です。

そういう顔をすると、首を横に振られる。

「騒動のことじゃないって。そのファルークってやつ」

「でも、奏くん達起きなかったじゃん」

「それはそうだけど」

あのファルークさんがガンガン魔術を使ってても、レグルスくんも奏くんも起きてこなかった。ということは先生達の結界が安全だったからっていうのもあるけど、起きなくてもどうということもない状況だったんだろう。彼は私に殺気は向けなかったし、そもそも「処す」とは言っても殺気立ってるわけでもなかった。ただ彼の「処す」は本気ではあったので、雑草を引き抜くくらいの感慨しかなかったのかもしれないけど。

そんなようなことを零せば、奏くんは苦く笑った。

「そら、しゃーなしだ。キリルさんやそのファルークとかいう兄ちゃんを襲った奴らは、単に面白いからそうしたんだろう？　それこそ、その辺に止まった鳥に石を投げるような軽い気持ちで。だったら雑草を引き抜くくらいの気持ちで殺されかかっても、自分らがしたのとそう変わらねぇじゃん」

「まあね。武器を向けたら、その相手に同じことをされても仕方ない。自分が相手に敵意を抱くように、相手からも敵意や殺意を抱かれる。そう考えないほうがおかしいって私も思うけど」

「だいたい何もしてなくても、嫌われることもあるのにな。何かしたら確定で嫌われるっての」

そのとおりだ。だからこそなるべく敵愾心《てきがいしん》を持たれないよう、人は他者に親切だったり礼儀正しくあるように心がけるんだ。

そうしていてさえダメなときはダメなのに、自分から敵意を持たれる行動に走るのは言語道断だよね。

「耳の痛い話ですが、驕《おご》りもあるんでしょう」

ロマノフ先生が静かに言う。紅茶のカップを持つ姿は、エルフとはこういう感じっていう美しさがある。何度も言うけど、私は美人とか美形が好きだ。大好きだけど、それでも何でもいいって訳じゃないんだよ！

「おごり？」

小さくレグルスくんが呟く。

それに対してヴィクトルさんが苦い顔で口を開いた。

「僕達は強い種族だからね。万能感が強いんだ。おまけに閉じた世界で生きているから、他者の力量を測る力もないし。輪をかけて自分の力を過信しているから、負けるなんて思ってないんだ」

「そういえば、ファルークさんはそういう感じじゃなかったですね」

聞いてるエルフのありようと、ファルークさんは少し違う感じがした。

ちょっと話し方が偉そう、げふん、古風だったけど、彼はきちんと私と彼とエルフその一、その

二、その三の力量を鑑みて、私のほうについてくれた。私が弱かったらどうなっていたかは解らないけど、きちんとこちらを尊重してくれたのは、他者とのかかわりを知っていたからだろう。
南アマルナのエルフと帝国付近のエルフは違うのかもしれない。

そういえばラーラさんが「ふむ」と顎を擦った。

「南アマルナのエルフは魔族との融和を選んだそうだよ。だからこっちのエルフとはかなり違う感じになっているのかもしれないね」

「魔族と融和……。なら社交性はほぼ人間と断絶しているこちらとは雲泥の差かも？」

「そうですね。魔族も南アマルナは選民思想が強いといいますが……」

「案外違うのかもしれない」と、ロマノフ先生は言う。

先生達も世界を巡るとはいえ、一度行った土地に次に行くのは三十年後とかザラらしいので、当然次行ったら全然違うこともあるそうだ。

そんな話をしつつ、朝ご飯終了。その間外で気絶している三人は、ヴィクトルさんが連絡した里の人に連れて行かれたみたい。

キャンプ二日目開始。

今日の狙いはお酒にぴったりな魚を釣り上げること。

昨日は普通の鱒やらモンスター鱒が釣れたから、もう少し上流で釣ってみようということになった。

なんでもそのお酒に合う魚はモンスター鱒がいるところより、上流にいることが多いそうだ。なのでそういうことに。でもこれがさー。

ごつごつの山道を登っていくんだけど、これがきっつい。

私だってエルフィンブートキャンプの参加者で、体力がない訳じゃないけど、それでも肩で息するくらいだ。

だけどですよ、ひよこちゃんも奏くんも、なんなら紡くんも平気そう。若干紡くんがペース遅い感じだけど、それでも私の前を歩いてるんだよね。

なんでさ？

先を行く背中を見ていると、私の後ろで安全確認してくれているラーラさんが笑った。

「叔父様のフィールドワークは結構な山道も行くらしいからね。兄弟子や姉弟子が岩場の歩き方とか、そういうところに行くための準備を教えてるんだってさ」

「へぇ……」

「大所帯の子どもって、大体上の子が下の子の面倒を見るんだよね。あそこは自然にそういう文化が出来たらしい。最終は叔父様がきちんと一から教えるんだけど、最近はきちんと上の子たちが教えておいてくれるから、復習をする感じなんだってさ」

「ははぁ」

そういうコミュニティーが出来るほど、大根先生の教え子は沢山いて世代が別れるってことかな。

ぜーぜーはーはー言いつつ岩場を登りきると、そこには狭いながらも清流っていう感じの川が。

綺麗なだけでなく苔むした岩があったり、小さい花が咲いていたりと中々趣がある。

適当に広い場所にヨーゼフから貰った敷物を敷くと、そこにお昼ご飯を詰めて持ってきたバスケットをおいて釣りをスタート。

ヴィクトルさんはやっぱり釣りは苦手だそうで、敷物の近くでかまどを作ってお昼の準備をしてくれるとか。

ロマノフ先生とラーラさんは私達と一緒に釣りをするそうだ。だけどロマノフ先生と違ってラーラさんは釣り竿を持っていない。レグルスくんと奏くんもそう。

どういうことなの？

そう思いつつ、私はロマノフ先生と紡くんと一緒に釣り糸を垂らす。

ぼんやりと穏やかな時間が流れていた。普段だって特に忙しくない日は穏やかに過ごせている筈なんだけど、やっぱり森や川は近いようで遠いところにあるものだから特別感あるよね。

のんびりしていると、川べりで流れを眺めていたラーラさんが小石を拾う。そしてすくっと立ち上がると、その石を川に向かって投げた。

ひゅっと音を立てて小石が水面すれすれを飛ぶ。飛び石みたいに少しだけ水面に当たって、三回目の着水寸前水面から飛び出した魚に石が命中した。

ぼちゃっと音を立てて魚が川に落ちる。それをラーラさんが棒を使って引き寄せた。

「獲れたよ」

そう言って尻尾を持って見せてくれたけど、蒼い鱗がキラキラしていて凄く綺麗。

前世でいうなら鮎《あゆ》くらいの大きさ。

凄いなと拍手していると、奏くんが小石が拾って立ち上がる。レグルスくんもだ。そして二人がひゅっと石を飛ばすと、ラーラさんが見せてくれた魚が水面を跳ねた後ぼちゃぼちゃと水の中に落ちていく。

ズボンの裾をまくって靴を脱いで、レグルスくんと奏くんがその魚を拾ってきた。

やっぱり鱗の蒼い鮎くらいの大きさ。

ロマノフ先生が嬉々として、その魚を菫子さんの籠に入れる。

「これの内臓を塩漬けにすると美味しいんですよね」

うるかかな？

うるかっていうのは、鮎の内臓の塩辛のこと。

そりゃあ、お酒に合うだろうなぁ。前世の「俺」もうるかは食べた事ないけど、塩辛がお酒に合うのは知ってる。

なるほど、なるほど。似たような食文化がある訳だね。

もしかしたら私が異世界文化だと思っているものも、探せばこっちの世界にもあるのかもしれない。

そんなことを考えつつ、私や紡くんも同じ魚を釣って計五匹。これは紡くんの希望もあってお持ち帰りだ。

今日食べる分に関してはお昼ご飯の後で釣ることにして、一度休憩。

お昼はヴィクトルさんが作ってくれた、リュウモドキのベーコンの厚切りステーキ。それから昨日取った野草の残りをスープにしたもの。

肉厚ベーコンが美味しすぎて、それだけで満腹になりそうだった。いいお肉は満腹中枢を刺激するだけでなく、幸福度も爆上げしてくれる。

それで、お腹が一杯になると眠くなる訳だ。

だって私、今日の朝皆より早起きだったし。

変な騒動に巻き込まれた精神疲労もどこかにあったんだろう。しばらくは釣りしてたんだけど、どうにも眠くなってきた。

私のそんな様子を早くから察してたようで、ござる丸とタラちゃんがハンモックと準備してくれて。

木陰にある木の間にタラちゃんが巣を張り、超高速で作った布を敷いてくれたソレ。ござる丸が木の枝を操作して、日差しが眩しくないよう、さりとて陰になりすぎて身体を冷やさないようにしてくれたから寝心地は抜群。

ハンモックに入るのは高さがあったからロマノフ先生が手伝ってくれた。それで横になったら、すぐに寝ちゃったようだ。

で、どすっとお腹に重いものが乗って、痛みと衝撃に目がかっ開く。

身体をくの字に曲げて痛みをやり過ごそうとして見えたのは、どう見てもレグルスくんの足。

「な、なん、で……ぐふっ！」

耐えきれない痛みに呻きつつ、レグルスくんの足を退けて身体を起こす。するとレグルスくんはすやすやと、私とは逆の方向に頭を向けて寝ていた。

「あー……レグルスくん、中々アクロバティックですね？」

息を整え痛みをやり過ごしていると、ひょいっとロマノフ先生が顔を出した。私達が寝てたハンモックの掛かった木の根っこ辺りに寝そべっていたんだって。

私が寝て暫く、彼らは釣りをしていたけど、どうも眠くなったらしい。

そこでロマノフ先生はレグルスくんを私のハンモックに入れたそうだ。因みに奏くん達は、近くにタラちゃんとござる丸が用意してくれたハンモックで寝ている。

レグルスくんを私のハンモックに入れたときには、私達兄弟は同じ方向を向いていたそうだ。しかし少し時間が経つと、レグルスくんは私に乗りあげたり、跨ったりして体勢を変えていったらしい。アクロバットの才能も、レグルスくんは持ち合わせているのか。素晴らしい。元々身体能力は高いほうだと思っていたけど！

目を擦っていると、脇に手を入れて抱き上げられる。地面に下ろしてもらうと、同じように目を覚ましたのか、奏くんがしゅたっと自力でハンモックから飛び降りていた。ウギる。

「起きた？」

「うん。よく寝たよ」

「最近ゆっくり昼寝も出来なかったもんな」

「そうだねー」

忙しかったな、たしかに。

だけど去年も忙しかったし、それはそれなりに良いことも沢山あった。今年もそんな感じだ。

もう日が暮れるような時刻だったんだろう。

ヴィクトルさんが夕飯が出来たと、皆を呼ぶ声がした。

私はレグルスくんを起こし、奏くんは紡くんを起こすと、ハンモックから下ろす。

夕飯はラーラさんのお手製で、かまどの周りで蒼い鱗の魚がこんがり焼けていた。

魚を焼くって初めてじゃないけど、夕暮れの森の中っていう非日常のシチュエーションの影響か、なんか凄く美味しい。

夕飯を食べ終わる頃にはすっかり日が沈み、空にはきらきら輝く天の川が。

するとロマノフ先生が「いいとこに行きましょうか？」と、にこっと笑う。それから私とレグルスくんの手を取った。ラーラさんは紡くんの手を取り、奏くんの手をヴィクトルさんが取る。

その一瞬後、ふわっと浮遊感があって、それが収まると何処か解らないけれど神殿の廃墟みたいなところに着いた。

廃墟っていうのは、倒れた柱とか崩れた壁とかがあったからなんだけど、夜なのにほの明るく見えるくらい柱が白い。

「ここって……？」

「私が昔遊んでいた神殿ですよ。誰が祀られているか不明です。壊した人も目的も解りません」

「エルフの人達でも、ですか？」

「ええ。ここに関する記録は何も残っていないんです」

「そうなの？」

興味があるのか、話を聞いた紡くんがメモを取る。

遺跡の雰囲気はコリントとかドーリアっていうよりは、マヤとかアステカって感じの石造り。朽ちかけた石の階段が月へと伸びていた。

月から光が石の階段に注ぐ。じっと目を凝らしていると、階段の先にはちょっとした踊り場のような所があり、そこに祭壇のような長四角のテーブルがあった。光がテーブルの上で収束する。

輝くそこに惹かれて、ふらふらと私は階段のほうへ。

もっとよく見たくて階段を上ろうとすると、レグルスくんに手を握られた。レグルスくんの手を奏くんが握り、奏くんの手を紡くんが握っている。

その背後でラーラさんが困ったような顔をしつつ、「行っておいで」と言ってくれた。

だから祭壇に近づこうと階段を上っていると、月光が一際強く祭壇へと降り注ぐ。

『ねう』

ちょっと引き攣ったような鳴き声に、ハッとすると祭壇に編みぐるみの猫がいた。しかもなんか輝く蟹に乗ってる。

「あれ？　私が作った編みぐるみ？」

『ねうん』

返事するような鳴き声。私の後ろからレグルスくんと奏くん、紡くんが顔を出す。

「え？　ぬいぐるみ？」

「かわいいなぁ！」

「さわっていい？」

きゃっきゃいしていると、不意に蟹が鋏《はさみ》をチョキチョキと動かす。見れば鋏の先に、何やら手紙がくっついていた。

その手紙を渡したいのかふりふりと鋏を振るので、手を差し出す。するとぽとっと私の手のひらに、蟹が手紙を落とした。

「うーんと？　『会いたいと言っていたので行かせる』って。会いたい？」

呟くと猫の編みぐるみがぴこっと尻尾を立てる。ねうねうと鳴くと蟹を紡くん達のほうに押し出して、自分は私のほうに頭をすり寄せて来た。

可愛い。自分で作ったから余計可愛い。

撫でながらはわわとなっていると、猫が喋った。

『しゅぎょーちゅーなのー』

『おつかいになるしゅぎょー』

「へ？　なんの」

「おつかい？」

『おつかいー。たましいをつれてくるのー』

マジか。ビックリしていると、猫が『つくってくれてーありがとー』と鳴いた。

それから頭をしばらくグリグリすると、ゆっくり私の傍から離れる。レグルスくんや奏くん・紡くんが遊んでいた蟹も、一緒に離れていった。

そして月光の路に猫と蟹が吸い込まれている。

「ちょっと待って！」

『なーにー？』

「蟹、なんで⁉」

『金剛蟹、みてみたいっていってたからー』

振り振りと前脚を振る猫と、鋏を振る蟹を見送る。

彼らが帰ったあと、振り返ると先生達が温かく笑っていた。

何だかんだ結局凄く気にかけてもらっている。先生達だけでなく、色んな人達に。

あったかい胸を抱えて、その日は気持ちよく眠れた。

翌日、キャンプは終わって屋敷に戻るとロッテンマイヤーさんやエリーゼ、宇都宮さん達屋敷の人達が迎えてくれて。

「お帰りなさいませ！」

「ただいま！」

口々に迎えの言葉を向けてくれる。

「少しお焼けになりましたね？」

「そうかな？」

「夏の間に少し大きくなられた気がします」

「だったら嬉しいな」

ロッテンマイヤーさんの優しい目に、笑顔を返す。ちょっとでも大きくなってたらいいな。

にこにこと穏やかに言葉を交わしていると、視界の端でオブライエンが私に頭を下げた。

「動きましたか？」

「は。ラシードの長兄のほうが、ですが」

「そうですか」

キャンプも釣果が沢山だけど、こっちも釣れたようだ。

ご近所のオジサンたちのある日の飲み会

皇帝にも私室というものがある。

帝国を統べる帝にも、ただ一人の人間として過ごす時間は必要だ。

初代の妃がそう皇帝陛下に進言して作らせた、皇帝陛下以外何人も許可なく立ち入る事の出来ない部屋が。

代々の皇帝陛下はこの部屋で一人、あるいは気の置けない友や愛する人と過ごし、その治世を全うしたという。

かくいう私、フランツ・ヨーゼフ・フォン・ロートリンゲンも、現皇帝陛下であられる佳仁様に呼ばれてこの部屋をおとなった。

佳仁様と私は、畏れ多くも幼馴染だ。

ロートリンゲン家はこの帝国で二番目に古い公爵家で、三代前に時の皇女殿下の降嫁があった。

その縁で私と陛下は親戚、或いは幼馴染として遇されている。

いや、畏れ多くも陛下は私を無二の友と呼んでくださって、私もまた友としても、仰ぐ主人としても彼の方を尊敬し敬愛を捧げているのだ。

そして今一人、私の他にも皇帝の私室に呼ばれた人がいる。

皇帝陛下が使うという肩書には似つかわしくない、猫脚の丸いテーブルの向かいについている人だ。

私とその人は陛下を挟むように座り、それでいて対面するように座っている。

その人の視線は、テーブルに行儀悪くも突っ伏した陛下へと注がれていた。

「陛下、現実から逃げていても何も変わりませんぞ?」

「解っている。解っているが……！」

逃避したい気持ちはよく解る。

そう思って視線を遠くにやれば、顎髭を扱いていた人が「お主もか……」と視線で問いかけて来た。

「梅渓卿、それぐらいで……」

視線の圧に耐えかねて声をあげれば、梅渓卿……私と陛下の頼れる先達にして宰相が肩をすくめる。

「まあ、気持ちは解りますがな。我らの弟弟子ときたら、次から次へと」

「ああ。何だったか、ロマノフ卿から聞いたがマグメルで雪の女王の王権の証を預かったとか……」

「それ以前にドラゴニュートの破壊神もありましたな」

「それなら近衛の訓練もそうであろうよ」

げっそりとした二人の表情に、私も苦い笑いを顔に張り付かせる。

我らが弟弟子、齢七歳の侯爵・菊乃井鳳蝶。

私と陛下の教師を務めて下さった彼の方から紹介されたとき、まさかこれほどに次から次へとことをなす子どもだとは思わなかった。

去年の武闘会のおり、弟・バラス男爵への誅を下した彼に初めて会ったけれど、およそ子どもとは思えぬ怜悧さと、その年の子どもらしい無欲さに戦いたものだ。

それが一年の間に、まさか爵位を継ぐわ、伝説の魔術師の遺産を手にするわ、古の邪教なるものと戦うわ、侯爵に陞爵するわ……。

本人がおよそ俗世の栄耀栄華に興味がなく、領民を富ませて趣味に生きたいという願いの持ち主だということを知っているだけに、気の毒にすらなる。

そうはいっても私も国の中枢に関わる者。

彼のように能力はあっても、無欲で権力に執着のない人材を、気の毒だからで逃がしてやることはできない。寧ろ積極的に中央でその才を発揮してもらわねばと考えている。

それは陛下にしても梅渓卿にしても同じ考えなのだろう。積極的に、彼の考えを知ろうとし、また学ぼうとしている。

学びといえば、もう一つ大きな問題があった。

「そういえば、マヌス・キュアはどのようになさるので……？」

口を開いた私に、陛下が一瞬突っ伏したテーブルから視線を上げる。その顔には「思い出したくないことを思い出させてからに」と書いてあった。

「統理達にも意見を聞いたが、あれは菊乃井に。下手に中央が出しゃばらぬほうがよかろうよ」

「ゾフィーにも尋ねてみましたが、同じ答えでした」

この夏、第一皇子統理殿下と第二皇子シオン殿下は菊乃井に滞在された。表向きは友人の家にお忍びで遊びに行くため。

しかし本当の理由は、彼の領地の観察と見聞を拡げる、留学のような物であった。

私の娘・ゾフィーも行かせたが、親の欲目を差し引いても目のいい娘をして「将来の指針において、菊乃井の方が先進的」と言わしめる物があったそうだ。

ゾフィーは我が娘ながら、恐ろしく冷淡で計算高い一面がある。

そのゾフィーが「統理殿下とシオン殿下も仰るでしょうが」と前置きし、マヌス・キュアという世界を変える――魔素神経がない者でも魔術が使えるようになる技術を、菊乃井で研究し守らせろ、あそこ以上に国が信用できる場所がないと告げた。

私の言葉に梅渓卿が笑う。

梅渓卿はゾフィーの師でもある。

彼も好々爺然とした見た目からは想像できない程の政治家としての側面を持っている。

娘を鍛えた彼が、私の言葉にまるで生徒が最適解を出したときの教師のような笑顔を見せた。

「なれば、そのように。菊乃井《あそこ》は大賢者殿が来られてから、帝国随一の要塞都市となりましたからな。空飛ぶ城と合わせて、攻め入れる者などおりますまいよ」

大賢者殿というのは、数多の賢者、魔術師が集まる智の聖地・象牙の斜塔に長く席をおくフェーリクスというエルフを指す。

不老の妙薬を作り、材料さえあれば不死の霊薬すら作り出せるという賢者だ。

菊乃井に滞在することになった経緯は、菊乃井卿の師であるロマノフ卿より聞いた。が、滞在し続けるのは、将来学術・芸術・研究・技術を究める都市になるという菊乃井に希望を見たからに他ならない。

ほんの少し、梅渓卿が遠い目をする。

彼は本来なら研究者の路を歩むはずの人だった。

権力と関係のないところにいたはずが、偶々公爵家の一人娘に見込まれたのだ。

最初は家のために人材が欲しい故のアプローチかと思っていたら、そうではなくて本当に人格に才能ごとほれ込んだからこそのアプローチだった。それに気が付いたときに、彼女ごと家を守れなくて何が男かと思った。そんな惚気話を何度も聞かされていたが、彼女の気持ちに気付かなければ梅渓卿は今頃象牙の斜塔の一員だったらしい。

何度か夫人にお会いしたことがあるが、あの方は初めて会った頃からずっと美しく快活なまま。歳の概念がないのかもしれないと思うほどだ。仲睦まじさは年々増している気がするが。

それでもなお、かつて選ばなかった道に思いを馳せることもあるのだろう。

陛下が目線を上げて、梅渓卿に問うた。

「未練があるか……？」

「無いとは申しませぬ……が、隠居後の楽しみですな。後継が育てば隠居して、妻共々菊乃井に居を移してもよいかも知れませぬ。領民の子どもに学問を教える教師を募っておると聞いておりますし、孫娘が嫁ぐ先になりそうですしのう」

梅渓卿の頬が弛む。

卿の孫は三人いるがうち二人は男で、一人が女。小さく生まれて来て病気がちなものだから、気にかけて可愛がっているというのは貴族社会では有名な話だ。

その孫娘・和嬢は、先の即位記念祭から続く、皇子殿下方の学友を定めるお茶会で、菊乃井卿の弟をいたく気にいったとか。

そういえばゾフィーも言っていたが、中々に女性のエスコートが上手いらしい。その面では兄のほうが寧ろ頑なで、隙がないのを通り越して取り付く島もないそうだ。

社交界ではもう既に菊乃井卿の弟と梅渓卿の孫娘の婚約は、確定した話として流れている。

面白くないのはシュタウフェン公爵家だろうか。だがあそこの心象は悪すぎる。

お茶会で和嬢に無礼を働いて謝罪しなかっただけでなく、その和嬢を庇った菊乃井卿に礼を失する態度を取った。しかも衆目の目が数多あるなかで。

極端な話をすれば誰に無礼を働こうとも、失態を晒そうとも、それに正当な理屈をつけて対面さえ保てれば、それだけの政治力や論理的思考の持ち主だと一定評価はされる。

しかしシュタウフェン公爵家の嫡男はやり込められて狼狽する姿を見せるだけで、それを巻き返すだけの態度が取れなかった。これでは家の力以外何も持たないのだと、自ら宣伝するようなもの。そんな無能に誰が付いていくだろう。貴族は自分以外の人生や価値を背負っているのだ。泥船にそうと解っていて乗る愚か者はいまい。

晒した恥を雪ぐために、より大きな家の力を欲して梅渓の孫娘に政略結婚を持ち込んだというが、当の梅渓家は既に新進気鋭の新侯爵との繋がりを選んだ後だった。よりにもよってシュタウフェン公爵家が恥をかかされた菊乃井侯爵家との縁を、だ。

だが実際、この婚約を後押ししているのは公爵夫人なのだと、聞いた事がある。

噂の域を出ないそれを、そっと陛下が梅渓卿に「あれは本当なのか？」と尋ねた。

「真のことです」

「そうか。いや、何故？　菊乃井侯爵家の価値は計り知れんが、弟はこのままだと平民だぞ？」

「和から延々と、菊乃井卿の弟の話を聞かされましてな」

やれお伽噺の騎士様か王子様のようだ、礼儀正しい、凄くお優しい。

そういう、人が人に好意を寄せる理由としてありがちなことを聞かされても、公爵家の孫娘の真価を知る公爵としては頷くだけだったという。

勿論それだけでなく無双一身流の後継者であるとか、神の御加護を得ているという極秘情報も加味しても、本人自体の魅力より菊乃井卿の弟というところが重い。それだけではこのままだと平民である子どもとの婚約には頷けない。

しかしだ、それを侯爵夫人に後押しさせるに至ったのは、菊乃井卿の弟が和嬢に見せた思いやりだそうで。

和嬢の気が弛んだときに口から出た訛りに、即座に自身の口調はもっと普段は幼いのだと、和嬢と仲良くなりたいがために背伸びをしたのだと告げて、彼女の気持ちを楽にしたという行動が、夫人の琴線にふれたのだとか。なので彼女は夫に菊乃井家へと婚約を打診させたそうだ。

彼女の見る目はや勘はよく当たる。

「決め手は生きているマンドラゴラですな。あれは万病を癒せる薬のもと。あんな物を貰ってしまっては、平民だのなんだの些細なことですのう」

「ああ、マンドラゴラは栽培は難しいが、生きていれば無限に増える。疫病が発生して何の薬が必要か解らなくても、生きているマンドラゴラの葉の一枚もあれば死者の数がぐっと減るそうではないか」

陛下が身体を起こし、腕をくみつつ口を開く。

「然様。生きているマンドラゴラの葉なればこそ、なのですがのう。妻のいう通り婚約を打診しておいて正解でしたな」

おそらくそうと解っていて、菊乃井卿は弟の恋心のために生きたマンドラゴラを和嬢に渡せるようにしたのだろう。

そういうことが出来る兄を持つ弟を取り込めるのであれば、それは梅渓公爵家だけでなく国益にもかなう。梅渓家がそう判断するとの確信があったのではないか？

権力に対する欲はなくとも、身内の幸福に対してはそうでもないのかも知れない。

けれどそれも誰かを虐げたり貶める方向でなく、自らの価値を示し互いに損はしないという提示の仕方なので、なにをいうこともないが。

ゾフィーが「あの方はもうこちら側です」というだけのことはある。

もっともそのゾフィーからしても「私はあの歳の頃には、まだ子どもでいられました」というほどだ。

環境や立場がそうさせるのだろうが、子どもを持つ親としては思うところがあるのもたしか。

とりとめのないことを考えていると、陛下がワインのグラスを傾ける。そして苦い顔をした。

「それにしても……夏休みだというのに、ろくに遊ぶことも出来なかったとは……。どうしたものか……」

「まだ休養日の日程はあるそうですから、その間こそ平穏に過ごせればよいのですが」

ため息混じりの陛下の言葉に、私も賛同する。梅渓卿も静かに頷くと、テーブルに置かれた陶器の蓋を開けた。

陶器の容器の中には木製の匙と、随分と減ってしまったレバーペーストが入っている。容器の側面には手作りのラベルが張ってあり、子どもが書いたのだろう踊るような線で「ふろうちょうじゅのおくすりっぽいればーぺーすと、おいしいよ」とあって。

たっぷりと匙にペーストをすくって、かりっと焼かれたバケットに塗り付ける梅渓卿に、陛下が「おい!」と焦ったように声をかける。

「それが最後なんだ、もう少し謹んでくれ。俺の分が無くなるだろう!?」

「何をけち臭いことを。それでも一国の皇帝ですか?」

陛下の抗議をものともせず、梅渓卿はレバーペーストたっぷりのバケットを口に放り込む。それに倣って、私もバケットを口にした。勿論レバーペーストをたっぷり塗り付けて。

「フランツ、お前もか!?」

「ええ。ここは人生の先達に倣おうかと。以前、私がゾフィーから分けてもらったレバーペーストを、陛下も遠慮会釈なくたっぷり塗り付けて召し上がられたことですし」

菊乃井領から一足早くゾフィーが帰る際、土産にレバーペーストを貰ったのだ。ただのレバーペーストではない。リュウモドキの肝を使ったものだとか。

ゾフィーが貰って来たものを、一足先にこの私的な飲み会のために少し分けてもらったのだが、あのときはほとんどが陛下の口の中に消えた。

だったら今回の殿下方が貰って来た分を、私が多少多めに食べても罰は当たるまい。

因みに我が家に来た分のレバーペーストのラベルは、菊乃井卿の直筆の文字の横に弟が花の絵を添え描いたものが張り付けられていた。

ごほんと咳払いが聞こえる。私の言葉にバツが悪くなった陛下が、話を替えるためになさったのだろう。

「それにしてもつくづくあの子は色んなものを引き寄せてくるな」

出会った頃でさえ百華公主にイゴール様、氷輪公主様のご加護があって、少し間があって海神の御加護を得たかと思うと、帝国の守護神たる艶陽公主様と誼を結び、遂には戦神とも縁をいただいたと聞く。

さらに今回はマグメルの土着の神すら、彼を頼ったというのだから、引きが尋常でない。

「なんというか、人と人との間にこそ発揮される強運の持ち主という感じがありますのう」

「うむ。厄介事を背負い込むことになろうが、それを乗り越えてしまえば後は彼に有利な流れを引き寄せるように思えるな」

ゾフィーと菊乃井卿が手を取る事が出来たのも、彼がゾフィーの持ち込んだ厄介事を背負い、私達には出来ぬ方法で乗り越えたからこそ。

そしてその繋がりは彼のしようとしていることに、間違いなく大きな助けになるだろう。

とはいえ、そこに至るまでには彼に大きな負担を負わせることがあったのも否めない。

「もう少し穏便に過ごせないものでしょうか？　ご近所のオジサンとしては、やはりあの年の子どもが四苦八苦しながら色々乗り越えていくのをみていると、どうにも胃が痛く……。さりとて肩代わり出来ることがほぼないのも実情ですし」

「俺とてそう思っているが、中々上手く行かんのが実情だ。統理やシオンからもせっつかれているのだが……。研究費用を出してやるのと、二心などないことをきちんと信じて、それを内外に示すのが精一杯だ」

「国内外からの婚姻の圧は、姫神様のお蔭でどうにか盾になる口実を貰えましたがのう。それとても本人が望めば……とよからぬことを言い出すものがチラホラと」

陛下にしても梅渓卿にしても、打てる手は打っているし、私も後見人の一人として、出来る限り彼の盾になるようにしている。それでさえ間に合わぬほど厄介事が次々と菊乃井に舞い込んでいるのだから、彼本人の苦労は如何ほどのものか。想像するだけで胃が痛みを訴える。

どうしたものか。

三者三様、それぞれ黙り込んでいると、不意に梅渓卿が「あ」と小さく声をだした。

「どうした?」

陛下が訝し気に尋ねるほど、がらりと梅渓卿の表情が不穏に変わる。何かの可能性に行き当たって、血相を変えた。そんな感じだ。

重ねて私も「どうなさったのです?」と声をかける。

すると梅渓卿は首をゆるりと横に振り、少し困惑したような素振りを見せ、やがて口を開いた。

「菊乃井卿が、北アマルナの姫君に見初められたのも、去年の夏休みでは……?」

苦さの混じった声に、私と陛下は顔を見合わせる。そう言えばそうだった。

「いや、しかし、そうホイホイと高位の誰かと出会うこともないのでは……？」

「ああ。帝国の貴族には菊乃井卿に無暗にそういった誘いをかけぬように通達したではないか」

私も陛下も乾いた笑いを喉から押し出す。

「然様です。然様ですが、彼の弟弟子の引きの強さを想いますと、こう、なんともいえぬ不安が過りましてな……」

一抹の不安が胸に沸いたのを見透かしたような梅渓卿の言葉に、私も陛下も知らず視線がどこかをさ迷う。

不安だ。可能性に気が付いてしまえば、物凄く不安が湧いて来る。

それを振り払うように、私は首を横に振った。

「ですが帝国として対処に困るような家で菊乃井卿に釣り合う年頃の姫は、現在北アマルナの姫くらいではありませんか？　あそこは彼に無体を敷くことはないでしょうし」

「然様ですな。然様ですが……」

梅渓卿が言い淀む。

自分で言っていてなんだが、私も自分の言葉にイマイチ自信が持てない。

嫌な沈黙が三人の間に降る。

ややあって肘をテーブルにつき、組んだ手に額を押し当てた陛下が呻くように言葉を出した。

「フランツ、覚えているか？　菊乃井卿と初めて会ったときだ」

「はい」

「あのとき俺は、菊乃井卿の顔をじっと見ていただろう？」

「ああ、そう言えば」

言われて思い出したが、あのとき陛下は人の顔をみて何という反応をするのかと、ロマノフ卿に窘められていた気がする。

「あれは、嫡男と聞いていたが息女の間違いではないかと、疑ったのだ……」

「ああ、なるほど。そう言えば菊乃井卿の容姿は嫡男と言われなければ、男の子だとは解らないほど整っておりますからな」

その顔が本人の苦しみでもあるのだろうが、兎も角菊乃井卿は美しい顔をしている。

彼は家を継いで以来嫡男とは言わなくなった。

となれば本人が言わないことには、少年とも少女とも判別できない人間が増えることだろう。

まて、嫌な予感がする。

「性別を誤解した、どこぞの高貴な出の男を釣って来る……？」

そんな馬鹿なことがあってたまるか。

そう笑いかけて、組んだ手の間から覗く陛下の目から光が失せていることに気が付く。それだけでなく梅渓卿も死んだ魚のような目で虚空を見ているではないか。

考えてはいけない。

私はこの件に関して、これ以上考えるのを放棄した。

この飲み会の暫く後、エルフの外交を担うソーフィア・ロマノヴァ様から「南アマルナのエルフの長から『鳳蝶』という名前の人間の貴族の娘を探しているって連絡があったんだけど、どうしよう?」と、乾いた笑い交じりで尋ねられた私達三人が、揃いも揃って胃を痛めることになるのだった。

途中まではイイハナシだったのに

「頼むからかんべんしろよぉぉぉぉぉぉ!!」

今日も今日とて我らが菊乃井冒険者ギルドのマスターのお部屋から、心底厄介そうな叫びが聞こえてきます。

わたしが座ってるのは、受付カウンターの一番端っこ。

垂れた兎耳がピクピクします。わたし、種族的に耳がいいんで、あんまり叫ばれるとちょっと辛いんですよねー……。

菊乃井の冒険者ギルドに赴任して四年目、もう最近は慣れてきた……こともないな。

四年前はとても静かだったギルドは、ここ二年ほどで凄く賑やかになりました。

それは菊乃井のご領主様が色々ご活躍なさった結果。閑古鳥が鳴くようなあり様のギルドが、段々と賑やかに忙しくなって行って、わたしもとても嬉しいです。

まあ、心臓に悪いこともあるんですけど。

ふうっとため息を吐くと、周囲の視線がわたしに向いているのに気が付きます。

皆、今の叫び声が何だったのか聞きたいのでしょう。わたしだって気になります。

カウンターに受付業務一時休止の札を置くと、わたしは立ち上がってギルマスのお部屋に。

お客様が来ていたはずなので、お茶をお出しした方がいいでしょう。

たしか人数は四人。

ギルマスを含めて五つのグラスと冷たいお茶を乗せたお盆を持って、ギルマスの部屋の扉をノックします。

入室の許可を得て中に入ると、正面のソファーにギルマスのローランさん。

その左右のソファーにはルビンスキー卿とご領主様の弟君様、奏坊と紡坊が座っていました。

お茶をそれぞれにお出しすると、弟君様が「ありがとう」とにっこり笑います。

貴族にお礼を言われるなんて、一生ないって思ってたんです。けれどここのご領主様も弟君様も、何だったらそのお友達の貴族の若様方、お嬢様もほいほい声をかけてくださいまして。

なんか一生分のあり得ない経験をさせてもらってるなって思うほどです。

それは置いておいて。

ギルマスが苦虫を噛み潰した顔をしています。

どうしたことでしょう？

首を傾げると、わたしの垂れた兎の耳が頬をかすめて擽《くすぐ》ったい。でもそういうことを表情に出すわけにいかないので、黙っているとルビンスキー卿がわたしに視線を向けました。

「彼女、副ギルドマスターだろう？　意見を聞いてみては？」

「え？」

そうなんです。わたし、受付もやりますが正式な役職は冒険者ギルドの副ギルドマスターなのです。影が薄いせいか冒険者の皆さんには、受付のうさ耳のお姉さん程度にしか思われてないみたいですけど。

言われたギルマスは、凄く渋い顔でちょいちょいとわたしを手招きします。

そしてわたしにテーブルにかけられたクロスのようなものを、指し示しました。

「ちょっと見てみてくれ」

その言葉にわたしは布を見つめます。すると映像が浮かんできました。

何処かの石畳の建物、まるで人口迷宮のような造りのそこ。

何方かの目線で記憶された映像なのか、登場人物が数名出てきました。

「あれ、これってご領主様に弟君様、奏坊ちゃんと紡坊ちゃんに……えぇっと、この間ギルドに登録に来た識ちゃんとノエ坊ちゃんかな？」

尋ねれば布の中にも映っている奏坊が頷きます。

「そう。この間『天地の礎石』っていう遺跡にいって、そこのボス倒して来た」

「へ……？」

おかしなことを聞きました。

たしかに楼蘭教皇国の近くに「天地の礎石」という遺跡はあります。しかしあそこはボスがいるような人工迷宮でなく、アンデッドが沢山出る楼蘭の司祭さん達の修行場だったはず。

疑問に思っていると、眉間を揉みながらギルマスが溜息混じりに口を開きます。

「……いたんだとよ、ボス。それも民間伝承級のアンデッドがよ」

「えぇーっ！」

民間伝承級とは魔物の強さの指標で、民間伝承となるほど長く討伐されることなく生きている、災害のような強さという意味です。

そんな魔物が天地の礎石にいたのだなんて、初耳です。

驚いていても布は映像の続きを流します。

ご領主様が何かの石板に触れると、遺跡の壁がバタバタと倒れて仕切りがなくなり、辺りが一つの広い部屋へと変わりました。

流石に天に伸びる階のような建物を作った文明の遺跡だけのことはある仕掛けに目を丸くしていると、ご領主様が誰かと話しているのが移りました。

しかしその人物が光の加減のせいか、中々見えず。目を細くしてようやく、立派な紅い角を持つ大鹿と名工の手によるものだろう仕立てのいい軽鎧を付けた爽やかな美青年の姿が見えてきました。

が、彼とご領主様の会話は上手く聞き取れず。

その僅か後に、シュタッとご領主様が手を上げて「総員、戦闘開始！」と叫んで、黒い靄に包まれたグロテスクな魔物に突っ込んでいくのが映ります。

しかし。

「え⁉　ちょっと⁉　ご領主様と弟君様と奏坊ちゃん達だけで戦ったんです⁉」

布が示す映像には「実体化して殴りやすくなりましたねー」なんて言いつつ、お菓子を齧ってるロマノフ卿や、腕組みして見守ってるだけのルビンスキー卿がいて。

かと思えば一本の矢を射ただけのはずなのに、無数の矢がアンデッドを襲うような訳の分からない技を使う奏坊や、同じく訳の分からない礫攻撃をしている紡坊、或いは炎の最上級攻撃魔術の双頭の蛇を無詠唱で使う識ちゃん。

六つの蝶でアンデッドの頭上から、稲妻を神の裁きもかくやというほどお見舞いするご領主様に、アンデッドの尾や首を離れた所から一閃して切り落とすノエ坊ちゃんに弟君様が映っている。

わたしは何を見せられているの？

唖然茫然。

終いには神聖魔術でも大司祭クラスしか使えない「冥府の門」なんて魔術まで出てくるものだから、わたしは遂に床にへたり込んでしまった。

「……大丈夫か？」

ギルマスの声が遠いようで近い。

彼の声で現実に戻ったわたしの口は、しかし勝手に動いていた。

「子ども達だけに何やらせてんですかー!?」

「あ、そっち」

ルビンスキー卿がくすっと笑う。

いや、笑いごとじゃないです。ない、はず。ないですよね？

笑いごとじゃないはずなんだけど、突っ込まされた子ども達のうちの三名が、きょとんとわたしを見ていた。

彼らはニコニコと笑みを崩さない。

「にぃにができるっていったなら、ぜったいできるからだいじょうぶだよ。しんぱいしてくれてありがとう、おねえさん」

「うん。若さまは勝てない相手に『戦う』なんて決断はしないからな。心配してくれんのは嬉しいけど、大丈夫だよ」

「つむたち、ぜんぜんこわくなかったよ！」

子ども達から出る言葉は明るくて軽い。民間伝承級の魔物を相手にしたはずなのに、まるで近所のお使いにでも成功しただけのようだ。

本人達がそういう風に受け止めていて、納得しているのであれば、それ以上他人が何か言える訳もない。

「えげつない……、マジでえげつないお師匠さん達だぜ……」

ギルマスの呟きに全面的に同意します。

ところで、気になることが一つ。

「民間伝承級のアンデッドをお子さん達だけで倒したのは見ましたけど、じゃあ、あの大きな紅い角の大鹿と軽鎧の美青年さんは何者なんですか？　現地の案内人さんです？」

わたしがそう口にした瞬間、ぴたっとルビンスキー卿達が止まります。

ただ一人、ローランさんは首をひねりました。

「大鹿？　美青年？　そんなの映ってなかったぞ？」

「え？　ご領主様と何かお話ししてましたよ？」

「はぁん？」

訳が解らん。

ギルマスの顔はそう言っています。顔が煩いと思ったのは、これが初めてです。

そんなわたし達に奏坊が「それなぁ」と声をかけてきました。

「それなぁ、受付の姉ちゃんが正解」

そういって説明したくれたことには、なんとこのご領主様とお話ししていた大鹿と美青年さんは神様だというのです。

あの大鹿と美青年が見えるということは、私はどうも呪《のろ》いも祝福も受け取りやすいタイプだとか。

ルビンスキー卿がそう教えてくれました。

奏坊は面白そうに話を続けます。

「若さまにしか見えなくてさ。一人で喋ってる感じだったんだぜ」

「そうなの？　それ、どうしてご領主様に言わなかったの？」

「え？　面白そうだったから？」

ルビンスキー卿と奏坊は師弟だそうですが、この師匠にしてこの弟子おっといけない。これ以上はいけません。

ごふんと咳払いすると、わたしはようやく立ち上がりました。

それからまた首を少し傾げました。先ほどルビンスキー卿は、わたしの「意見も聞いては？」とギルマスに言っていました。

それはどういう意味だったんでしょう？

疑問を口にすると、ギルマスが困ったように首を横に振ります。

「楼蘭から正式に、ご領主様達のパーティーであるフォルティスと同行した識とノエシスに対して、

『民間伝承級のアンデッド討伐成功』と『調査未終了の人工迷宮完全踏破』っていう功績を認める旨が、全ギルドに通達されたんだよ」

「おお、それは凄いですね」

「おうよ。そんなスゲェ冒険者パーティーがこの菊乃井にいる、そしてそれがご領主様だってんだから。菊乃井にも、うちのギルドにも箔《はく》が付かぁな」

立派なことです。

冒険者として身を立てることを志す人は多いですが、一廉《ひとかど》の冒険者になるのは簡単なことではありません。命がけのお仕事なのです。

名を上げるということは、それだけ危険を冒した証でもありますが、人知れず誰かの危険を払い除けたということでもある。とても誇らしいことです。

わたしは「おめでとうございます」と、高らかに拍手を彼らとここにいない討伐メンバーに送りました。

けれど、反対にギルマスの顔は物凄くしょっぱい。

何故なのでしょう?

目線で問うと、ギルマスは大きく腹の底から溜息を吐きました。

「階級設定が出来ねぇんだよ」

頭を抱えるギルマスに「階級、設定?」と繰り返します。そしてわたしの口から「あ」と声が零れました。

そうなのです、忘れていましたがフォルティスというパーティーは子どもばかりで構成されているため、階級が「見習い《アプランティ》」なのです。

冒険者は登録の始めの階級が初心者から始まって、下の下、下の中、下の上、中の下、中の中、中の上、上の下、上の中、上の上といった感じで上がっていくのですが、登録者が十三歳未満だと見習いから始まるのです。

ご領主様達は一番上が奏坊で八歳、ついでご領主様が七歳、弟君様が五歳、紡坊が四歳という、超低年齢お子様見習いパーティーな訳で……。

「え？　どうなるんですか？」

「だから、それに悩んでるんだろぉ……！」

ギルマスがガクッと肩を落とした挙句、頭を抱えてしまいました。

民間伝承級のアンデッドを倒したパーティーなんだから、強さは文句なしに上の上。けれど年齢を鑑みると見習いから出ない。しかし民間伝承級の魔物を倒していながら見習いというのは、ちょっと何だか違う気がする。

たしかにこれは随分とややこしい問題です。

つまりあの「頼むからかんべんしろよぉぉぉぉ!!」という雄たけびは「(こんなにややこしい問題を持ってくるのは)頼むからかんべんしろよぉぉぉぉ!!」ということだったのです……！

疑問が一つ解消されて、わたし的にはスッキリしました。

代りに違う問題が発生したんですけども。

なお、識ちゃんとノエ坊も問題です。あの二人はノエ坊がギリギリ見習いの年齢で、識ちゃんは年齢的には大丈夫なんですが、二人とも冒険者登録したばっかりっていう……。

はい、凄くややこしいです。

どうしましょうね？

「うーんと、年齢を見ればやっぱり見習いが相当だと思いますが、それにしては功績が……」

「おう。『見習いとは？』って状態だな。他の見習い達とのバランスが取れねぇ」

「でも強さだけを見るのもちょっと違うんじゃないでしょうか？」

「おう。それは間違いなく違うな」

ギルマスの表情が厳しい。

冒険者ギルドの方針として、何処かの国・何処の領地問わず、魔物の大発生が起こった場合、その地にその時に滞在していた冒険者で、位階が中の中以上の者は絶対に魔物の大発生に立ち向かわなければいけないことになっている。逃げることも拒否することも許されない。そういう規則がある以上、上の上にフォルティスを設定してしまえば、彼らも有無を言わさず出動することになってしまう。

ましてここはダンジョンのある領地。可能性は他の場所よりぐっとあがります。

そんな考えを解っているかのように、ルビンスキー卿が肩をすくめた。

「そもそもまんまるちゃんは、位階が上の上とかなくても立場上、魔物の大発生が起これば逃げられないどころか出陣決定だけどね。もちろんひよこちゃんも、町の防衛任務に当たることになってる。今更ではあるね」

どくり、と心臓が嫌な音を立てました。

忘れた訳じゃないけれど、菊乃井はそういう場所で、惨《むご》くも領主は七歳の子どもなのです。そして領主である以上、その義務は果たされなければならないし、その弟君とて同じこと。

「おれら、さ。そのこともあっておっちゃんに頼みがあって来たんだ」

「つむも、おねがいにきました」

動揺を抑えて奏坊と紡坊に「お願いって？」と尋ねました。ギルマスはお願いの内容に心当たりがあるのか、とても厳しい顔をしていて。

「……聞く聞かないは兎も角、言ってみな」

「おう。おれらのこと、上の上にしてくれよ。したらおれらも魔物の大発生の時、一緒に若さま達と戦えるんだろ？」

「つむもにいちゃんも、おとなのひとよりつおいよ！　がんばるから！」

「識姉《ねえ》とノエ兄《にい》も、今日は来れなかったけど、明日でも頼みに来るって言ってた。おっちゃん、頼むよ！　おれら、他の依頼も頑張るから!!」

がばっと二人して立ち上がると、ギルマスの前に深く深く腰を折る。

眩暈《めまい》がしました。

わたし達大人は、こんなにも不甲斐ない存在だっただろうか。

安寧に座していた覚えはないです。けれど今の領主がどういう存在か、知っていたのに解っていなかった。それを今、目の前に突きつけられている。

「……君達の、お父さんとお母さんは何て言ってるの？」

勿論止めただろう。わたしがこの子たちの親ならば、間違いなく止めます。

実際そうなのでしょう。彼らはわたしの言葉に、勢いよく顔を上げて悔しそうに唇を噛みます。

「父ちゃんも母ちゃんも何も解ってない！　この町を守って頑張ってんのは、おれよりも年下の子どもなんだぞ！　何でもできるかも知んないけど、おれよりまだ背だって小さいんだ！　ひよさまだってそうだろ⁉」

その通りだ。大人は何も解っちゃいない。その誹《そし》りはもっともなことでした。

ああ、どうしよう……？

どういえば彼らの心に報い、大人としてするべきことが出来るのか。

わたしが迷っているうちに、ギルマスは答えを出したようで、苦い顔で首を横に振りました。

「駄目だ」

「っ⁉」

「なんで⁉」

奏坊も紡坊もとても不服そうにギルマスを睨みます。その眼光は大の大人でもすくみ上りそうなほど険しく厳しい。それでもギルマスは怯むことなく、重ねて「駄目だ」と二人に告げるのです。

「あのな、お前ら。お前らがそんなことして、ご領主様が喜ぶか？」

「う……でも！」

「俺の方が叱責されちまわぁな。『冒険者達を守ってくれるんじゃなかったんですか⁉』ってよ。お前ら、忘れんなや。あのお人が冒険者ギルドって組織の膿を出すために大掛かりなことをやったのは、なんのためだ？　冒険者を守るためだろ？　お前らは領民でもあるし、冒険者でもある。言い換えればお前らを守るために、あのお人は世界的な組織に喧嘩吹っ掛けて、誰も文句言えねぇ勝ち方したんだ。そいつを無駄にするようなこたぁ、俺の目の黒いうちはさせねぇぞ」

ぐっと奏坊と紡坊の勢いが止まります。

ギルマスは二人に「まず聞け」と声をかけました。

「お前達の主張を認めたら、お前達に続く子どもが強制的に戦場に出されるかもしれん。そういうことは考えたか？」

「それは……」

「……ない、です」

「お前達は戦いたいかも知れんが、そうじゃないやつもいるだろう。それでもお前達の例外を認めたら、その戦いたくない子どもは拒否できなくなるぞ。それはあのお人も嫌がる事だろうさ」

「うん」

「大体な、あのお人『大人は馬車馬のように働け！』って感じだろ？　お前らが出てきたら、大人は働かなくなるぜ？　いいんだよ、大人にやらせとけ。俺もそんときゃ頑張るしな」

へっとギルマスが苦く笑う。

奏坊も紡坊も、納得はしかねるようだけど、少し落ち着いたみたい。すると弟君様がにこっとギルマスに笑いかけた。

「ありがとう、ローランおじさん」

「おん？」

「カナもツムも、れーがいっただけじゃきいてくれなかったから。ラーラせんせいが、おじさんならちゃんといってくれるって」

「そうかい」

厳めしい顔を緩めるギルマスに、ルビンスキー卿がパチンっとウィンクを一つ。

でもです。

「あの……イイハナシダナー……で終わりたいんですけど、肝心な位階が決まってないんですが……」

どうしましょう？

「どうしましょうってなぁ……。いや、本当にどうすんだよ？」

天を仰いでわたしもギルマスも唸ります。

「あの、とりあえずステータスチェックとかしてみます？　一応上の上の人達のデータとかありますし、比較してみては……？」

そういえばわたし、今年の初めに彼らのステータスチェックに立ち会ったんですよね。子どもとは思えないステータスに失神しましたけど。

だって風の神様の御加護とか、海の神様の御加護とか、癒しと花の姫神様のご加護とか、エグい物が一杯過ぎて、脳が処理落ちしたんですよねー……。

あれからまだ半年です。それほど変わりはないでしょう。

一度見たんだから神様の御加護があっても、もう驚かない。心構えは出来ています。

そんな訳でステータスチェック用の道具を取りに行こうとすると、「オープン」と可愛い声が聞こえました。

「おねえさん、れーのステータスみせてあげるね？」

「え？」

咄嗟に振り返ったわたしの目の前には、弟君様のステータス画面が大きく、惜しげもなく晒されているではありませんか。

こういうのは本当はじっと見てはいけないのです。

しかし。

「え？　艶陽公主様のお友達……？　え？　ど、どういう……？」

ステータスの備考欄に、その文字が書かれています。それに加えて弟君様は「イシュトの恩寵」などというものまで。これって戦神の加護だったはず。それに「無双一身流後継者」って何ごと？

あの流派って、今は幻の流派だったような？

「どう？　わかった？」

にこにこと可愛いお顔で弟君様が笑っています。

ええ、なんかエゲツナイモノを見たのは解りましたが、目の前が真っ白です……！

結局。

「位階？　まだ見習いでいいですよ。そもそも私達、昇格できるほど依頼こなして信用積んでないでしょ？　ギルドの位階って信用度でもあったんだから、それで十分では？　識さんもノエくんも同じでしょ」というご領主様の一声で、この件はそう処理されたそうです。

処理落ちしたわたしに、翌日ギルマスが疲れた顔でそう教えてくれました。

私しか知らない物語

キミがもし、語ってもいいと思った人に出会ったなら、そのときはそうするといいヨ――。

あの人とあの方が出会ったのは、あの方が八歳のときでした。

あの方は何処かの国を滅ぼすと予言を与えられたせいで、生まれて間もなく殺されるところだったのを、妖精が宝石と取り換えてきた子でした。

妖精というものは自分達だけでは種族を増やせない。

だから他の種族から、赤子を貰って来ては育てて、時間をかけて自分達と同じモノにする。

それでも元々人間だったあの方は、いつしか自分の存在に疑問を持つようになりました。

何故って？

だってあの方が姉さんと呼ぶ妖精は、皆、小さなあの方の半分ほどの大きさもない。

いつだったか、あの方は壱の姉さんに尋ねてみたのです。

あの子の壱の姉さんは妖精の中でも一等強くて、一等賢い女王様でした。

「ねェ、イチカ姉さん。どうして私は姉さん達と大きさが違うノ？」

『イチルは元がニンゲンだったからよ』

「ニンゲン？　なぁに、それ？」

『ニンゲンというのはね、私達に似た姿だけれど、羽がなくって、大きいの。イチルより大きいのも沢山いるのよ』

その説明にイチルは納得できたような、出来なかったような。けれど自分が妖精とは違った種族だというのは解ったらしいです。

重ねてイチルは姉さんに聞いてみました。

「私、どうしてここにいるノ？」

『赤ちゃんのときに、取り換えてきたからよ』

「取り替えた？」

『そう。だってこんなに可愛い子なのに、将来国を亡ぼすって言われたぐらいで殺そうとするんだもの。それならもらってもいいかしらって、ニンゲンがありがたがる石と交換してきたの』

人間にとっては他の人間を殺しても欲しいと思う、ぴかぴか光る宝石とかいう石ころや黄金。そういう妖精には価値が無いものをあげると、人間は喜んで、妖精がとてもほしくて、でも自分達だけでは作り出せない赤子をくれる。

妖精にとって人間とはそういう愚かで、だからこそ善《よ》い生き物だと、女王はイチルに教えました。

『とてもおかしな生き物だけど、それでも可愛い貴方を私達にくれたから私はニンゲンが好きよ』

「そうなノ？　私、そんな変な生き物だったノ？　お母さん達に取り換えっこしてもらってよかった」

『だけど貴方を作ってくれた生き物だもの、悪く思わないでね？』

「うん。そうじゃなきゃ、イチカ姉さん達と暮らせなかったもン。変だと思うけど嫌いじゃないヨ」

あの子は吐息交じりの特徴のある話し方で、姉へと喜びを伝え、姉はあの子の頬に身体を擦り寄せて祝福したものです。

あるときのこと。

七回目の誕生日のときに貰ったお城を空に浮かべて、ドラゴンに曳《ひ》かせて遊んでいたイチルの耳に、仲良くしている妖精が囁《ささや》きました。

『ニンゲンって変な生き物だけど、美味しいご飯を作るのよ』と。

ご飯。

イチルは少し考えました。

そういえば偶に姉さん達がニンゲンから分けてもらったと、肉や野菜を焼いた物や煮た物を持って来てくれることがあって。

イチルは妖精でなくニンゲンだったから、育つには肉や野菜や他の物も必要。だけど姉さん達は妖精だからご飯はいらない。

要らないモノの作り方は解らない。なのでイチルは専ら果物や木の実、花の蜜でお腹を膨らませていて、時々姉さん達が持って来てくれるそのご飯というものがよく解らなかったのです。

ご飯ってなぁに？

イチルは気になったことをそのままにしておくには、好奇心が強いほうでした。

ご飯というものを知るにはどうしたらいいだろう？

そんなイチルの呟きに反応したのは、お城を曳いていたドラゴンでした。

このドラゴンは妖精の住んでいる森を悪戯で焼こうとして、気づいたイチルに死ぬより恐ろしい目にあわされて以来、彼女の家来になったのです。それ以前はニンゲンの国を怖がらせたり、エルフを頭から食べてしまったり、やりたい放題していました。それだけにニンゲンのことは、少し解るのです。

そのドラゴンがイチルに「ニンゲンのことが知りたいのならば、さらってしまえばいいのです」と告げました。

「でも攫うっていっても、何処にいけばいいるノ？」

「町や村や国、色々ありますよ」

そう言われて、イチルは少し考えました。

ニンゲンが暮らしている集まりに、空飛ぶ城で通りかかると、彼らはすぐに怖がって叫んだりしてとても煩い。

そこからその内の一人を城に連れていくとなると、もっと煩いだろう。煩いのは好きじゃない。

どうしようか考えていると、イチルの仲良しだった精霊が『そういえば』とニンゲンの噂話を教えてくれました。

それは渡り人がいるということ。

渡り人はここことは違う世界から渡って来たニンゲンで、ここのニンゲンとは同じだけど違う種族で、ここのニンゲンが知らないことを沢山知っているのだとか。

きっとご飯もここのニンゲンよりも詳しいはず。

それにここのニンゲンでないのなら、連れて行っても騒ぐニンゲンはいないだろう。イチルはそう考えて、渡り人を探すことにしました。

渡り人はすぐに見つかりました。ニンゲンの世界でも渡り人は特別だから、噂を探ればすぐに居場所が解ったのです。

そこはニンゲン達が考えた本当にはいない神様の神殿で、どうも無理に閉じ込められている様子。

その神殿に乗り込んだイチルは、考えました。

ニンゲンは宝石をあげたら赤ん坊をくれるおかしな生き物だ。きっと渡り人もそうすればくれるだろう、と。

でも誰にその交換を言えばいいんだろう？

悩んだイチルは、暫くそのいもしない神様を崇める神殿を観察することにしました。見ているうちに、誰がそこの責任者か解るだろうから。

けれどその日のうちに、イチルは観察するのをやめました。

渡り人どころの騒ぎではないことが、そのいもしない神様を崇める神殿で起きていたからです。

なんとそこのニンゲン達、太古に永遠の眠りについた大きくて強いドラゴンをネクロマンシーで蘇らせようとする儀式をしていて。

死んだものは死んだままにしておかなくてはいけない。それはいかなる立場のものでも犯してはいけない法《のり》です。

まして山よりも大きな年経たドラゴンの躯とあれば、蘇ったときにまき散らす瘴気は尋常なものではないでしょう。

それにそんな強いドラゴンがニンゲンごときに操り切れるはずがありません。

案の定、蘇ったドラゴンは眠りを妨げられて怒り狂いました。

中途半端な蘇生しかなされなかった腐った躯からは、強い瘴気が漂い、骨から腐り落ちる肉は大地を汚染します。

空飛ぶ城から下りて地面に立ったイチルが見たのは、躯の主の怒りと瘴気に触れて、生きながら腐り、死ぬことも許されないニンゲン達の姿でした。

ニンゲンというのは本当におかしな生き物だと、イチルはその光景に思いました。

この片付けはいずれ誰かがするだろうけれど、森が汚染されてしまえば、元に戻るまでに数百年はかかる。

イチルはニンゲンから妖精になりつつあって、そのくらいなら生きていられるだろうけど、森に住まう動物達はさぞや困るはず。

仕方ない、やってしまおう。

決めたイチルはさっさと神殿に流れ星を落として、ドラゴンごと全てを平らにしてしまいました。

ただ一つ、牢屋だけを残して。

その牢屋はどうも強い結界を張ってあったらしく、ドラゴンがまき散らした瘴気も毒も、イチルが落とした星も、何一つ中に入れなかったらしいのです。

ぽつんと更地に残った牢屋に、イチルは何の気なしに近づきました。

すると中から「あの……」と声がかけられて。

伺うように中を見れば赤茶の髪のニンゲンが、粗末な椅子に座ってイチルに向かって手を振っていたのです。

それが、後にレクス・ソムニウムと呼ばれた稀代の魔術師とその伴侶の出会いだった。

「そーへー……」

「ニンゲン……、えぇっと、おれは奏平《そうへい》だよ」

「私、イチル。ニンゲンは？」

「う、うん。君は？」

「誰？　ニンゲン？」

結論を言えば、そーへーはイチルの捜していた渡り人でした。

元いた世界でそーへーは鉄の馬、そーへーはバイクといっていたが、それで転んでしまって気が付いたらこちらの世界にいたそう。

突然何もないところから現れたそーへーを保護したのは、あの神殿にいたニンゲン達とは違うニンゲン達だったらしいのです。

渡り人の知識があったそのニンゲン達は、そーへーを利用しようとして閉じ込めていたようだけれど、そこをいもしない神様を崇めるニンゲン達に襲われて、そーへーは攫われたとか。

しかしいもしない神様を崇めるニンゲン達も、そーへーを利用しようと閉じ込めていたのだから、そーへーにしてはたまったものじゃなかったでしょう。

イチルとしては本人の話を聞いて、少し可哀想だと思ったそうな。

「じゃあ、ニンゲン、じゃない、そーへーは行くところがないノ？」

「そうなる、かな？」

そーへーはここに来るまではお母さんと二人暮らしだったそうで、ここに来てしまった以上は帰れないから、もうお母さんには会えない。知っている人が誰もいないところで暮すのは、寂しかろう。妖精の姉達に囲まれて過ごすイチルは、妖精の中ではニンゲン一人だけれど、やっぱり姉さん達がいるから寂しくはありません。

そんな事を考えて、渡り人だから連れて行っても騒がれないだろうなんて考えていたことを少し反省したのです。

反省して、そして決めました。

「ねェ、そーへー。行くところがないんだったら、私のお城で一緒にいようヨ」

「え？　でも、君の親御さんは……？」

「私は赤ちゃんのときに、宝石と取り換えっこして妖精の仲間になったノ。だから親はいない。でも姉さん達は沢山いるヨ。そーへー、一人は寂しいから、私が一緒にいてあげるネ」

そうしてイチルはそーへーを城に招き入れました。

このそーへーはとても順応性が高かったようで、城に招き入れられたその日から、イチルの世話を何くれと焼き始めました。

彼は元いた世界では栄養士という職業についていたそうで、まずイチルの食生活が変わったのです。

ご飯というものを知りたがったイチルのために、そーへーは持てる技術や知識を使って、限られた材料の中で色々と作ってくれました。

ある日は卵をふわふわに焼いた物、或いは蒸した物。お肉を細かく潰してまとめたものを焼いたり揚げたり。

妖精に育てられたイチルの、ほんの少しずれたところや何かを、根気よく話しては沢山の考え方や見方を教えて、妖精だけでなくそーへー以外のニンゲンとも仲良く出来るように整えてみたり。

度の過ぎた悪戯に対しては、イチルのほうが強いにも関わらず、怯まずに叱り諭してもいました。

それまで妖精以外の生き物と、深く関わって来なかったイチルにとって、そーへーは世界と自分の心を深くつなげてくれる存在になっていきました。

一緒にいる年月が長くなるなか、色んなことがありました。

例えばそーへーが見つけた兎の親子を、悪戯に狩ろうとした何処かの王様がいたのです。

そのことに心を痛めるそーへーを見て、イチルは食べもしないなら狩るなと、王とその従者達を魔術で兎に変えて弓矢で追いかけ回しました。

これは少しそーへーに「やりすぎだよ」と窘められました。けれど、それ以来その王の国では食べるため以外の狩猟は固く禁じられ、王は慈悲深いと讃えられることに。

またあるときは、友達になったルミという魔女に教わって、魔術人形を二人で作ってみたことも。

イチルはガーゴイルのような尖った外見の物が好きでしたが、そーへーは兎や猫という可愛い生き物が大好きだったので、家のことをするのは兎や猫、城の守りはガーゴイルに。そういう風に役割を解りやすくしてみたのです。

即ち家を守るそーへーの指揮下と、城や皆を外敵から守るイチルの指揮下とで。

そのカッコいいガーゴイルは、後々友達のいるところを守るために、その町に置いて来ることになりましたが、イチルは最後まで未練があったらしく同型を作ることはありませんでした。

大きな城の中、寄り添うように暮らす二人は、いつの間にか家族になっていました。

そーへーはこの世界に渡って来た時から大人で、イチルはまだ子ども。

そーへーからすれば、イチルは強い力を持っていても守ってやらなければいけない存在でした。

だからこそ、優しく穏やかに彼はイチルに接していました。

そのそーへーの態度がイチルの中で別の意味をもったのは、いつの頃からだったのでしょう。

頭を撫でる手が大きくて温かかったからかもしれない。イチルを見る目が優しくて穏やかだったからかもしれない。

見知らぬニンゲンに「女の癖に」と侮られたときに、何の力もないのにただその背中で庇ってくれたから……？

ともかくそーへーの存在が、イチルのなかで気付けばとても大きくなっていました。

だからある日、そーへーに「私、そーへーとずっと一緒にいるネ」と言ってみたのです。

そうしたらそーへーも「ありがとう」と、出会った頃から変わらない笑顔で答えてくれて。

心臓がきゅんっと鳴りました。

今までもそーへーに笑顔を向けられたことはあったし、彼が仕立て屋妖精達に注文した服を着て見せたときや、頑張って嫌いなものを食べたときに「可愛いね」って言われたことはありました。

それでもその時に、心臓はそんな音でなったりしませんでした。なのに。

そーへーのことを考えると、胸が熱くなったりドキドキしたり、顔が赤くなったり。

そんなことを姉さん達に相談すると『それは恋というのじゃないの？』と、きゃらきゃらと笑われてしまいました。

恋。

恋とは？

イチルは解らないことは、いつでもそーへーに尋ねました。それでも解らないものは、そーへーと一緒に調べるのです。

だから空飛ぶ城には、調べるために持ってきた本をしまっておく図書室が出来たほど。

でも何故かこれは一人で調べなきゃいけない気がして。

図書室で司書として作ったメンダコという生き物を模した魔術人形・めんちゃんに手伝わせて色々調べました。

理解できたのはこれのせいで人は強くなれば弱くもなり、美しくもなれば醜くなる。そういうものだということ。

そしてそれは人を幸せにもするけれど、不幸にもするということも。

あのとき「ずっと一緒にいるネ」と告げて、きゅんっとなった胸は恋の自覚だったのでしょう。

そして「ありがとう」と優しく笑ったからには、そーへーも同じ気持ちに違いない。ずっと一緒にいたのだから、きっとそうです。

イチルには思い込みが激しいところがありました。そして言わなくっても相手が解ってくれると思うような所も。

それは妖精達が何も言わなくてもイチルの気持ちを汲み取ってくれていたからだし、そーへーにしてもイチルをよく気にかけていてくれたからで。

イチルは魔術を幼くしてよく使える賢さはあったのですが、そういうところは普通の子どもでした。いや、普通より鈍かったかもしれません。

それでも事あるごとにイチルはそーへーに「ずっと一緒にいようネ」とか「好きだヨ」とか言っていたし、抱き着いたり膝枕してもらったり、特別で大切な存在なのだと態度では示していました。

そんな穏やかな日が続いたある日、イチルはそーへーと空飛ぶお城からニンゲンの結婚式というのを見かけたのです。

何処かの国の王子と何処かの国の姫が結ばれる。

それで盛大な催しをやっていたようです。

綺麗に着飾った姫を、恭しくこれまた着飾った王子が迎える。そんな風景にイチルは「私達も結婚しようか？」とそーへーに尋ねました。

当然イチルは「うん」とか「いいよ」という答えが返ってくると思っていました。けれどそーへーの口からでたのは「うん？　どういうこと？」という、困惑したような声で。

「え？　だって、私とそーへーは好きあってるでショ？　結婚するもんじゃないノ？」

「待って!?　好きあってる？　どういうことかな!?」

そーへーの動揺は大きく、一方イチルのほうも、予想とは違う事態に混乱してきて。

「え？　私、そーへーのこと大切ってずっと言ってたよネ？　ずっと一緒にいようネっていったら、そーへー『ありがとう』って……。私のこと好きだから、『ありがとう』って言ったんじゃないノ？」

「か、家族としてだと思ってた！　だっておれ、オジサンだよ!?　イチルさんと十五歳くらい違うんだよ!?」

「歳が離れてると好きになっちゃいけないノ……？」

「そ、それは……、でもおれは君をそんな風には……」

そーへーにはっきり言われて平静でいられるほど、イチルは大人ではありませんでした。

玉砕して目を泣きはらすイチルに、そーへーはどう接したものかと困惑しました。そーへーにとって、イチルは娘かあるいは年の離れた妹のような、そんな存在で。

こんなことになったからには、傍にいないほうがいいだろう。そう思ったらしいそーへーは、イチルに城を出ることを申し出たのです。

しかし、イチルは首を縦には振りませんでした。そして諦めも悪かったのです。

意識したことがないのであれば、これから意識してもらえばいいじゃない。

パンがなければお菓子を食べればいいじゃないとでもいうような軽さで、そーへーに迫ったのです。

まずやったことは、世の男性のお嫁さんにしたい女性を調べること。

お嫁さんにしたいとは、それだけ男性にとって魅力的な女性だということで、そうなればそーへーがイチルを意識してくれると思ったから。

しかし、彼女は妖精に育てられ、家のことはそーへーか自作の魔術人形に任せていた身。料理が得意な女の子を目指そうにも、包丁で指を切るわ、煮物は焦がすわ、焼き物は爆発させるわ、食べ物とは異なるナニカを錬成するわ。

では洗濯となれば城の水場を泡塗れにするし、干した服は皺だらけ。掃除なんて片付けるはずが、出した道具で物の置き場もなくなる始末。

全体的に向いていない。家事というものに才能が丸でなかったのです。それはもう、ポンコツといって差し障りないくらい。

失敗してはいじけてそーへーの膝で丸くなる。それで元気を取り戻してはまた失敗して、そーへーの膝で丸くなるのを繰り返す彼女に、そーへーは穏やかに笑うだけでした。

そんなことを繰り返して、季節が一巡したころ、イチルの二十歳の誕生日がやってきました。

「そーへー、ゴメンネ。いつまでも付き合わせて」

「謝らなくていいよ、イチルさん。おれは今凄く幸せだし」

「私、多分、誰かと生きていくの、向いていないノ。料理も洗濯も掃除も、何にも出来ないもン」

したしたと涙にくれるイチルに、そーへーはほろ苦くしかし優しく笑います。

「家事だけが全てじゃないよ。でも、そうだな。だったらそういうのが得意で、イチルさんと一緒に生きるのに向いてるおれとずっといてくれる？」

これまで貰った贈物の中で、そーへーのその言葉が一番嬉しかった。

後にイチルはそう語ったものです。

誰に？

それは杖の中の精霊である、あの方が妖精に取り換え子されたときからずっと一緒にいる私に。

悪戯が好きで魔術が好きで、稀代の魔術師であるあの方が好きだった私に。

ええ、だから、また聞いて下さいね、私の一人目の主の事を。

あの方とその伴侶の物語が忘れられることを恐れた私に、「キミがもし、語ってもいいと思った人に出会ったなら、そのときはそうするといいヨ――」と遺言を残していった人のことを。

そしていつの日か、誰かに貴方のことを語ることを許してください。

二番目の主様、どうか――。

あとがき

この度は「白豚貴族ですが前世の記憶が生えたのでひよこな弟育てます　XI」略して「しろひよ　XI」をお手に取っていただき、ありがとうございます。

お久しぶりです、こんにちは。這い寄るナニかなやしろです。一体なんなんでしょうね？

さて十一巻。この巻は鳳蝶達が夏休みを利用して、まだ見ぬ世界の不思議の一端に触れる旅をする巻です。

雪深い湖の孤島・マグメル、知られざる英雄譚を語り継ぐ物言わぬ遺跡・天地の礎石、エルフの里近くの山河……。

新たな出会いと、神秘と人間の業の深さを知る謎解き、理不尽な差別とそれにまつろわぬ心の在り方。

ちびっ子達はこの夏で、また一回り成長したかもしれませんね。

ところでマグメルですけど、ここのモデルになったのはケルト神話のマグ・メルです。

喜びの島って意味なんですけど、ようは天国。喜びがあふれる楽土なんだそうです。

生きてる間の楽土ってなんだろうって思ったときに、音楽や美術が溢れるばしょなのかなと。

ここで開かれる夜市はエジプトやトルコのマーケットの写真を基に描写してました。

次に天地の礎石ですが、バベルの塔って推理された方がいましたけど、エ・テメン・アン・キです。

シュメール語で「天と地の基礎となる建物」という意味だそうです。バビロンの塔の話は、このエ・テメン・アン・キに影響を受けたと考えられてるとか。

ただ中の様子はアンコール・ワットとかアユタヤ遺跡とかそういうイメージでしたね。

そしてエルフの里近くの山河ですけど、ここは日本の自然豊かな場所の写真やアルプス、そういった場所の写真を参考にしていました。ただ、ロマノフ先生が遊んでた遺跡はマチュピチュやらテオティワカン遺跡などを参考にしてます。

この辺はもう趣味ですね。遺跡とかの建造物が好きなんです。

しろひよ世界でもあらゆる種族の営みがあって、結果古代の遺物としてそういうものが残っている。そんな風にロマンを感じていただければと思います。

勿論現実世界の遺跡にもロマンを感じていただければ！


あとこの十一巻が発売される頃にはもう終わっているんでしょうが、舞台第二弾のお話しがありまして。

私は前回の舞台も今回の舞台も、コミカライズも原作も、すべてマルチバースだと思っています。

どこかの同じような、でも何か選択が色々と違った世界。

そうやって色々と世界が広がって無数に増えて行く。
増えた世界の果てで、鳳蝶とレグルスはどんな未来を歩んでいるのでしょう？
また兄弟だけでなく関わった人々は？
彼らの歩みはこれからも続きます。
これからもその歩みを温かく見守っていただければ幸いです。

謝辞

この度は「白豚貴族ですが前世の記憶が生えたのでひよこな弟育てます　XI」をお手に取っていただき、ありがとうございます。

皆様のお蔭をもちまして十一巻の発売となりました。本当にありがとうございます。


一巻から引き続き、カバーイラストや挿絵をご担当くださる一人目の神様・keepout先生。

表紙、毎回思うんですけど、光り輝いてますよね？　魔法⁉　そういう魔法がかかってるんですか⁉

毎巻寿命が延びそうなくらい美しく、けれど可愛らしいイラストをありがとうございます！


しろひよの素敵で優しいコミカライズをご担当くださる二人目の神様・よこわけ先生。

物凄く話の構成が緻密で、私がすっぽ抜けてることでさえも「こうですか？」と聞いて下さる、その観察力や構成力をください。

いや、本当に凄いです。ネームいただく度に変な歓声がでます。


新たにジュニア文庫をご担当くださる三人目の神様・玖珂つかさ先生。

もっちもちでぷにぷにの鳳蝶に再び出会えて嬉しいです。

柔らかい雰囲気のイラストは、きっとジュニア文庫を読まれる中高生のお子さんだけでなく、親御さんや大人の人達の心も柔く解きほぐしてくれるんじゃないかと思います。


そしてしろひよをご担当くださる扶川様・太田様・伊藤様。

毎度ゲラに一筆箋でメッセージをありがとうございます。

それを読むとしろひよを私一人で作っている訳でないのを感じます。ありがとうございます。

挿絵やカバーイラスト、コミカライズのネームで奇声を発してるのも、私一人じゃないって安心します。（笑）

このように「しろひよ」は沢山の方の支えがあって出来ております。

関わってくださった方々は勿論のこと、この本をお手に取ってくださった皆様には、感謝してもしきれません。

読者の皆様、並びにこの本に関わってくださった全ての方に、どうか幸いが多いことをお祈りいたします。

本当にありがとうございました。

コミックス第二十一話試し読み

白豚貴族ですが前世の記憶が生えたのでひよこな弟育てます@comic

shirobuta kizokudesuga zensenokiokugahaetanode hiyokonaotouto sodatemasu@comic

漫画 よこわけ

原作 やしろ

キャラクター原案 keepout

第21話

姫君様が
天上へ帰られてから
数日
姫君からいただいた
美しい布を前に
ふわあああ…
私の心はすっごく
浮き立っていた
キラ
キラ
キラ

なんて美しいんだろう
布なのに星みたいにキラキラして
光の当たり具合ではダイヤモンドもかくやってぐらい光ってる
これはあれを作れるんじゃないかな？
シシィの星
前世で観たミュージカルのヒロインが着けてた髪飾りで
本当はスワロフスキーとかで飾られたものなんだけど
この布を使えば再現できるんじゃないかな!?
よし!!

というわけで
この美しい布で
皇妃様へ献上する
髪飾りを作ろうと
思います
わ――っ
ぱち
ぱち
ぱち
今回は同時に
マニュアルを作成して
陛下に提出しなければ
いけないので
作業をしながら
手技を文章化
していきます
そんなわけで
助っ人の皆さんを
お招きしました！

まずはひとり目
ロッテンマイヤーさん
文章化作業を
お願いします！
ふたり目は
お針子のエリーゼ
菊乃井でつまみ細工の作り方を1番最初に覚えてもらいます
それから
今回の材料のひとつ
光る魔法を提供してくれた
スポンサーのラーラさん
そして
私の癒し担当
ひよこちゃん！
他
つまみ細工に
興味津々の
エルフさん
おふたりです

れー
ひよこちゃんなの？
うん
姫君が
ひよこちゃんって
言ってたからね
ラーラさんも
そう呼ぶし
ぴよ…
にぃに
ひよこちゃん
すき？
好きだよ！
ふわふわしてて
可愛いよね
ふわ
ふわ
…えへへ
うふふ
もじ…
……
あの…
鳳蝶君
私たちの紹介が
雑じゃ
ありません？
そんなこと
ないですよ～
あーたん……
しつこく「見せて」って
食い下がったの
実は怒ってる？
いいえ
全然

いやぁ
もうさぁ
作業しながら解説したり
人に教えたりするのって
すごく神経使うと思うんですよ
なのにエルフの
おふたりさんときたら
道具を準備する段階から
それは
何ですか？
これは？
何に使うの？
うろ
うろ
ってさぁ
ねぇ
あれは
いろいろ口出しして
くるんだもん
プス
エルフ様方が
こんなに近くに
いらっしゃるぅぅ
ひとりは数カ月前から
ひとつ屋根の下で
暮らしてたじゃないですか
でもぉ…
こんなにお近くで
お話する機会が
あるなんてぇ
きんちょう
しますぅ～…

エリーゼは
話し方はのんびりしてるけど
仕事はめっちゃ早いんだよね
私自身も
見たことあるし
ちなみに
宇都宮さんによると
刺繍とか
同世代のお針子さんより
かなり早いです
暮らしていた村でも
1番の腕前だったそうで
だそうだ
試しにミサンガの
編み方を教えたら
すぐに覚えたし
そういうわけで
1番最初に
つまみ細工の技術を
覚えてもらうことに
したのだった
さて
つまみ細工は
基本はデザインを
決めるところから
始まります
剣つまみが必要か
丸つまみが必要かで
布のつまみ方が
変わってきますので

今回は27個で
1セットにするので
つまみひとつのサイズは
かなり小さなものでないと
いけません
ので
スッ
ジャキッ
ジャキ
ジャキ
スッ
ス、
のり
のり
……で
こうやって
端にのりをつけて

これか乾燥したら 剣つまみがひとつ完成
まずはこれを たくさん作って いきます
まんまるちゃん それ乾かすのかい？
そうですよ
乾かしてから 土台に貼って
また乾かす
それを1段2段と 繰り返すんです
へー
それ 普通にしてると 時間かかっちゃう よねえ
かかります ねえ
キラキラ
魔術で 乾かしませんか？
キラ
やりたいん ですね？

わ～～～
そうっとだよ
そ～～っと
ロマノフ先生が言うには
エルフの祖先は妖精で
さらにそのまたご先祖が精霊だから
精霊の好むものは大抵好きらしい
草や木だけじゃなくキラキラしたものやきれいなもの
魔力が通ってたらなおよし
はあ…
きゃいきゃい
「青の手」の作り手が作った細工なんて猫の鼻先にマタタビを吊るしたようになるそうだ
いいですけど…

じゃあ次は確認しながらやってみましょう
はい
はさむ時は真ん中より少し上をー…
ソワソワ
ジ
じろじろ
暗…
…
近すぎ!
ちょっと
ぐいーっ
いい大人が美しくない行動は慎んでほしいな
ありがとうございますラーラさん

ニコ
スポンサーだからね
これくらいは
ハイ
はなれて～
はなれて
ほう…!!
ラーラ様……
お素敵ですぅ……
ブー
ロマノフ様も
ヴィクトル様も
お美しくて
いらっしゃいますが
ラーラ様は
もうぅぅ
わかる
系統が違うんだよねぇ
ロマノフ先生は綺麗系
ヴィクトルさんがかわいい系
ラーラさんがカッコいい系

レグルスくんは将来
ラーラさん系の
美形かなあ
な〜んて…
へへっ
じーっ
ちぇんちぇい
たちは
じゃましちゃ
めーよって
いわれたでしょ
なんで
じゃまするの？
おや
レグルス君
心外ですね
邪魔なんて
してないですよ

そうだよ れーたん
ちょっと見るだけだから
さっき らーらちぇんちぇい めっ いってたよ？
どちて？
だから邪魔じゃなくて
じゃあなんで じゃましたって いわれたのぉ？
それはですねぇ……
どちてぇ？
ですから…
幼児特有の なぜなに攻撃が 炸裂している
おお…
ねぇ
さく さく
いいよ レグルスくん
その調子で 続けてほしい
なんでぇ

次巻予告
出す人には
大事なものを守るために俺は真実を知らないといけないんだ！
菊乃井領へ身を寄せる
魔物使いの少年の身に
再び不穏な影が迫る——！
幼き兄弟の領地経営
ファンタジー第12巻！
白豚貴族ですが前世の記憶が生えたのでひよこな弟育てます
やしろ
illust. keepout
XII
発売!!!

菊乃井《うち》へ手を
容赦しませんよ？
にぃに、
相手が
えらい人でも
やることは
いっしょだよね？
ドラマCD
制作進行中！
シリーズ累計
45万部
突破！
（電子書籍も含む）
第12巻2024年

白豚貴族ですが前世の記憶が生えたので
ひよこな弟育てますXI

2024年3月1日　第1刷発行

著　者　やしろ

発行者　本田武市

発行所　TOブックス
〒150-0002
東京都渋谷区渋谷三丁目1番1号　PMO渋谷Ⅱ　11階
TEL 0120-933-772（営業フリーダイヤル）
FAX 050-3156-0508

印刷・製本　中央精版印刷株式会社

ISBN978-4-86794-091-4